明代別集叢刊

秋水庵花影集

[明]施紹莘◎著
劉澤宇◎整理

華東師範大學出版社
·上海·

圖書在版編目(CIP)數據

秋水庵花影集 /（明）施紹莘著；劉澤宇整理. —
上海：華東師範大學出版社，2023
ISBN 978-7-5760-4617-5

Ⅰ. ①秋… Ⅱ. ①施… ②劉… Ⅲ. ①散曲—作品集
—中國—明代 Ⅳ. ①I222.9

中國國家版本館 CIP 數據核字(2024)第 007033 號

明代別集叢刊
秋水庵花影集

著　　者　［明］施紹莘
整　　理　劉澤宇
訂　　補　黄其雨
策　　劃　鍾　錦
責任編輯　時潤民
責任校對　龐　堅
封面題簽　李　欣
裝幀設計　盧曉紅

出版發行　華東師範大學出版社
社　　址　上海市中山北路 3663 號　郵編 200062
網　　址　www.ecnupress.com.cn
電　　話　021-60821666　行政傳真 021-62572105
客服電話　021-62865537　門市(郵購)電話 021-62869887
地　　址　上海市中山北路 3663 號華東師範大學校内先鋒路口
網　　店　http://hdsdcbs.tmall.com

印　　刷　上海盛隆印務有限公司
開　　本　890 毫米×1240 毫米　32 開
印　　張　15.75
字　　數　271 千字
插　　頁　1
版　　次　2024 年 8 月第 1 版
印　　次　2024 年 8 月第 1 次
書　　號　ISBN 978-7-5760-4617-5
定　　價　128.00 元

出 版 人　王　焰

總目

整理說明……………………………………劉澤宇　一
新刊秋水庵花影集序……………………………鍾　錦　一

秋水庵花影集

秋水庵花影集敘………………………胥公陳繼儒撰　一
秋水庵花影集序………………………顧乃大彥容甫撰　三
秋水庵花影集序………………………顧胤光石萍子撰　五
秋水庵花影集序………………………沈士麟德生甫撰　七
秋水庵花影集序………………………峯泖浪仙自撰　九
秋水庵花影集雜紀……………………………………一一
秋水庵花影集目錄……………………………………一一

秋水菴花影集卷一 …… 一
秋水菴花影集卷二 …… 六三
秋水菴花影集卷三 …… 一八七
秋水菴花影集卷四 …… 二九九
秋水菴花影集卷五 …… 三四一
附録　《秋水庵花影集》版本辨異 …… 時潤民　四二五

整理說明

劉澤宇

《秋水庵花影集》是明代晚期重要散曲作家施紹莘的詞曲作品集。施紹莘（一五八八—約一六三〇），字子野，號峯泖浪仙，華亭（今上海松江）人。宋代華亭縣令施退翁十二世孫。伯父施大經，字天卿，號石渠，又號玉屏，萬曆十三年（一五八五）舉人，授任丹徒教諭，後遷江西端州府通判，爲官剛正，著有《澤谷農書》傳世。父施大諫，字叔顯，萬曆十六年（一五八八）舉人，酷愛道家，不樂仕進，閉門研讀老莊，寒暑不輟，聞名一時。

施紹莘少年時代爲華亭縣學生時，即以博學爲時人所重。雖然「好治經術，工古今文，而能旁通星緯輿地與二氏九流之書」（陳繼儒《秋水庵花影集敘》），並先後曾於一六一八年和一六二一年兩次赴金陵參加科考，但或是受到其父影響，並不熱衷於功名，故而赴考期間，也衹是「多作詩詞，絕不了試事」（卷二《舟居旅懷》末附韓巨卿評），當然也就鎩羽而歸了，於是乾脆絕意仕進，並於萬曆四十四年（一六一六）二十八歲之時，開始營造別業於西佘。後三年，復移家園於泖濱。在此二處有三影齋、竹妙齋、衆香亭、飛絮亭、秋水庵、罨黛樓、聊復軒、醉復軒、醉吟堂，以及竹間水上、西清茗寮諸勝，並於水涯山坳遍植松、竹、桃、芙蓉、牡丹等花卉。春秋二季，攜侍姬居西佘，冬夏則返泖濱。每逢風日和美時，更泛釣舟，攜琴書，與華亭一帶的著名文人陳繼儒、沈士麟、顧乃大等往來三泖、西湖、太湖間，放浪聲色，日以詩酒唱酬爲事。其卒年，約在《秋水庵花影集》結集後之天啓六七年（一六二六——一六二七）稍後，《（光緒）青浦縣志》説他「早夭，無子，時論惜之」，享年四十歲左右。《秋水庵花影集》是現今可知施紹莘唯一一部作品集，全集共五卷，前四卷主要是散曲（卷一至卷四前半部分爲套曲，卷四後半部分爲小令），第五卷爲詞。其中以套曲成就最高，集中今存的套曲數量居明人之冠。

施紹莘散曲所涉範圍較廣，以山水風光、四時景物及友朋贈酬、男女風情題材爲最多，但也有懷古傷今之作，大多能「隨境寫聲，隨事命曲」（卷一《春遊述懷》末自跋），熔清麗、雄逸、典雅於一爐，較少受文辭與聲律的約束，與當時的辭藻化、音律化創作風氣有所不同，在曲壇獨樹一幟。他還注重情感的自然貫注，較少有矯飾做作的毛病。其作品最大的特點是深情，因此他雖然也寫男女之私情，但抒寫的是經見親歷，多表現爲一往情深的相思，並不流於庸俗猥褻的情色描寫。而題材多樣、獨造新境更是其散曲一大特點，他善於捕捉生活中各種人情物事，在作品中加以表現，諸如「茅茨草舍之酸寒，崇臺廣囿之弘侈，高山流水之雄奇，松龕石室之幽致，曲房金屋之妖妍，玉缸珠履之豪肆，銀箏寶瑟之縈魂，機錦砧衣之愴思，荒臺古路之傷心，南浦西樓之感喟，憐花尋夢之閒情，寄淚緘絲之逸事，分鞵破鏡之悲離，贈枕聯釵之好會，佳時令節之杯觴，感舊懷恩之涕淚」（自撰《秋水庵花影集序》），均有成爲其筆下描摹的内容，却又並不過分追求形式的工巧，而能出以才情，以自然新警之句，寫種種真實的生活感受，其中有不少辭句和内容在今天依然能够引起讀者共鳴。

另外，施紹莘兼擅南北曲，故能融南北之所長，表現風格比較豐富，儘管其所作以南曲爲多，但是常常能將北曲中那種酣暢遒勁的特點融入其間，因此他的作品風格實可謂蒼莽與清麗兼而有之。

不過，施紹莘散曲的成就在明末曲壇上並沒有受到應有的重視。若據陳繼儒在《秋水庵花影集敘》中的推舉說法，此書一出，「上至王公名士，下至馬卒牛童，以及鷄林象胥之屬，皆咄咄吁駭」，一下子成了暢銷書，聲名遠播北至吉林、南至靖州，連村中小兒讀《大學》，也在空白處抄錄其文。但其實，當時的一些選本如《太霞新奏》、《南詞新譜》等書都未選入其作品。只是在朋輩的評語中，其人其作才被極力揄揚，如陳繼儒評價其「才太俊，情太癡，胆太大，手太辣，腸太柔，心太巧，舌太纖。抓搔痛癢，描寫笑啼，太逼真，太曲折」，這個評論也不全是諛詞。不過他的作品在身後終是獲得了很高的評價，被吳梅先生稱爲明代散曲「一代之殿」，又被任中敏先生推爲「昆腔後一大家，明人散曲之大成者」。

與元明其他曲家流傳下來的現存可見散曲作品集相比，《秋水庵花影集》在編排和刊刻上呈現出了與衆不同的面貌。即除了作品外，還有施紹莘自己爲其作品寫的序、自跋、自記等，還把徵集到的友人評語和跋語，甚至自己的詩、記、祭文乃至信件，都附在相應的作品之後。其中，他寫的自跋、自記有長有短，短的在百字以上，最長則達七百多字。內容有對故人和往事的追憶，有關於填詞作曲的體會和觀點，亦有對自己生活方式的描繪及對個人日常情懷的抒發。而其友朋的評語和跋語也極其豐富，或敘及與施紹莘共同經歷過的往事，或介紹其性情愛好，篇幅往往較長，內容也較豐富。此集以這樣的面貌編成，也利於讀者「知人論世」。

此外，施紹莘的詞作，用語輕靈，寫景傳情，柔婉感傷，《蘭皋明詞彙選序》對此評價說，「施、沈纖穠，方追秦、柳」。其詞既寄寓有命運多蹇的身世悲涼，又是明王朝滅亡前夕士人情緒的反映。《四庫全書總目提要》認爲「大抵皆紅愁綠慘之詞，所謂亡國之音哀以思也」。

《秋水庵花影集》現存明清间版本，除有一明末抄本（原书现藏臺北「故宫博物院」）外，主要即原刻与翻刻之本，原刻时间在明末，清乾隆十七年（一七五二）博古堂据原刻本翻刻。一九三一年，任中敏先生曾據原刻版本删去卷五之詩餘及集中眉批、夾批，校正異體和一些訛字，收入其所編《散曲叢刊》。一九八九年上海古籍出版社出版排印本，整理了前四卷散曲，將原刻版本卷首陳繼儒等四人序、作者自序和雜紀、作者跋語、友人題跋，以及卷五的詩餘，盡皆删去，收入「散曲聚珍」叢書。本次對此集進行重新整理，底本依據中國臺北「中央圖書館」所藏明末原刻本書影（簡稱「臺北本」），參正以中國國家圖書館所藏明末原刻本書影（簡稱「國圖本」，與臺北本合稱「原刻本」），别校以五本翻刻刷印本（合稱「翻刻本」）全書書影：美國哈佛大學哈佛燕京圖書館藏本（簡稱「哈佛本」）、天津圖書館藏本（存序、雜紀、目録及卷一至卷三，簡稱「天圖本」）、中國國家圖書館藏原鄭振鐸藏本（簡稱「鄭藏本」）、《續修四庫全書》影印中國科學院圖書館藏本（簡稱「《續修》本」）及《四庫全書存目叢書》影印北京大學圖書館藏本（簡稱「《存目》本」），並上述明抄本舊攝微縮胶卷影像（簡稱「抄本」），另酌情參考任中敏先生編著《散曲叢刊》原刊本及其點校整理本等。對於原刻本上之圈點、眉批、夾批，及抄本、天圖本上存有之手批等文字亦皆輯錄。又於網間見京都大學近年公布其所藏《秋水菴花影集選》抄本（簡稱「選抄本」）一册全書書影，除選抄《花影集》作品外，另含五條手批，據落款可知作者乃清乾隆間人，故而一併輯錄。整理錄文時儘量遵照底本之字體、字形，亦基本不作「理校」。責編時潤民兄在對整理稿進行了詳盡訂補與編校後，深入具體分析與考證上述各個版本的特點和異同，最終詳細撰爲版本辨異一文，附於書末供參閱，在此深表謝忱。

一書之成，人力而外，或有天意。施紹莘籍屬明代南直隸中書省華亭，祖居地今上海市閔行區浦江鎮召稼樓南之北徐村施家老宅。所謂無巧不巧，責編時潤民兄籍屬上海市閔行區莘莊，近年所居則亦在浦江鎮，距北徐村僅三四千米。施紹莘實可謂乃其鄉前賢也。又最後發現之京都大學藏選抄本，中另有長洲顧顗遇於清乾隆二十年所作《昇平策序》一篇，落款乃曰「時作客於古有莘國之官署并記」，所謂古有莘國即今陝西省渭南市下轄合陽縣，渭南又恰爲予之所居。且紹莘、古有莘國、莘莊，更聚三「莘」。此間種種，其殆冥冥中之天意歟？

最後，衷心感謝老友鍾錦兄策劃並約爲整理此書、提供資料，向華東師範大學出版社推薦出版。

由於整理者水平有限，錯誤在所難免，希請讀者指正。

劉澤宇　二〇二二年六月

新刊秋水庵花影集序

鍾錦

天地間有逸氣，不能團聚，旁出四散，衮衮焉無所止息也。人稟之，遂爲逸才，放蕩嬉遊，忽忽焉一世不見所成也。偶耽微好，氣遂有所鍾，化爲異彩，邁今古無能匹之。值明季尤甚焉，蓋凡可以進身顯名者，胥奄奄無生氣，其逸者所不屑住，益放益嬉，遂較前代益氾濫耳。氾濫於笛笙弦索間者，湯義仍之傳奇，施子野之套數，與夫蘇崑生之謳曲也。陳眉公、顧彦容輩，皆言子野博物，二氏九流、星緯輿地咸得旁通焉，何論乎經術與古今文耶？然無所成名，獨掉弄於樂府，人人詫爲奇作，則逸氣所鍾也。余少年亦不肯爲正學，雜取古今詩文詞曲，泛覽流觀以爲笑樂。忽得袖珍本二十種，元明人散曲也，逐一諷誦，最惡者關漢卿，最愛者則子野也。其次東籬、小山，終不及子野之搖蕩吾心。今三十年矣，詞句時時猶掛唇齒間。東籬非不質而韻，小山非不秀而野，然尤覺子野之彬彬得其宜，宜也而跳蕩不可捉控。此逸氣有所止，冥若與法合，而跌宕之性固不能掩也。義仍豈不才，患在才多而起突兀；子野之才從容以行，心而平，氣而靜。蓋義仍，氣之逸於技；子野，氣之逸於道也。故子野不以生死相聳動，山園湖泖，花草蟲魚，月夕風晨，曼聲妙色，一一見其鍾情。天地有大美焉，能見者知道，能相賞者其良知之呈露乎？值明之季，陽明學或淪日用間，或出奇詭外，得者其子野之樂府耶？子曰：「不得中行而與之，必也狂狷乎？」正氣不行，吾求諸逸氣焉，請刊《秋水庵花影集》。甲辰五月廿六日，潁川鍾錦序。

秋水庵花影集敘

眉公陳繼儒撰

峯泖間久無閒人矣。自眉道人開徑東佘之陽，施子野從泖上築墓西佘之陰，簾櫳窈窕，花竹參差，遠近始有褰裳而遊者。余不設籓垣，聽人徃來，如簷燕，如隙中野馬。而子野嚴扃鐍，以病辭、中酒辭。顧閣上嘈嘈，數聞絃索度曲聲，則子野所自製詞也。客唐突不得入，橫折花枝，呵詈委道旁而去。而子野默默笑自如。子野好日出酣眠，而能讀書至夜半，未嘗作低迷欠伸態；好與人轟飲惡戰，而能數月持酒戒甚堅；好治經術，工古今文，而能旁通星緯輿地與二氏九流之書，掉弄而爲樂府詩餘，跌宕馳騁，凡古今當行家，意崛僵未肯下。嘗謂余曰：「子老矣。請時時過我，俯首拍掌而和之。暇則爲我題數行傳海內，海內故有天耳，人當爲施郎點頭耳。」夫曲者，謂其曲盡人情也。詩人人可學，而詞曲非才子決不能。子野才太俊，情太癡，胆太大，手太辣，腸太柔，心太巧，舌太纖。抓搔痛癢，描寫笑啼，太逼真，太曲折。當其志敞意得，搖筆如風雨，强半爲旁人掣去，或寫素屏紈扇，或題郵壁旗亭，或流播於紅綃麗人、黃衣豪客之口，而猶未睹子野之大全也。今《花影集》一出，上至王公名士，下至馬卒牛童，以及鷄林象胥之屬，皆咄咄吁駭，想望子野何如人。購善本，换新聲，擲餅金斛珠，當不吝惜，豈特爲「三夢」、《四聲猿》之畏友而已乎？昔山谷遇秀鐵面道人，訶其筆墨勸淫，恐墮犁舌，故其敘晏叔原集云：「妙年美士，近知酒色之娱；苦節臞儒，晚悟裙裾之樂。鼓之舞之，皆叔原罪也。」子野學道，請以山谷爲戒。子野曰：「吾樂府詩餘，非平章風月，則約束鶯花，艷語麗情，十不得一。况謔浪俱是文章，演唱亦是説法。秀道人見之，即使木人歌、石兒舞可也。雖然，此集既行，願將風流罪過，向古佛發露，懺悔一番。敢問眘先生，新創苕帚庵，其義云何？」余曰：「有沙彌請法，佛教之誦『苕帚』二字，誦『苕』則失『帚』。誦『帚』則失『苕』。誦至三年，忽然上口，遂爾大悟。子野能捨無始來才子習氣，作苕帚庵三年鈍人乎？便不落綺語債矣。」子野稽首曰：「懺悔竟。」

【校】「而子野默默笑自如」，抄本作「而子野默笑自如」。

秋水庵花影集序

顧乃大彥容甫撰

吾友施子野氏，嫺雅絶倫，風流自賞。夙稱博物，兼負情癡。既篆蠹以時親，復雕蟲之旁涉。新聲驚座，佳製盈笥。爰繕芸牋，命名《花影》。葢以綵分江令，雪壓巴人。非關墨妙筆精，獨出騷心賦手。比物連類，托興肖形。或醒塵勞，或傷遲暮。或千秋憑吊，臨水登山；或一室晤言，炙香煑茗。或訴長門有恨，或憐翠閣無聊。巾藻淋漓，芍藥贈佳人南國；管華熣燦，葡萄傾公子西園。況夫春水綠波，秋原紅樹。清商緩奏，酸拍停催。魂銷殘月曉風，夢斷黃蘆苦竹。三秋一日，能無采葛之賡；千里寸心，曷已離鴻之唱？腸疑繡簇，字比珠圓。教坊譜入瓊笙，樂府名題黃絹。其險邃似桃迷秦澗，桂被蜀喦。別構奇觀，杳無俗狀。其娟秀似孤山萬樹，楚畹數叢。谷中弱態離披，溪畔冰痕清淺。其駢治似平泉杏鬧，金谷草薰。鸚鵡珠簾，臙脂零亂；鴛鴦膩浦，香霧溟濛。銀燭高燒，忽共鞦韆遙送；瑤臺空掃，却因蟾魄重窺。其綿惋又似貞娘墓古，妃子亭荒。依然細碧交加，率爾老紅如雨。毿毿啼露，淡淡篩烟。倚殘照以無言，隨暮鴉而低墮。總之非空非色，疑假疑真。擢月姊之精神，繪成殊艷；借天孫之杼柚，幻出靈葩。彤管玉臺，方斯蔑矣；金荃蘭畹，自謂過之。况大雅寖湮，元徽逾邈。塗膏乞馥，奚啻濫觴；襲豕承魚，仍慙本色。惟兹敷以蕙質，濬自紈襟。前無古而後無今，華於朝而秀於夕。塵飛葉落，綠珠巧叶鸞絲；徵嚼宫含，碧玉香生鶯舌。幾與《鬱輪袍》嗣響，堪爲鐵綽板解嘲。翩翩柳寵花嬌，冉冉月來雲破。聊附馬山人之逸事，不負張郎中之後身。咄哉歌苑功臣，允矣詞壇宗主。敢藉斯編而不朽，詎云所好以阿私。

秋水庵花影集序

顧胤光石萍子撰

夫詞，詩之餘也。前人謂工詩不必工詞，詩料不可入詞料，則詞固別有當行。而余嘗評覽宋元詞家，如蘇，如柳，如王、董、關、馬諸君，各摛致標體，不傍門戶，濃澹啼笑，無相優劣。而後人醜爭效顰，技同剪綵；摹形傷板，鏤情涉俚。偷字不掩其酸，填艷衹拾其唾。難哉脱邯鄲而出步也。吾友子野，弱冠好詞即工詞，積十餘年而不靳，公諸同調，以《花影》名集，則命意遠矣。蓋詞不難填實而難使虚，而花之弄影，玅香色之俱空；詞不難琢巧而難寫生，而影之取花，妙即離之雙遺；詞不難繁音之噪耳而難柔致之感物，而影暈花，花篩影，妙嫵媚之無骨而參差之善隨。以子野詞拈作花觀，兩字歡愁，皆嫣紅而慘綠也；百態離合，疑笑晴而泣雨也。以子野詞拈作影觀，趣横景移，得意在精神之摹寫也；思微香寂，幽賞在澹漠之領會也。以子野詞拈作花影觀，脂氣淨掃，冷韻逼人，杳焉作羅浮僊子想，則横水之一枝也；嬌痴欲絕，如雨後烟，初真堪一字一金屋，則臨鏡之睡醒也。當年鐵板誰唱，千秋絕調，則百尺松濤響秋月也；舊日纖腰齊褪，一時情語，則千條柳線搖春風也。若乃尋幽盟，咏孤芳，三徑高韻，素琴無絃，依稀東籬晚香之微有傲態；更或宜紅牙，可雪兒，移刻度字，周郎微顧，彷彿藥欄烘日之爭含勝情。至如愁冷江臯，芙蓉池面；煙迷洛浦，水仙凌波。沉香微醉，調扶芳艷俱來；壽陽粧開，句並清揚共婉。暮雨梨黿，燈下題紈扇之無恩；日移春夢，紗窗譜高唐之有約。似此引類屬情，拈思取境，宛爾闔合，不禁萬斛才情從花影逗露少許耶？子野有種情多，一切愁緣病緣，大半根花緣得。居平含宮嚼徵，引商刻羽，半生苦心此道，是能脫盡宋元來粉墨習氣而獨自登壇作飛將軍者。雨閣雲窗，膽瓶曲几，寫烏絲，付家樂部，興到命青衣添沉水，進小玉卮名酒，偕解人子夜微歡。則「雲破月來」之句，不負自許張三影後身矣。

【校】「詞不難填實而難使虛，而花之弄影，紗香色之俱空」，此段文字抄本無。另，抄本無下之沈士麟序、峯泖浪仙自序、《雜紀》及目錄。并於此序後即緊接正文，不另頁起抄。

秋水庵花影集序

沈士麟德生甫撰

予奔走長安街，面土尺許，僅爭廣文一席，跋涉千里，悲哉予之愚也。乙丑之秋，又將掛孤蓬，渡浙水而西。荻花蕭條，霜月慘澹，四顧童僕，依棲無色。子野將予水湄，予謂之曰：「吾於世味已嚼蠟，幸爲我求隙地於東西佘間，行將與爾賦咏著述，何物五斗，能使人折腰耶？」子野戲曰：「予冷人也，合受冷趣；爾熱人也，應受熱業。爾若飄然歸來，我當分草堂半榻，容汝四大，何必買山而隱耶？」予笑曰：「子何居高而視下也。區區沈生，亦有心胸頭面者。斑衣捧檄，固知喜動顔色；乃山鬼移文，亦知愧入毛髮。此行予不得已也。戊辰之役，倘拾得一第，則借一命娱兩親，不然則袖書歸田，爲老農畢世耳。」子野曰：「善。吾固知君非久於風塵者，吾將結茆花下以待。」已而閲予行裝，見予諸行卷，因曰：「吾亦有數首，欲乞子一言以行於世。」開緘出之，則《花影集》也。艷句淋漓，藻色飛動。予捧讀良久，心花皆開。拍案歎曰：「嗟乎。予所行世，不過一時塵言，而子則千秋慧業，豈不仙凡霄壤，尚敢輕置一喙哉。」雖然，惟子野知我，亦惟我知子野。子野詞章高妙，人人所知，然予以爲正非子野本色也。子野外服儒風，内宗梵行，其於世間色相，一切放下。高樓山谷，眦睨今古，視富貴如浮雲，功名若苴土，即至山水烟霞，文章句字，亦如夢花泡影，過眼變滅。但其性靈穎慧，機鋒自然，不覺吐而爲詞，溢而爲曲，以故不雕琢而工，不磨滌而淨，不粉澤而艷，不穿鑿而奇，不拂拭而新，不揉摛而韵。蓋直出其緒餘，玩世弄物，彼其胷中寧有纖毫留滯者哉。即其命名《花影》，而其意固已遠矣。予之知子野者，殆得之文彩之外、章句之先。若區區語其藻艷而已，則名箋酒翰，路口成碑，俊舌歌鶯，青樓偷譜，誰不知之，而何取於問序於予，安見予之爲知子野也？予惟是速了熱業，轉受冷趣，他時分得子野草堂半榻，當以性靈爲師，梵貝爲課，賦咏著述，亦多休却。子野此時靡詞綺語，亦請一切報罷。我正恐其機鋒四出，技不勝癢，指尖毛孔皆蒸蒸然不得太平也。

秋水庵花影集序

峯泖浪仙自撰

峯泖浪仙行吟山谷，盤礴烟水，如槁木，如寒灰，我喪其我，不知我爲何等我也。一日，刺杖水涯，撥苔花，數游魚，藻開萍破，見耳目口鼻浮浮然在水面焉。因自念言：此是我耶？抑是影耶？影肖我耶？我肖影耶？我之爲我，亦幻甚矣。何必多識字，日夜與柔管作緣。平生寡交游，偏與毛氏之宗姓世世結納，狎之曰管城子，尊之曰穎君，以之電掃横行，則署之曰藏鋒都尉。且愛之恤之，珍之秘之。不用之於名場呫嗶，而用之於韵事風流；不用之於詁語酸言，而用之於雄詞藻句；不用之於雌黄恩怨，而用之於嘯咏吟諧；不用之於政牘刑書，而用之於花評艷史；不用之於歌功佞德，而用之於惜粉憐紅；不用之於書筭持籌，而用之於風人騷雅；不用之於北闕封章，而用之於東皋著述；不用之於青史編年，而用之於春衫記淚；不用之於諛辭表墓，而用之於艷句酬香；不用之於枉駕高軒，而用之於過溪枯衲，庶幾無負於柔管哉。宜其感恩思報，而辛苦隨我一生也。但綺語之業，日深月積，抑何不自愛至此矣。猶記十六七時，便喜吟咏，而詩餘樂府，於中爲尤多。十餘年來，費帋不知幾十萬，嘗貯之古錦囊，挑以笻竹杖，向桃花溪畔，杏樹村邊，黄葉丹楓，白雲青嶂，席地高歌一兩篇，雖不入譜律，亦復欣然自喜。山童騎黄犢，負夕陽而歸，亦令拍手和歌，喁于互答。因擇其聲之幽脆者，命歌工教以音律。於是花月下，香茗前，詩酒畔，風雪裡，以至茅茨草舍之酸寒，崇臺廣囿之弘侈，高山流水之雄奇，松龕石室之幽致，曲房金屋之妖姸，玉缸珠履之豪肆，銀箏寶瑟之縈魂，機錦砧衣之愴思，荒臺古路之傷心，南浦西樓之感喟，憐花尋夢之閒情，寄淚緘絲之逸事，分襟破鏡之悲離，贈枕聯釵之好會，佳時令節之杯觴，感舊懷恩之涕淚，隨時隨地，莫不有搠譜新聲，稱宜迭唱。每聽雙鬟豎子，拍板一聲，則沉瀠傳響，情境生動，可謂極風情之致，享文字之樂矣。但浮沉濁亂於此中，我正爲我身心性命憂耳。謂當傾篋中藏，吹杖頭火，向稻花風裡，舉蒲葵扇，呼嗚嗚而播之，我見其灰飛烟滅，而我之真面目始具矣。適有客至，倚杖與語。客曰：「向聽爾詞，耳根快矣，獨不可使眼根亦受用乎？請授梨棗，使世間有眼人飽看一回也。」浪仙對曰：「我寫不言之句，故將以手爲口；爾聽無聲之詞，乃欲以目易耳耶？我且不知爾之非我，我之非爾，爾猶執耳之非目，目之非耳耶？爾不見夫花影乎？花外之影，影即非花；影中之花，花即是影。然則何有何無？何彼何此？焉知珠聲絹字，非已飛之刼灰，而本無之幻相也哉。故爾若作句字觀，則些些綺語，永爲拔舌成案；若作花影觀，則滿帋胡言，隨口變滅，疎影稀微，已爲我向佛懺悔久矣。雖謂梓氏之刀，爲祖龍之火可也。」客曰：「命之矣。」乃私授剞劂，而即録浪仙之語爲之序，葢序之變格也。

秋水庵花影集雜紀

一點板

板者，曲之尺度也。雖一定不可易，然夙腔活板，歌苑宗工，自有圓融脱化之妙。烏得以一人隅見，著爲定律？故不加點。

一添字

詞林舊刻，每添字比正句減小以示别。兹刻不分異同，大小平等。盖予雖不嫺歌，方屬句時，未嘗不按譜審腔，查板填句；縱有添字，亦多無礙歌喉。明于譜調者，自然一覽了然，不須參差刺人眼也。

一校閱

予不妄交，未嘗攀援附會。校讐評閱，止吾相知幾人。常見世之梓刻，有交盡顯人，評滿天下者；兹刻自覺寒酸，然寧使爲予之寒酸矣。

一 **訛字**

近來剞劂日繁，亥豕魯魚，正復不少。茲刻一一細校，點畫無訛。只有「纔」字或作「才」，「拚」字或作「判」，乃古字本如此。試考六書，從無「拚」字、「纔」字，當以「判」、「才」爲正。

一 **評語**

集中樂府大套，俱已著評人姓字。其間小令詩餘未經明註者，大約彥容、闇生、巨卿、冲如、德生爲多。蓋時常聚首，趂筆拈題，不覺其珠聯而貝合也。

一 **徵歌**

集中諸曲，已半付歌兒。管絃翻譜，屢屬名手，幸免鐵綽板之譏。詞壇解人不煩更費推敲，試一按板，自然入律。

一 **流傳**

予流連詞翰，多閱歲年，靡音麗語，每爲好事者所傳。但爾時少作，時復改竄，至有終篇一字不同者，亦有句字幾經更换者，觀者當以兹刻爲正。

一　僞竊

小詞雖極蕪陋，然自寫一得，亦頗自珍惜，奈每每爲人掩竊。曾於一歌姬扇頭，見《夢江南》十首，宛然予作，而已識他人姓字矣。如此者甚多，一一雀聲飛上天，豈容假人耶？不敢不辨。

一　參譜

古人牌名，多有不雅馴者，予稍稍爲之更定。如《麻婆子》改《美娘兒》，《攤破地錦花》改《地錦攤花》；又如《紅綉鞋》改《雙乘鳳》，《尾聲》改《鳳毛兒》之類。盖或因其本事，被之美名；又或因其本名，錫以新字。其音律自在，解人當自知之。舉一以例其餘可也。

一　犯調

古詞過曲，各分九宫，不可强爲配合。予詞皆一一按譜，未嘗以意出入。即間創新聲,如《十一聲》之類,亦必審宫辨律,摘句選聲,試一按歌,其音節頗諧,安知不有勳于詞林矣?

一用韻

嘗考北聲既濫,南音繼起,大都不過聲音相近爲韻耳。自數年前《南詞韵選》出,始奉中原韵爲詞林宗律。夫詩有詩韵,詞亦應有詞韵,非受持束縛,不見此道之難。但廢四聲爲三聲,以仄韵爲平韻,以閉口爲開口,此豈可爲訓耶?且予集中多少作,《韵選》未出時,業已成帙,不能一一訂改以鴃舌從事也。三卷《夏景閨詞》後跋語,解人幸一參觀焉。

【校】臺北本缺此篇《雜紀》,以國圖本補足。

秋水庵花影集目錄

卷一 …… 一
樂府
春遊述懷 …… 一
北正宮端正好（錦烘天）
泖上新居 …… 一一
南仙吕入雙調步步嬌（水際幽居疑浮島）
山園自述 …… 一六
南仙吕甘州歌（天容我嬾）
佞花 …… 二〇
南仙吕入雙調瑣南枝（金鈴護）
賦月 …… 二五
南商調梧桐樹（松間漸漸明）
吟雪 …… 二九
南南吕梁州序（尖風一夜）
歌風 …… 三二
南商調梧桐樹（青蘋葉勢平）
花生日祝花 …… 三五
南商調黄鶯兒（把酒祝花神）
惜花 …… 四七
南商調二郎神（憐花病）
送春 …… 五〇
南仙吕桂枝香（留春不住）
元宵 …… 五四
南南吕梁州序（千門花柳）
除夕 …… 五七
南中吕好事近（簾外鵲聲高）

卷二 …………………………… 六三
樂府
金陵懷古 ………………………… 六三
南仙吕入雙調夜行船(虎踞龍盤)
合鏡詞和闇生作 ………………… 六八
南商調金索掛梧桐(安排錦綉窩)
夢花詞 …………………………… 七一
南商調梧桐樹(屏山錦綉開)
園林初夏 ………………………… 七四
南商調集賢賓(洗園林一番芒種雨)
舟居旅懷 ………………………… 七八
南仙吕入雙調惜奴嬌(飄泊寒塘)
桃花 ……………………………… 八二
南正宫白練序(春如綺)
楊花 ……………………………… 八六
南南吕梁州序(花明如綺)
贈石城董夜來 …………………… 九〇
南仙吕月兒雲(花星偏照)
閨詞 ……………………………… 九七
南仙吕入雙調步步嬌(翠被香濃春寒夜)
夜雨 ……………………………… 一〇〇
北雙調新水令(沒人庭院種芭蕉)
漁父 ……………………………… 一〇三
南仙吕桂枝香(風頭雨急)
問桃和闇生作 …………………… 一〇八
南商調二郎神(春才好)
錢塘懷古 ………………………… 一一〇
南仙吕入雙調曉行序(傳説錢塘)
送春 ……………………………… 一一七
北南吕一枝花(香披錦帶亭)
中秋 ……………………………… 一二〇
南商調臨江僊(明月清風真我友)

懷舊……一二四
南黃鐘画眉序（孤燈伴愁寂）
月下感懷……一二八
南大石念奴嬌序（陰晴萬古）
舟中端午……一三三
南商調梧桐樹（歌長檀板温）
旅懷……一三六
北仙呂入雙調二犯江兒水（相思滋味）
感梅……一四〇
南仙呂桂枝香（一堆雪裡）
七夕……一四三
南商調二郎神（秋風起）
閨恨……一四五
南商調十二紅（一團花看看消瘦）
妾初度偶言……一四七
南中呂漁家傲（今日裡）
清明……一五一
南北仙呂入雙調新水令（軟風甜雨養花天）
與妓話舊感贈……一五六
南仙呂入雙調步步嬌（未許芳心全灰死）
村居午日……一六〇
南南呂嬾画眉（胆瓶斜揷蜀葵花）
絃索詞……一六二
北南呂罵玉郎（手抱琵琶彈怨詞）
重陽恨……一六四
南南呂香遍滿（重陽時候）
七夕閨詞……一六八
南南呂梁州序（羅衣初試）
春思……一七二
南南呂楚江情（飛花打綉窓）
村居九日……一七四
南仙呂入雙調步步嬌（滿地黃花秋容老）

閨詞 …… 一七七
南仙呂九廻腸（髻兒邊黃花不戴）
除夜 …… 一七九
南北仙呂入雙調新水令（滿堂華燭照殘年）
先君百日感懷 …… 一八四
南南呂嬾画眉（尖風微透漾銘旌）
卷三 …… 一八七
樂府
送張冲如遊靖州 …… 一八七
南北仙呂入雙調新水令（江天風淡酒旗斜）
梅花 …… 一九三
南南呂嬾画眉（一枝花發粉墻西）
村中夜懷 …… 一九五
南商調二郎神（和衣睡）
懷舊重和彥容作 …… 一九八
南黃鐘画眉序（心頭轉凄惻）
四景閨詞 …… 二〇二
北雙調八不就（恰收燈又近清明）
和彥容重會西湖佟姬留別之作 …… 二〇四
南南呂宜春令（春將盡）
悼亡妓爲彥容作 …… 二〇九
南仙呂桂枝香（時時心裡）
贈嫩兒 …… 二一二
南南呂嬾画眉（葡萄花下閉門居）
菊花 …… 二一七
南仙呂入雙調步步嬌（老圃先生閒心計）
夜窗話舊 …… 二一八
南仙呂八聲甘州（鴛鴦牒上）
清明感桃 …… 二二一
南商調二郎神（花如夢）
七夕後二日祝如姬初度 …… 二二三
南中呂好事近（花種降瑤池）

寄人檇李……二三六
南商調金索掛梧桐（花間宿雨收）
賀闔生新居……二三九
南大石念奴嬌序（予家烟水）
相思……二三九
北雙調閨怨蟾宮（掩重門夜永沉沉）
爲顧寶雲作……二四一
南中呂泣顏回（見面勝聞名）
相思……二四三
南南呂嬾画眉（暗燈微雨小窗紗）
贈薛小濤……二四六
南商調長相思（殢風朝）
贈别和彥容作……二五〇
南正宮錦纏道（慘西風）
端陽……二五二
南南呂懶画眉（饒君痛飲謝端陽）
夏景閨詞……二五四
南仙呂入雙調步步嬌（夢破秦樓簫聲咽）
感亡妓和闔生作……二五八
南商調二郎神（烟花夢）
雪詞……二六一
南黄鐘画眉序（水墨寫江天）
風情和彥容作……二六五
南中呂駐雲飛（腼腆逡廵）
贈人……二六七
南仙呂入雙調步步嬌（一自匆匆相逢後）
集彥容舟中時蘇王二姬在坐……二七三
南商調金索掛梧桐（江潮雪賺堤）
送闔生北遊……二七六
南中呂好事近（烟柳拂旗亭）
秋閨……二七九
南商調二郎神（西風裡）

別石城羅采南和彥容作 …… 二八二
南商調字字錦（勾消宿世緣）
春閨月夜 …… 二八五
南商調集賢賓（珠簾半捲窺月明）
惜別和彥容作 …… 二八七
南仙呂入雙調步步嬌（眼際人兒分離了）
贈人 …… 二九〇
南南呂嬾画眉（尊前瞧見那寃家）
有寄 …… 二九二
南仙呂桂枝香（支頤獨坐）
幽期 …… 二九五
南南呂香遍滿（蟾勾趄影）
卷四 …… 二九九
樂府
冬閨 …… 二九九
南南呂十一聲（蠟梅花正襯簾兒外）
村中端午 …… 三〇一
南仙呂桂枝香（端陽時候）
舟次贈雲兒 …… 三〇三
南商調二郎神（春雲卷）
贈別沖如時予讀書泖上 …… 三〇五
南南呂梁州序（晚雲初霽）
有懷 …… 三〇六
南商調黄鶯兒（獨坐小燈前）
決絕詞 …… 三〇八
南正宮普天樂（我才名）
樂府小令
南商調黄鶯兒 …… 三一二
閨夜 …… 三一二
閨夢 …… 三一二
佳人睡着 …… 三一三
佳人睡醒 …… 三一三

雨景和闇生作 …… 三一三
初夏 …… 三一四
清明郊行 …… 三一四
記事 …… 三一五
即事 …… 三一五
春日花下憶石城董夜來二首 …… 三一五
夏夜 …… 三一六
南雙調清江引 …… 三一六
荷花四首 …… 三一六
別思四首 …… 三一七
南商調山坡羊 …… 三一九
旅懷 …… 三一九
南商調玉胞肚 …… 三二〇
有懷 …… 三二〇
得信 …… 三二〇
小園 …… 三二〇
夏景 …… 三二一
贈楊姬和彥容作二首 …… 三二一
夜泊懷人 …… 三二二
訪妓不遇 …… 三二三
南商調金索掛梧桐 …… 三二三
夏懷 …… 三二三
將秋 …… 三二四
南正宫玉芙蓉 …… 三二四
梳頭 …… 三二四
美人贈鞋和彥容作 …… 三二五
南仙吕桂枝香 …… 三二五
春曉閨詞 …… 三二五
悼紫簫 …… 三二六
暫別書情二首 …… 三二六
南南吕六犯清音 …… 三二七
夏閨 …… 三二七

南中吕駐雲飛 …… 三二八
和梁少白唾窓絨十首 …… 三二八
春恨 …… 三二八
幽會 …… 三二八
邂逅 …… 三二九
奇遇 …… 三二九
邀請 …… 三二九
寄遠 …… 三三〇
殘夢 …… 三三〇
密約 …… 三三〇
曉妝 …… 三三一
沉醉 …… 三三一
閨恨 …… 三三一
風情二首 …… 三三二
丟開 …… 三三二
有懷 …… 三三三
南仙吕月雲高 …… 三三三
秋閨恨 …… 三三三
南仙吕入雙調鎖南枝 …… 三三三
簾中人 …… 三三三
夜寒 …… 三三四
宿村中有懷 …… 三三四
旅次相思十首 …… 三三四
南黄鐘画眉序 …… 三三八
幽會 …… 三三八
南雙調對玉環帶過清江引 …… 三三八
自述二首 …… 三三八
北黄鐘水仙子 …… 三三九
幽居二首 …… 三三九
卷五 …… 三四一
詩餘
夢江南 …… 三四一

秋思十首……三四一
舟中夜别八首……三四四
長相思……三四七
秋夜……三四七
閨夜……三四七
旅懷二首……三四七
「時」字詞和闇生作二首……三四八
閨意……三四九
夜泊……三四九
客中秋思……三四九
昭君怨……三五〇
即景……三五〇
生查子……三五〇
風情……三五〇
點絳唇……三五一
雨景……三五一
泖橋次胥公韵……三五二
小園二首……三五二
堤柳……三五三
江上晚歸得「影」字和闇生作二首……三五三
春閨……三五四
題雪圖……三五四
有懷……三五五
如夢令……三五五
掃地……三五五
愁……三五六
雨夜醉中作……三五六
偶懷……三五六
雪齋小集話舊次闇生韵二首……三五七
記得二首……三五七
同朗公夜話和彥容作四首……三五八

浣溪沙 …… 三五九
閨中月夜 …… 三五九
閨思二首 …… 三六〇
春景 …… 三六一
村中初夏 …… 三六一
送春寄恨四首 …… 三六二
艷詞五首 …… 三六三
雨夜有懷四首 …… 三六五
寫所見 …… 三六七
菩薩蠻 …… 三六七
春景 …… 三六七
咏茉莉和彥容作 …… 三六七
和彥容留别雲姬 …… 三六八
代雲答 …… 三六八
和闇生「娘」字詞二首 …… 三六八
毘陵歸路紀懷二首 …… 三六九
雨中憶張冲如 …… 三七〇
春閨 …… 三七一
夜閨 …… 三七一
玉聯環 …… 三七二
春望閒情 …… 三七二
憶秦娥 …… 三七二
春思 …… 三七二
觀芙蓉感舊次闇生韵 …… 三七三
寒夜 …… 三七三
村中 …… 三七三
風情二首 …… 三七四
即事 …… 三七四
懷王脩微 …… 三七五
咏雪二首 …… 三七五
朝中措 …… 三七六
春遊 …… 三七六

減字木蘭花 三七六
芳草 三七六
三月晦日二首 三七七
贈別 三七七
謁金門 三七八
春盡 三七八
清平樂 三七八
梅 三七八
雪 三七九
深秋病起巽玄大師偕包稺先見訪山齋同賦 三七九
夜坐二首 三七九
送春 三八〇
画堂春 三八〇
閨思 三八〇
春閨 三八一
浪淘沙 三八一
壬子至夜有感 三八一
春愁 三八二
有懷 三八二
西佘山居 三八二
晚景和沈德生作二首 三八三
桃園憶故人 三八三
曉粧 三八三
木蘭花 三八四
半老佳人 三八四
小鬟 三八四
鷓鴣天 三八五
冬閨 三八五
夏閨 三八五
玉樓春 三八六
閨意 三八六

憶舊……三八六
閨思……三八七
春閨……三八七
秋閨……三八八
虞美人……三八八
春閨……三八八
有懷……三八九
南鄉子……三八九
舟中雨景……三八九
醉紅粧……三九〇
美人……三九〇
踏莎行……三九〇
閨情……三九〇
初冬彦容、闇生、孺容、君泰、元結見訪山齋留宿和彦容作二首……三九一
鵲橋仙……三九一
七夕……三九一
小重山……三九二
茶……三九二
臨江仙……三九二
茉莉……三九二
行香子……三九三
記別……三九三
蝶戀花……三九三
夏閨……三九三
途中有寄……三九四
夜思……三九四
青玉案……三九四
述懷二首……三九四
天仙子……三九五
寒夜閲張三影句因得十影……三九五

江城子……三九六
秋夜爲觀荷待月之酌……三九六
游句曲……三九七
旅夜……三九七
春遊……三九七
咏花……三九八
漁父……三九八
西江月……三九九
夏景……三九九
月……三九九
風……四〇〇
感舊二首……四〇〇
憶舊二首……四〇一
初夏……四〇一
警悟……四〇二
憶朗公歸山……四〇二
青衫濕……四〇三
雨夜……四〇三
醉春風……四〇三
閨曉……四〇三
江城梅花引……四〇四
閨情……四〇四
滿江紅……四〇四
旅況……四〇四
旅中七夕……四〇五
遊虞山……四〇五
君山吊古……四〇五
山中夜思……四〇六
千秋歲引……四〇七
秋夜……四〇七
壽奕山韓太翁九十……四〇七
疎簾淡月……四〇八

送朱現明歸蜀……四〇八
梅……四〇八
臘梅和彥容作……四〇九
洞仙歌……四〇九
壽順江舅翁七十雙壽……四〇九
華胥引……四一〇
記夢……四一〇
滿庭芳……四一〇
夏景……四一〇
閨曉二首……四一一
夜泊書懷……四一二
鳳凰臺上憶吹簫……四一三
閨意……四一三
燭影搖紅……四一三
辛亥至夜懷舊和彥容作……四一三
望海潮……四一四
早春即事……四一四
醉蓬萊……四一五
祝彥容九月初度……四一五
念奴嬌……四一五
春初……四一五
早春送望子、闇生游武林次彥容韵……四一六
壽項少瓶先生……四一六
七夕壽顧振吾鰥居七十……四一七
金菊對芙蓉……四一八
壽顧紹庭六十九月初度……四一八
綺羅香……四一八
雨景……四一八
雨淋鈴……四一九
風雨……四一九
拜星月慢……四二〇

閨月……四二〇
薄倖……四二〇
記恨……四二〇
春從天上來……四二一
除夕……四二一
絳都春……四二二
蠟梅窓月……四二二
戚氏……四二二
冬日感懷……四二二

秋水庵花影集目錄終

秋水菴花影集卷一

華亭峯泖浪仙施紹莘子野父著

【校】「峯泖浪仙」抄本作「泖峯浪仙」。

樂府

春遊述懷有序跋〇〇〇

秋去春來，愁縈病惱。自是傷心南浦，其如撲面東風。携短笻于錦陣，命付花魂；漉破葛於玉釭，夢回酒國。盖竊歎浮生之如寄，乃深悲去日之苦多。若舍現前之樂事，何與身心？倘圖沒世之令名，空勞夢想。因茲挹秀於烟霞，聊且娱情於花月。封拜青州從事，不辭歌院乞兒。俯仰天地之寬，安適性情之便。爰趂春遊，遂成新什。行人生之樂耳，捐卿法之彼哉。令解人聞之會心，而下士聞之大笑云爾。

【校】「愁縈病惱」，「縈」抄本作「慵」；「蓋竊歎浮生之如寄，乃深悲去日之苦多」抄本作「竊嘆浮生如寄，悲去日之苦多」；「若舍現前之樂事」抄本無「之」字。抄本「空勞夢想」後緊接「爰趂春遊，遂成新什」即結束，末標署有「節錄」二字。另，抄本於本篇標題上方天頭處，標注有「後序跋不盡謄」數字。

北正宮端正好

錦烘天，香鋪地，東風裡綠柳橋西。亂芳遙襯前山翠，似董北苑先生筆。

【眉批】（「錦烘天」二句）奇境奇語。

滾繡毬

不多時纔看得梅，霎時間又開到李。柳窺青漸蘇嬌睡，小夭桃打扮衣緋。菜花田獵獵低，紅花田剪剪齊。一陣價香風肥膩，慢騰騰淡日西飛。猛踏破落花堆裡滑了鞋底，抓住了繁花刺兒碎了綉衣，又過前溪。

【眉批】春景如画。

叨叨令

且尋一個頑的耍的會知音風風流流的隊，拉了他們俊的俏的做一個清清雅雅的會。揀一片平的軟的襯花茵香香馥馥的地，擺列着奇的美的趂時景新新鮮鮮的味。兀的便醉殺了人也麽哥，兀的便醉殺了人也麽哥，任地上乾的濕的諢帳呵便昏昏沉沉的睡。

【眉批】閒情逸致，絕世高懷。

脫布衫

忒撩人賣酒紅旗，映鞦韆在紅杏樓西。樓兒上那欄杆斜靠的血紅衣，見人廻避。

【眉批】（「忒撩人」二句）摹景紗絕。（「摹」翻刻本訛作「墓」）

【夾批】〔血紅衣〕：紗。

小梁州

又見些隻隻弓鞋一捻的，時樣羅衣，知他是燒香的還是上墳的。喬裝髻，掩扇漏蛾眉。

【校】「一捻的」，抄本圈去「一」字，於旁另寫爲「别」。

【夾批】〔掩扇〕句：玅。

么

聰明人不合多伶俐，被他們酒泥花迷。杏花天，楊花地，和二三知己，睜醉眼看名姬。

【眉批】如此勝遊，人生能幾。

【夾批】〔聰明〕句：倒是聰明不是，玅，玅。〔睜醉眼〕句：玅。

上小樓

垂楊院裏，朱門斜啓，且待俺陪個殷勤，借看園林，纔過花堤。怎知俺命兒裡，寃家作對，驀撞的鬭草的十來個妓。

【眉批】（「怎知」三句）玅絕韵絕。

【夾批】〔十來個妓〕：玅。

么篇

騎馬的葉葉衣，坐轎的呵呵睡。還有個酒壺兒斜矗，食壘兒分携，玅人兒相偎。引得俺半日裏跟到黑，淒涼慙媿，怎當他半回頭，風遞過口脂香氣。

【眉批】（「引得俺」句）多情於此無可奈何。

【夾批】〔淒涼〕句：四字玅。

滿庭芳

亂香堆裡，一灣流水，茆屋竹籬。恰正是寒食天濁酒兒剛篘起，試新茶才放槍旗。偏湊的笋鮮菜美，又撞的蜆肥芹膩。小飲藤花底，盤餐進枸杞，人醉了日頭直。

【眉批】（「偏湊的」二句）現前景物，拈□〔來〕便玅。（「來」字原刻本有殘損，然可辨；翻刻本訛作「木」）

快活三

是誰家笙歌沸，偷空裏笑微微。隔墻惟見柳巍巍，這便是洞天裡神仙會。

【眉批】(「偷空裏」句)正令人魂斷。(「正」翻刻本訛缺第一筆而作「止」)

朝天子

只可憐塜壘壘土堆,白條條掛紙,費多少兒孫淚。眼前的酒飯兒不能勾喫,哭拜罷人歸矣。蝴蝶青錢,杜鵑紅淚,纔懊悔當初不醉夘。生前事在這壁,夘後事在那壁,短多少萬古英雄氣。

【眉批】(「只可憐」三句)忽吐哀声,絲竹皆淚。(「皆」翻刻本訛作「音」)

【夾批】〔纔懊悔〕句:名言。

四邊靜

是誰知唐宗晉室。但當年墓碑,而今廢基。草樹狐狸,松栢寒山背。今宵却在雨裡,昏慘慘悲燐濕。

【夾批】〔松栢〕句:玅句。〔今宵〕句:淡語自悲。

耍孩兒

我如今決計踈狂矣，且隨喜花邊酒裏。一年春去又春回，好隄防白髮相欺。須搜尋直入烟花髓，更頑耍爭爲麴蘖魁。日日花間醉，惹得的桃花笑我，柳也開眉。

【眉批】自此至卒章，語語達生，句句逸致，名士風流於焉在矣。（「語語」翻刻本訛作「話語」；末字「矣」，翻刻本除《存目》本外皆缺，或爲刷印時遺漏）

【夾批】〔我如今〕句：妙。〔須搜尋〕二句：儆句。

五煞

看青山恰打圍，曲灣灣水接籬，羣花姊妹隨行隊。天偏生我爲男子，況春放閒人撒酒資。須直是風流𠓗，切莫把花盟酒譜，半點差池。

【眉批】（「天偏」二句）可云知足。

四煞

漸東君逐旋歸，好花枝怕一夜飛，曉來滿地胭脂碎。分明萬古英雄淚，應蹙盡人間閨秀眉。須快把杯兒喫，若放過了良辰美景，痴也真痴。

【眉批】（「分明」二句）爲花垂淚才是英雄，爲花皺眉才是閨秀。（第一處「是」字翻刻本訛作「死」）

三煞

好良朋近可携，小花籃便可提，家家酒氣和花氣。閒来酒店逋新債，更密選花枝寄所私。狂甚如天使，願如此生涯老我，不省前非。

【校】「狂甚如天使」，「如」字翻刻本缺刻左半。

【眉批】（「好良朋」三句）風致可掬。

【夾批】〔狂甚〕句：奇句。

二煞

不風流俗怎醫，會風流債怎推，好花好酒天生配。我酒中要强爲監史，花裡從教做伐媒。僉上了風流籍，休提向紅塵隊裡，斷送頭皮。

【校】「花裡從教做伐媒」抄本作「花裡從來教做伐媒」。

【眉批】(「不風流」三句)担花臥月，不肯让人。(此條文字翻刻本均有缺，《續修》本、天圖本作「担化臥月不」五字，哈佛本、鄭藏本則僅剩「月不」二字)

一煞

妖姬且自携，新詞且自題，圍碁賭酒賢乎己。深花妒殺蜂磨腿，趂酒閒看蝶晒衣。頑童且莫催歸急，却不道小臣卜夜，秉燭傳杯。

【夾批】〔深花〕句：麗句。

煞尾

置身峯泖間，避世詩酒裡。買一個載花船來往烟霞際，向這些美酒名花道聲生受你。

【眉批】(「向這些」句)□[結]語韵絕。(首字原刻本有殘損，然約略可辨作「結」；翻刻本脫漏缺失此條)

予雅好聲樂，每聞琵琶箏阮聲，便爲魂銷神舞。故邇來多作北宮，時教慧童，度以絃索，更以蕭管叶予諸南詞。院本諸曲，一切休却。間有名曲，畧譜其一二條。每遇佳時艷節，錦陣花營，美人韵事，則配以靡詞；若奇山異水，高衲羽流，感懷吊古，則副以激調。隨境寫聲，隨事命曲。管絃竹肉，稱宜間作。更以烟霞花月，酒茗詩棋，襯貼其間。如此逍遥三十年，歸骨于先人之側，乃以片石立墓道曰「有明峯泖浪仙之墓」，則吾願足矣。頭上烏紗，腰間白璧，青史上官銜政蹟，件件讓與他人可也。自跋

【眉批】（「隨境寫聲，……襯貼其間」）消除花月，使用文章，亦善于播弄矣。（「有明峯泖浪仙之墓」）以方「征西將軍曹侯之墓」，當是如何？（「軍」字翻刻本訛作有如「軫」字形；按，此句指曹操《述志令》所云「漢故征西將軍曹侯之墓」）

南音多柔曼，北音多激壯，盖亦五方風氣使然。子野此詞，有「大江東去」之雄風，復饒「曉風殘月」之佳致。故以銅將軍、鐵綽板歌之，而不失之凌勁；即以十七八嬌女兒，挾錦瑟，按紅牙，唱于步絲帳下，而不失之纖弱。顧彥容

【校】「佳致」，「佳」翻刻本訛作「隹」。

體制之弘，如垂天之雲；風情之逸，如穿花之蝶。兼之曲折排蕩，有堤草芊綿、春池瀲灩之意。真當行名篇也！沈德生

泖上新居有跋〇〇

南仙吕入雙調步步嬌

水際幽居疑浮島，結構多精巧。垂楊隱画橋，轉過灣兒，竹屋風花掃。門僻是誰敲，賣魚人帶雨提魚到。

【校】「垂楊隱画橋」，「隱」抄本作「陰」。

【夾批】〔垂楊〕句：好景。〔賣魚人〕句：真境。

醉扶歸

淡茫茫水鏡推窓曉，點疎疎漁燈夜候潮。暗昏昏鳩雨過平臯，白微微鷺雪銷殘照。蓼汀秋水乍添篙，只覺的地浮天漲乾坤小。

【眉批】（「淡茫茫」四句）四語可作四幅奇画。

皂羅袍

閒則扳罾把釣，將魚籃一個，背月而挑。巨鰲紫蟹帶生糟。晚潮壓酒賓堪召。圍碁賭勝，猜拳賽高，共聯白社，約會青苗，更有閒中交際山陰棹。

【眉批】（「閒則」三句）山家風味，筆筆如画。

【夾批】〔背月〕句：妙句。

好姐姐

種花兒不低不高，恰教他水流花照。芙蓉五色，夾過水西橋。更荷花繞，每逢秋夏香難了，透着衣裾不可銷。

【夾批】〔水流花照〕：好景。 〔透着〕句：衣衫亦有仙氣。

香柳娘

更春風岸桃，更春風岸桃，水肥花少，癡肥恰是村粧貌。種籬邊野菜，種籬邊野菜，夜雨帶泥挑，滋味新鮮好。向池邊聯句，向池邊聯句，不用甚推敲，别是山林調。

【夾批】〔水肥〕句：玅句。

【眉批】（「水肥」句）「少」字去声，木少則花盛，字法玅絕。

尾文

常常濁酒沉酣倒，高臥時聞拍枕潮，自起推窓正月上了。

【夾批】〔自起〕句：好光景。

予烟霞痼疾，出于性成。猶記五六歲時，便喜種植，以盆爲苑，以盎爲池，竟日徘徊，欣然如有所得。七歲就塾師，或遷延避學，無他嬉也，止遊戲于花草間耳。既壯誘慕日增，時寄情于詩酒聲色，要以鋪襯林泉，未嘗忘本也。丙辰冬，始營西佘别業，遂爲先人卜宅，盖便爲予歸骨地矣。己未秋，復移家圓泖濱，故予詞有「置身峰泖間，避世詩酒裡」之句。幽懷逸事，多散現于諸詞句字間，可考而得也。每春秋則居山，享桃梅桂菊之奉，覽烟雲月露之奇；冬夏則居水，長禾黍鷄豚之社，樂池潭風雪之觀。吾事不亦既濟矣乎！夫清福上帝所忌，自分福薄，何以堪此。但性有所近，天實賦之，違天不祥，拂性欺戾。惟願折功名富貴之緣，併于一途，庶幾當懺悔云爾。自跋

【校】「止遊戲于花草間耳」，「于」翻刻本訛作「予」。

【眉批】（「每春秋」六句）老我一生，亦復何恨！　（「惟願」三句）善於懺悔，亦占便宜。

子野有宅一區，在城東偏。然性宜泉石，不樂廛市。因營先公菟裘于西佘，遂葺就麓新居。齋曰「三影」，亭曰「衆香」，菴曰「秋水」，樓曰「罨黛」、曰「妍穩」，軒曰「語花」、曰「聊復」，更有「竹間水上」、「西清茗寮」、「一燈十笏」諸勝。瑤草琪花，芊綿芬馥；板橋石磴，蜿蜒崚嶒。方其玉麟寂寂，翠羽嘶嘶，淺水氷魂，黄昏微月，恍游瓊圃，疑入羅浮。及夫桃舒小紅，杏破新粉，蓮抽並蒂，柳撲香綿，奚翅鳳巢儷姬，更進迭換。至若蓉塘初膩，桂叢乍發，嶺楓失青，籬菊始黄，最堪把酒

拍浮，凭高長嘯。由此南折而上，爲「霞外亭」，檜栢蒙茸，松篁岑鬱。又折而上，則蘿蹊藤逕，盤旋委蛇。漸抵山之峻絶處，肯堂三楹，扁曰「春雨」，曰「詩境」，曰「太古齋」。九峯若拱，萬壑如縈，一鶴孤騫，片雲低宿，杳非復人間世矣。子野值春秋之季，必攜姬侍居焉，故比隣陳眉公贈之詩云：「人擁如花香國近，酒逢敵手醉鄉寬。」盖實録也。迨冬夏乃憩泖上之精廬，中有「醉吟堂」、「竹妙齋」、「且閒亭」、「今我堂」、「飛絮亭」，皆枕平皋，俯巨浸，凡蓴芡菱芰，鱸鱖鯊魴之屬，靡不畢湊。規制大約如山庄，而宏敞過之。茶寮湯沸，竹屋火熒，可絃可歌，或釣或弋。復造一畫舫，命曰「隨菴」。每風月清美之辰，放浪于鷗沙鷺渚之際，携六七童子，吹洞簫，拍象板，鼓檀絲，唱自製詞。直令湘靈和歌，馮夷起舞，望者訝爲神仙云。况其文心簇綺，墨海翻瀾，少出殘膏，便足拾紫。抑豈疾痼烟霞，作江湖長已耶？夫人欲樂者，未必能樂；能樂者，未必知樂。子野饒其具，仍解其趣，可謂有全福矣。甲子小春，偶讀《泖上新居》曲，聊紀夫勝情如此。且以見金谷奢、平泉痴，反不若子野小小結構，致足樂也。彥容跋

【眉批】此直可作子野小傳，高風逸興，恍恍寫盡矣。

【手批】此園之各景不啻仙居矣！吾意施君家必大富，始能辦此，他且不論，即以此園之亭榭計，已非十萬金不成，况奉養之資，聲妓之樂乎！（此條爲天圖本篇末手批）

山園自述有跋〇〇〇

南仙吕甘州歌

天容我嬾，只勾管人間，一片青山。考槃在澗，葺個茆屋三間。忙他沒用且了閒，把秀竹幽花隨意搬。花鋪地，竹碍冠，繞花依竹放欄杆。花畦潤，竹徑乾，趂花尋竹問平安。

【眉批】（「花鋪地」六句）可想見園亭幽致，亦可想見主人風流。（「幽」翻刻本訛作「山」中二「人」字形）

【夾批】（忙他）句：可以醒人。

前腔

開軒近水灣，把雲根洗出，瘦骨蒼顔。梅花一片，正暎着雪後前山。夭桃文杏兩更番，漸開偏梨花接牡丹。荷珠戲，桂露溥，芙蓉一夜報初寒。黄花瘦，橘柚圓，蠟梅和雪帋窓閑。

解醒歌

怕天公不饒閒漢，敢辭他種花煩難。況凡花易活非稀罕，任搬掘與扳扦。柴門客到，應門自有花侍鬟，待客去花仍送出山。亭臺小，位置偏，偏教放在百花間。遮花日，映柳烟，護花斜矗小紅旛。

【眉批】（「怕天公」二句）方知耦耕植杖，亦非閒漢。（「柴門」三句）此等應門，十分解事，豪門貴客狼僕如雨，能錄用此等人否？

【夾批】（況凡花）句：所以知止不殆。

前腔

笑人間恩千讐萬，怎如我碩人之寬。花畦竹圃吾恒產，前頭事任天瞞。今年多事，門前又開一塊山，更種竹搬花不得閒。花光護，竹翠攢，一家骨肉共團圞。花生子，竹放鞭，花天竹地儘盤桓。

【眉批】（「笑人間」二句）高人達士之言。（「今年」以下九句）自寫實錄，自敘幽歡，語語逼真。

皂羅歌

不少布衣粗飯，勸功名兩字，饒我牽扳。假饒霖雨徧人寰，怕眼前三徑先荒旱。休貪他好，把自己捹，花愁竹怨你何安。且吞花片，更數笋斑，尋常隨分好消閒。

【眉批】（「不少」三句）量力而動，安分知足，彼咄咄書空者正坐無此識見耳。

【夾批】〔休貪〕三句：世人如此者甚多。〔且吞〕三句：安往不得志哉？

前腔

把幾字題於門板，但休教折損，儘許人看。不迎不送恕痴頑，黑甜每日抽身晚。君無訝，我意安，大家平善兩無干。從君恠，只等閒，我方高枕把門關。

【眉批】（「不迎」二句）如此痴頑，真應恕之矣。

尾文

醒來帶睡揩雙眼，上竹外高樓自看山，渾忘却今朝未啓關。

【眉批】(「醒來」句)簡率平淡,漸近自然。

予別業在西佘之陰,荒陋深僻,聊以逃名避人,灌園畢世耳。邇來生聚漸繁,園林日侈。眉公先生爲開山初祖,諸名家亦漸次開闢。於是改新路而喪其本真,鑿頑山而破其渾沌,耳目頓易,使人神魂欲飛。春之花,秋之月,倩女如雲,綉弓窄窄,冶遊兒烏帽黄衫,担花負酒,每至達旦酣歌,并日而醉,剥啄驚夢,不問可知矣。夫吾輩草木同腐,入山惟恐不深,何堪喧襍偪人如此。且予兩年多病,深居杜門,客來題鳳,至鞭及愚闇,而罪及病主。甚且戕花折柳,翠殞紅殘,毁瓦踰垣,狂呼怒駡,能不視遊人若豺虎哉!倘能問竹平安,惜花薄命,則花之知己,即予之良朋,予且招致之不暇,忍使作門外漢乎。則要當以愛花爲自愛耳。乙丑首春,適闢治南山,種桃蒔竹,閱工石上,偶口占數語,自述人外之樂,而因爲後幅一條,以告遊者。自跋

【眉批】(「倩女如雲」四句)如画。(此條翻刻本脱漏缺失)

子野丘壑幽姿,青霞傲骨,其徜徉塵外,眦睨寰中,要是天授耳。右詞自寫閒情,蕭疎高遠,如景星慶雲,可望不可致,夫豈樊籠中人也哉。沈竹里

【校】落款末字「里」，翻刻本缺刻下半，僅有上半部分之「田」。

佞花有跋○○○

南仙呂入雙調瑣南枝

金鈴護，錦帳捱，封家大姨誰敢猜。紗選出塵埃，向名園如意買。高低種，曲折排，泛紅濤，翻綉海。

朝元歌

鬭猜燕猜，忒作踐嗔他歹。蜂來蝶來，緊幇襯愁他採。待貼上金釵，繫將襟帶，忍教粉香塵土埋。就飄墜蒼苔，願盈盈踹將紅綉鞋。更脩口懺花齋，願花緣常是諧。判個補填花債，受持花戒，那敢負恩分愛，負恩分愛。

【眉批】何多情至此。（此條翻刻本脫漏缺失）

【夾批】〔緊幇襯〕句：妙。〔願盈盈〕句：妙。〔更脩口〕句：妙。

香柳娘

折將來近他，折將來近他，胆瓶安在，枕邊燈下屏山外。掃將來坐他，掃將來坐他，香錦簇新苔，鞋襪分餘彩。嚼將來咽他，嚼將來咽他，沁入肺腸來，毛骨泠然改。

【眉批】《香柳娘》三闋，步步着緊，如是愛花，可謂奇癖矣。（「愛」翻刻本訛作「受」；此條《存目》本無）

前腔

乞名詩詠他，乞名詩詠他，錦囊携帶，一時聲價千金買。乞名工畫他，乞名工畫他，紙墨暈香顋，活現春常在。乞名姬綉他，乞名姬綉他，孕出美人胎，分外生光彩。

【校】「分外生光彩」，「生」抄本作「先」。

【夾批】〔乞名工〕句：妙。 〔乞名姬〕句：更妙。 〔孕出〕句：妙

前腔

願輕輕雨洒，願輕輕雨洒，洗粧抹黛，蕭然標韵風塵外。願微微風擺，願微微風擺，韵臉

笑微開，波俏世無賽。願疎疎月曒，願疎疎月曒，清影逗香堦，永伴佳人拜。

【校】「洗粧抹黛」，「抹」抄本作「扶」。

玉交枝

傍人休恠，這花緣前生帶來。命中干犯真無奈，撒風情本分應該。因此上錦囊拾得盡詩材，紅裙贈與添情債。但花開是我時來運來，若花衰是我時乖運乖。

【校】「詩材」抄本作「詩林」。

【眉批】（「命中」二句）情根業債，何日是了。（「但花開」二句）依附花神，可稱「花黨」。

【夾批】（但花開）句：妙。

解三醒

我把你珍珠般待，我把你姬妾般捱，我把你花王頂禮常朝拜，我把你品命分明次第排，我把你開時命酒歡呼快，我把你落處填詞吊唁哀。渾填債。多只爲花星照命，摟得痴騃。

【眉批】真是無所不用其極。（「用」字翻刻本訛作怪體字形）

尾文

爲花常是躭禁害，就受用名花也合該，再做首艷句新詞荅謝來。

一生與花作緣，無日不享供養。使無奇文麗句，納交獻媚，亦甚媿爲花神薄倖人矣。甲寅春有《祝花》小詞，甲子春稍稍更定，自謂差効微情，然猶覺花恩深重，未能報頌萬一。清明花下，復填右詞，譜調生新，語意柔逸，深情委思，頗極其致。今人語諂媚之甚者謂之肉麻，是真可謂肉麻矣。第求免爲花神薄倖，鬚眉之氣，於此毫無所用也。本題初爲「歌花」，復改爲「佞花」，正道其實，且志我痴耳。甲子清暑齋日納涼且閒亭偶記。自跋

【眉批】「鬚眉之氣」本無用處。（此條《存目》本無）

佞花至此，萬種情痴。烟花主盟，豈容多讓。鄭君泰

花遇賞心，如佳人遇才子，自然供養奇擎。古人有爲之取凉，爲之画眘者，要自是文波蕩漾耳。倘落村漢手，無論揉香剜玉，即狎昵留連，然而以蒿莽之氣，施之柳寵花嬌，此篇文字殊覺疎庸草率，乃知「侫花」兩言，初非易事，豈容不識字人，妄稱「花黨」耶？右詞如此才情，自應判斷與花作配。夫花撰文章，依稀成字。筆拈芳艷，錯落生花。我不知其是一是二，宜乎其不媒而合也。陳眘公

丙寅初夏，集朱蕚堂，獲聽子野此詞，兼得讀其副本。一時坐客，同聲歎美。予時病酒，燈下不能辨細書，不覺爲之眼明，快飲十蕉葉。張佘峯

【手批】余性亦愛花，然無其地、無其興，故不復侫花，惟讀其詞，為之神往而已。乾隆乙未三月，芝樆老人筆。乾隆丁酉偶淂《瑶華集》詞選，浪仙實有其人，詞采高華，風神隽逸，可以伯仲朱、陳，雖居明末，而入國朝諸名家，亦不愧也。詞餘特其餘事耳。丁酉夏五日，芝樆再識，年七十有四。（此二條爲選抄本篇末手批）

賦月有跋○○○

南商調梧桐樹

松間漸漸明，柳外微微映。探出花梢，忽與東樓近。低低與几平，淡淡分窗進。雲去雲來，磨洗千年鏡，照鞦韆院落人初靜。

【眉批】（「松間」二句）恍然月出。

【夾批】〔探出〕句：光景妙。〔低低〕句：妙句。〔淡淡〕句：玅句。〔雲去〕二句：玅句亦奇句。

東甌令

山煙醒，柳煙晴，放出姮娥羞澁影。裝成人世風流境，搖幾樹西廂杏。浩然風露夜冥冥，細語沒人聞。

【夾批】〔放出〕句：玅句。〔裝成〕句：玅句。〔搖幾樹〕句：眼前事却不經人用。

大聖樂

透疎簾照破黄昏，進鴛帷，窺鳳枕。玉人何處瓊簫冷，心上事，夜香亭。多應是半輪慘淡相思鏡，還可是一叚幽深吊古魂。梨花夢醒，早鵑啼恨血，草荒烟暝。

【校】「多應是半輪慘淡相思鏡」，抄本無「是」字。「幽深」抄本作「幽事」。

【眉批】（「透疎簾」三句）月亦輕薄。

【夾批】〔進鴛帷〕二句：妙。〔多應是〕句：玅句。〔還可是〕句：妙句。

解三醒

有多少欄干露冷，有多少高燭花明，有多少南樓好句裁三影，有多少綵袖籠燈，有多少曉風楊柳紅牙板，有多少歌舘樓臺義甲箏。歡無盡。多應是氷魂蕩漾，逼出風情。

【眉批】（「有多少綵袖籠燈」）香艷無比。（此條翻刻本脱漏缺失）

【夾批】〔有多少南樓〕句：妙句。

前腔

更多少空窗製錦，更多少小閣挑燈，更多少楓江面掩琵琶冷，更多少茅店霜清，更多少悲笳曲罷關山靜，更多少玉笛吹殘參斗横。情何盡。多應是冰輪有意，照見銷魂。

【眉批】（「更多少茅店霜清」）字字可憐。

【夾批】〔更多少楓江〕句：妙句。

尾文

一些兒清光瑩，幻出人間萬古情，我别把冷眼閒心向百花樓上飲。

曲譜「玉盤金餅」，詞之表表者也。但剿拾太繁，未免膩氣。甲子仲春之望，看月于就麓新居之罨黛樓。時宿雨初晴，碧空淨洗，四山如沓，一輪安鏡。欲徵新句，頗厭蕪詞；因抒短毫，爲填商調。將以昏痕墨氣，暈出冰魂。情耶景耶，不覺其罄盡于此矣。以方前詞，或者駢贍不足，然而風雅過之。花月之下，使以香喉俊舌，撩袂長歌；更以玉簫金管，尋腔暗度。當使耳根心瓣，生氣一新。「玉

盤金餅」，竟成謝事老翁，不得復向少年場爭座頭矣。 自跋

古今咏月詩詞，已極文人之變。羅洪先詩云：「欲憑此影向天問，汝蟾何物能縱橫。頭尾藏縮止餘腹，中孕大地山河精。」此問月險語也。何大復云：「侯家臺榭光先滿，戚里笙歌影乍低。與君相思在二八，與君相期在三五。」此唫月致語也。范元卿詞云：「銀葩星暈，點破琉璃碧。」又云：「銀漢無聲，冰輪直上，桂濕扶踈影。」李漢老云：「滿天霜曉，叫雲吹斷橫玉。」此題月麗語也。曾覿云：「玉手瑤笙，一時同色。」又云：「何勞玉斧，金甌千古無缺。」周美成云：「明月影，穿窓白玉錢。無人弄，移過枕函邊。」此歌月倩語也。然一粘色相，便落窠臼。少修博綜，遂嫌餖飣。總未若子野是詞，如水中盐味，非有非無，紙上花光，不離不即。試共南樓老子，北里佼人，一傾耳焉。恍乎排紫清，入廣寒，聽《霓裳三疊》矣。 顧彥容

中如：「低低與几平。淡淡分窓進。雲去雲來，磨洗千年鏡。」又如「裝成人世風流境」等句，獨刱新聲。雖關、馬再生，能道隻字否？ 彥容又評

句句是月，而使事用實，輕虛脫化，帋上幾無墨痕矣。殆化工筆也！ 呂鳴玉

吟雪有跋○○

南南吕梁州序

尖風一夜，彤雲千里，池面琉璃輕脆。六花騰舞，先春已奪花魁。只見穿簾似燕，入幕如賓，洒脱無拘泥。釵頭扶上也有情痴，就飛到爐烟心未灰。銷金帳，笙歌沸，纖纖玉手羊羔美。正開宴，艷羅綺。

【校】抄本調名作「南南吕梁序」。

【夾批】〔只見〕二句：奇妙。〔有情痴〕：妙。〔就飛到〕句：妙。

前腔

開簾疑月，開門無地，一幅米顛山水。江天釣艇，濛濛幾個簑衣。只見危橋驢瘦，老樹鴉寒，小犬柴門吠。梅邊竹上也故依依，更逗入松梢伴寉栖。茅屋下，明窗裡，初煨榾柮青烟細。商茗事，儘幽致。

【校】「伴雀栖」，「栖」翻刻本訛作「栖」。

【夾批】〔一幅〕句：妙。

前腔

乍飛來草榻無氈，更飄洒牛衣無被。問村荒店遠，酒沽來未。只見微晴漏日，忽暗藏天，恍惚寒山翠。誰家粧閣也火初圍，想脉脉心情上客衣。庭霰積，瓊瑤碎，狻猊裝捏兒童戲。成忽敗，小興廢。

【眉批】（「狻猊」句）興廢炎涼，眼前指點妙絕。（此條《存目》本無）

【夾批】〔忽暗〕句：奇。〔成忽敗〕二句：妙。

前腔

太輕盈似柳絮顛狂，爭縞素要梅花迴避。見窮途古棧，一人一騎。可有高朋夜棹，上客梁園，拾句蒼茫裡。詩成笑傲也興尤痴，待搥破前山白玉堆。填谿壑，滿堦砌，紅塵打滅渾無際。炎忽冷，笑人世。

【夾批】〔待搥破〕句：奇。〔炎忽冷〕二句：妙。

節節高

風燈動夜幃，更飛飛，窓敲碎玉聲偏細。寒酸味，煨芋魁，烘綿被，天明一覺呵呵睡。人間尚有鶉衣碎。幾處繩床赤脚眠，於中不要豐年瑞。

【眉批】（「寒酸味」四句）言此至吾輩受用已多，豈應不知足也。

前腔

空庖恰早炊，爨烟遲，瓊霙亂洒晨光碎。敲冰箸，瀹茗旗，園蔬脆，一杯麥飯粗歡喜。人間尚有瓶無米。幾處詩人得句時，貧家何限淒凉淚。

尾文

願憑一瓣風吹起，逓入綺羅筵裡，好帶却陽和一線回。

風花雪月，總屬化工。然使乾坤别開生面，莫過於雪，尤天地間一奇境也。一切酸腐餖飣語，對此都有慙色。予昨歲有《画眉序》一闋，已曾譜之竹肉，第恨調屬黃鐘，近於板實，且文情亦似枯寂。乃復製右詞，庶幾窮雪之變，而調亦俊快。每當微霰初零，殘霙未死，紙窗竹屋，茗戰香焦，勝友名姬，花温酒烈。更以尖喉脆笛，高調穿雲。此時神魂飛舞，當在孤山梅影中、灞橋驢背上矣。自跋

【校】「花温酒烈」，「烈」字翻刻本訛左上之「歹」爲「月」。

歌風 有跋〇〇〇

南商調梧桐樹

青蘋葉勢平，春水波紋淨。動地撩天，把日脚高吹醒。飛花打翠屏，飄葉敲金井。移海吹山，直恁顛狂性，捲濤痕齧破嫦娥影。

【夾批】〔捲濤痕〕句：奇妙語。

東甌令

更低低颺，款款生，撩帳搴衣不至誠。温柔偏解偷幇襯，剛出浴冰肌瑩。就微微針竇也留情，一線引香魂。

【校】「不至誠」，「誠」抄本作「成」。

【眉批】《賦月》云：「進鴛帷，窺鳳枕。」而此亦云然。然則風月信皆多情，而吾輩担風弄月，人亦可知矣。（此條文字中「担風弄月人」五字，翻刻本訛作「归良并月入」）

【夾批】〔撩帳〕句：妙。　〔就微微〕句：寫得幽細。

大聖樂

做春寒逓入疎楞，漾釵旛，頭上冷。鬟花吹落香顋影，帶幾線，淚痕冰。多應是飄零恰似郎心性，可更是蕩漾還如妾夢魂。燈昏暈炧，正和花送雨，惱人春病。

【眉批】（「鬟花」三句）映帶入情，有神無跡。（「映」、「神」翻刻本均訛作怪體字形）

【夾批】〔多應是〕句：玅。　〔可更是〕句：玅。　〔燈昏〕句：玅。

解三醒

吹不了愁香怨粉，吹不了瘦鐵窮砧，吹不了玉門關上秋鴻影，吹不了曉月津亭，吹不了夜深裙帶雙鴛冷，吹不了春煖弓鞋百草薰。淒涼景。吹不了柳綿如霧，古渡荒城。

【眉批】後幅兩闋，句句是風，竟無一字露骨，使事用實，真入化境。（翻刻本空缺「入」）

前腔

吹不了紙錢灰冷，吹不了野燒痕青，吹不了酒旗葉葉春江影，吹不了古戍烟横，吹不了人悲客路斜陽艇，吹不了鬼哭沙場夜雨燐。添悽哽。吹不了子規啼月，血遍微腥。

尾文

任攧掀，從淒緊，翻覆猶如人世情，怎地把世上痴人吹他春夢醒。

【校】末句抄本無「上痴」二字。

予既賦月，因念風月平分，而古人不多見歌風之作。宋玉《風賦》，分别雄雌，未免困於莊語，恐於封家姨擷花弄月之致，隔去萬重。乃爰尋舊譜，更度新聲，摹出一段無情之情，境外之境，遂覺吼天作業，竟成柔怨風流，誰謂一寸霜毫，無功於風月哉？自跋

《賦月》、《歌風》，兩詞可稱雙絕，而《歌風》尤難，非當行名手，不能辨隻字也。沈文夔

【校】末句「不能辨隻字也」，「也」翻刻本訛作「紫」。

詞家咏物，如作八股小題，決非學究頭巾所能辨。此詞妍雅風流，有翩翩裘馬少年之致。彼作老婆語者，舌重如石，即令讀此篇，恐亦期期艾艾，不能成誦耳。張聖清

花生日祝花有跋○○○

南商調黃鶯兒

把酒祝花神，願年年，是好春，無風無雨清明信。狂生臥君，佳人戴君，主人好事憐君甚。製新聲，移春小檻，箏阮配簫笙。

【校】「佳人戴君」，「佳」翻刻本訛作「隹」。

【眉批】（「狂生」三句）花應折福。

前腔

把酒祝花神，願開時，對韵人，香爐茗椀常相近。高僧許尋，名詩許評，阿翁濟勝身無病。更園丁，時時捱襯，絨索護金鈴。

【眉批】花本因人成勝祝，花還自祝，正善於祝花者。（翻刻本此條訛誤嚴重，作「死水因人成一子花梁曰舌奐善於祝」）

前腔

把酒祝花神，願先生，粗不貧，酒錢猶可支花信。新茶正新，醇醪正醇，藤花竹笋剛肥嫩。綺筵成，飛箋召客，珠履破花痕。

【眉批】徹髓風流。

【夾批】〔酒錢〕句：阿堵遂爲韵物。〔珠履〕句：勝会儼然。

前腔

把酒祝花神，願吾曹，盡後生，花前個個堪痴興。或折來上瓶，或掃來做茵，或酒籌探得簪於鬢。總多情，就春醒未醒，夢裡也懺芳魂。

【眉批】（「願吾曹」三句）祝盡吾曹，爲花推愛，愛花亦深至矣。

【夾批】〔或折來〕二句：爲花忙了多少。〔或酒籌〕句：情景玅絕。〔夢裡〕句：情痴。

猫兒墜

祝花纔了，更低語問花神，誰似吾曹莽後生。花前生慣撒風情，惺惺，儘把我詩句褒彈，觴政經綸。

【眉批】後來四闋，揮洒戲調，文生於情乎？情生於文乎？

前腔

祝花纔了，更私語媚花神，你出落丰標越後生。生辰今日遇晴明，須慶，多應是天付風流，勑嫁東君。

【校】「晴明」抄本作「清明」。按，農曆二月花生日，非清明時節，應以「晴明」爲是。

前腔

祝花纔了，更笑語戲花神，不信伊家獨後生。我判百萬買娉婷，欺君，只怕你輸却風流，減却風情。

【眉批】此一戲夸耶？昆耶？又譽又嘲，直令花神無可奈何。

前腔

祝花纔了，更美語慰花神，畢竟輸君占後生。尠年標致恰初庚，韶亭，好一似絕世無雙，出閣佳人。

【校】「韶亭」抄本作「韶令」。

尾文

酬風酧雨愁花損，似我於君獨有恩，我與你歲歲年年永定情。

【校】「酬風酧雨愁花損」，抄本「酧」作「酹」。按，「酹」同「酬」，音亦同，若如此則本句第一、第三、第五字音節相同，朗朗上口，似較「酧」更佳。然下之《乙丑祭花神文》亦有「預防意外之杞憂，酬風酧雨」之句，且此文抄本無，不能更據以校此字，姑記之。另，選抄本此句作「酹風酬雨愁花損」，等同抄本。

【眉批】花之毛遂。（此條《存目》本無）

仲春十二日，俗傳爲百花生日。考之古，亦謂之百花朝。甲寅春，予讀書泖上，是日拉村中少年，爲祝花之集，因祭風雨，乞爲護持。其文曰：「惟神爲兩間勞臣，百昌施主。位隸異隅，布離和而揚震德；神棲壁野，司畢宿而友箕星。春首一犁，頌恩澤者，在農夫口中；太平十日，獻治徵者，在天子殿上。若乃畧洒芳林，園圃似錦；輕噓膩圃，花氣如烟。紗致騷人，趂手拈成詩料；幽情韵女，臨粧拾得春心。此又風流主盟，吾輩屢蒙奇貺；且是吟壇供奉，詩緘每借尊銜。

但至仁無窮，施則不匱；而大德猶憾，受或非宜。于是持公道者，謂神之澤奢；眷花顏者，謂神之心妒。此固不足信之人言，然亦不可訓之物議也。茲者仲春十有二日，俗人之譚，傳爲花之生日；吟士之口，强名天之花朝。故某等典衣沽酒，竊泛霞觴；錫號徵名，荐申華祝。因是殺鷄爲黍，於神酬功；共口御辭，代花乞命：「伏念花稟妍姿，未聞以柔媢取罪；神有大力，豈待以摧折爲威。苟留一點之芳艷，庶大塊之文章不刊；無傷百卉之幽妍，即名士之風流未歿。殆大有造於天人，豈直加恩草木而已也。神其鑒歆，繹聽斯語，尚享。」祭畢，各飲福酒，歌吹右詞，且綴以綵繒，各贈名號：梅號素心居士，其有老韵者，特號和靖先生；竹號高節先生；芍藥號鄭校書；牡丹爲金屋瓊姬；白海棠一株爲夢梨居士；池上夭桃號緋衣少年；門傍古槐號綠衣閹；柚爲秋香亭執事；橘爲赤心學士；紫薇爲玉京貴客；菊曰東籬長者；有楝出屋隅，謂屋角守望；桂爲廣寒花祖；山茶爲陽羨酡翁；傍籬木香爲雪衣荀令；薔薇號司香院使；石榴爲安大夫；水仙曰夢甄侍女；其號西方美人者，則蜀葵也。贈已乃縱擊鼓，紙錢紛飛，亂紅低度。亭午舉酌，進五菜羹、梅花酒。洞開四窓，花氣來往，東風徐來，客衣微動。一時人氣踴躍，快活不可言。日下春，移席就花；月剛上，復出就月。夜深花霧冥濛，坐客醉影傾欹而散。予復浮十數杯，嚼梅花數百朵而寢，時斜月在枕矣。此勝會不可不記也。自跋

【校】「若乃署洒芳林」，「洒」翻刻本訛作「酒」；「謂神之心妒」，「妒」翻刻本訛作「姖」；「共口啣辭」，「辭」翻刻本訛作「亂」。

【眉批】（「春首一犁」六句）文情洒落。（翻刻本缺刻「文」）（「幽情韵女，臨粧拾得春心」）拾得春心，方是韵女。（「苟留一點之芳艷」四句）無中生有，說得閑繫。（「牡丹爲金屋瓊姬」）命名俱妙，想見風流。（此條《存目》本無）（「洞開四窓」四句）良時勝会，宛然在目。

【手批】浪仙酒興頗豪，余則不能，今以老病，蕉葉雖勝矣，而春仲曾有探梅一詞，結語云：「花開也拚，咀華嚼蕊，痛飲千卮。」蓋有其心而無其事也。乾隆乙未三月，七十二老人記。（此條爲選抄本篇末手批）

乙丑百花生日記自撰

予自甲寅，始爲祝花之集。以後歲歲爲常儀，而乙丑猶盛。盖葺治就麓新居，於

此已八年。亭臺花木，漸漸成章，百卉競秀，干霄蔽日，名花勝事，始兩相映發。先是五日，徧召吾友。招漢水、冲如、容卿、湛生、伯英、友夔於泖西；致巨卿、公選、存人於浦口；天馬凡六人，則竹里、鳴玉、瑞齡、鳴諧、伯明、茂林；城中凡七人，則眘公、伯瑞、彥容、東郊、子還、穉先、石公；方外兩人，則慧解、性白；山隣止兩人，則陳壽卿、鄭君泰。是日先後繼至，有阻風不至者。初謂十二日，擬得十二人，已而止得十人。稍焉楚人李劍墟來訪，東郊携一歌姬至，適如數焉。乃命酒洗爵，告奠風雨。金革間作，有聲無辭。凡以鼓吹天和，宣達陽氣。祭畢撤饌，始迎花神而致祝焉。予時有歌童六人，善三絃者曰停雲，善琵琶者曰響泉，善頭管及搊箏者曰秋聲，善籥及簫笛者曰永新，善阮咸吹鳳笙者曰松濤、霓裳。於是各奏其技，稱觴而前。每進一杯，歌小詞一解，而絲竹之音，從而和之。已而飲福，左右互勸。小童登場，快歌迭唱。於時昏錢紛飛，紅雨如霧。東風洋洋，群鳥和鳴。萬樹懸繒，葉葉浮動。花神有知，當亦含哺而破顏矣。繼命庖丁，區處福物。山蔬野簌，未免富貴風致。蓋茆簷之下，紅裙捧觴，青童典樂。山翁於此，亦似作繁華夢云。是年花信獨早，梅花未殘，桃萼已放。幽草閒花，望煖俱發。予乃滿貯古瓶，中堂置之，高及屋梁，光艷四出。而紛紛酒人，環坐其側。首則李劍墟，時年五十二，以楚人也，獨上坐焉。次陳眘公，時年六十八。次沈竹里，時年六十五。次張瑞齡，時年四十四。次呂鳴諧，時年三十五。次魏東郊，時年三十二。次張容卿，時年四十五；次張沖如，時年三十三，兩君以予戚也，坐獨居後。壽卿、君泰，以比隣也，坐亦居後焉，壽卿四十五，君泰三十八。予時亦三十八，以主人居末座。歌姬年十九，獨粉面蓮腮而北面坐焉。是日也，餚不甚豐，而小品俱出新意；酒不甚釅，而芳白可鑒眘目；令不甚苛，而敏玅靜治，酒斜闇闇然。至於臨池之月，快爽如秋；掀衣之風，滑淨如水；小童之歌，幽脆如鶯；坐客久談，如紛霏玉屑。至夜深不肯去，皆一時幽勝之可紀者也。

嗟乎！人生韵事，能有幾何？一年艷節，能有幾日？倘眼底挫過，妄冀後期，正恐聚散閒忙，欻生病健有不可知者耳。試讀《蘭亭序》，閱《西園雅集圖》，遺文具在，人事如何，未免有情，有不對之而涕淚也哉。則與其悵歎古人，何如消受今日之爲得也。予將歲歲舉焉。明年當更爲護花旛，括香幕，羢鈴索，以珍重之。拉名士十二人，各製新詞；更令名姬十二人，立時翻譜，以讚歎之。且彷此遺意，從而侫月。八月十五月夕之辰，亦將舉杯而酹姮老焉。庶幾花月同盟，良辰分享。更屬管城，傳示信史，令千載之後，與《蘭亭序》、《雅集圖》，共發有心人一痕痛淚。則吾輩朽骨，生氣恒新，姓名事蹟，常與斯文俱隱顯也。是爲之記。

【校】「盖茆簷之下」，「下」翻刻本訛作「于」。

【眉批】瑣碎穢雜，無所不記，正使一時勝会宛然在目。他年晴雨閒忙，死生病健，皆一團血淚耳。子野信有心哉！多情哉！（「宛然在目」，「然」翻刻訛本作「癸」；「多情哉」，「情」翻刻本訛作「清」）　極煩處有頭緒，極散處有結束，極膚處有致趣，此文之以韵勝而更有體裁者也。（「頭」翻刻本訛作「豆」，「更有」翻刻本訛作「支未」）　（「而紛紛酒人，環坐其側」）儼然列坐。（「首則李劍墟」以下）記其坐次，復記其年齒并其人之形容，色澤亦恍然在目矣。（「是日也」以下）高會良辰，數語寫盡。（「正恐聚散閒忙」以下）言之慘然，乃知觴花醉月，豈可使有後時之歎。（「更令名姬十二人，立時翻譜」）如此消受，庶幾及時無憾。（「八月十五」三句）逸興無邊

乙丑祭風雨文 自撰

方春時和，萬物條暢，山花向人，莞爾而笑，此五風十雨時也。乃兩月以來，神數

見譴，狂霾怒號，十日而九。病粉愁香，俯首聽命而已。獨念某等小人，既絕妄念於人間，聊寄閒情於花圃，門無二仲，則花我友也。室無艷釵，則花我姬侍也。闢硯田之荒蕪，答陽春之烟景，則花我文章也。燥濕辨其土宜，柔勁和其物性，則花我經濟也。貴近爭肥田，世易其主；野人安廢圃，歲享其愚，則花我恒產也。落材可以供炊，取實何妨換酒，則花我泉貨也。折奇葩以寄所私，浸芳醪而投密友，則花我應酬往還也。簪酒籌而綠鬢粘紅，襯香茵而黃衫蘸粉，則花我冠裳枕席也。嚼芳艷而齒頰生香，沁清芬而肺腸開悅，則花我神魂標韵也。以故一枝傷如一體折，一瓣飛如一淚零，真所謂連心之痛，同氣之吁，所仰德於神者，夫豈鮮哉！伏願自今以往，鑒情痴之無涯，憫香魂之易殞，加意護持，順時矜恤。施恩於望澤之時，霽怒於厲威之日。使幔亭徹而不張，錦帳設而不用，則大德殊恩，無量無邊矣。某等不勝竦息虔禱之至。

【眉批】勝事必得高文以傳，有此記，復有此文，足可傳之不朽矣。

乙丑祭花神文 自撰

惟此之日，神實降生。錦天渾沌，從此方開。香國文明，於焉載啓。某等敢不鋪張艷節，鼓吹良辰，用是并日夙戒，厥明將事。既酒烈而香温，復絃繁而管細。從事皆韵士，稱觴有美人。預防意外之杞憂，酬風酹雨；似戲膝前之萊綵，裂錦懸繒。凡以曲致其留連，或者無慙於盛舉。神其來思，共含怡而飲我酒也。韶華九十，莫紗于百花朝。燈期纔過，風信未來。柳線搓金，梅粧綻玉。踏青陌上，紈扇初攜；鬭草閨中，繡弓纔試。春兮將半，樂也如何。過此則芳林爛熳，觸目可憐矣。子野每際斯辰，便具羔豚以賽之，擊羯鼓以催之，譜艷辭以媚之，招良朋以祝之。且邀靈青帝，乞澤雨師。千樣護持，百般欣賞。花神有知，其不待曉風吹可知也。由是桃紅李白，魏紫姚黄，更替競發，豈遂詒「未到曉鐘」之恨乎？故吾謂及時行樂，子野有焉。即古人修禊秉蕳，猶爲晚耳。甲子長至彦容識。

一團韵致，絕世風流。花營獨步，自應推戴。每讀一過，想見其人毛孔皆韵也。

韓巨卿

惜花有跋○○○

南商調二郎神

憐花病，見廢紫休紅點繡茵，輕又薄香魂全瘦損。多情薄命，經二十四番風信。烟雨樓臺一曲笙，更紗窗夜寒燈暈。添人悶，寶欄杆外，欲謝難禁。

【眉批】（「多情」二句）多情薄命，令人直欲痛哭。（「寶欄杆外」二句）悽然魂斷。

啄木兒

含風笑，浥露顰，偏對淒凉掩淚人。乍飛粘錦字迴文，忽逗破綉床香印。春深小閣休文病，琴心近接蕭娘信，正獨自開箱檢綉裙。

【眉批】（「春深」三句）声声悽怨，言外傳神。

三段子

空中似塵，淡濛濛是誰人夢魂。苔前似鱗，點疎疎是誰人淚痕。平明一陣寒差甚，繡簾不捲風尤緊。正酒暈扶頭，倦粧時分。

【眉批】（「淡濛濛」、「點疎疎」二句）窓昏敲花，衾窩泣夢，香魂妾命，一齊斷送矣。

【夾批】〔淡濛濛〕句：紗。〔點疎疎〕句：紗。

前腔

桃源杏村，洒香衫風流後生。花棚繡裀，點青氈詞壇俊英。儘教拾向奚囊錦，可憐一霎繁華影。知道明年，是誰相近。

滴溜子

一片片一片片芳菲哄人，一點點一點點東君負心。作踐韶華直恁，子規啼一聲，撩亂古墳荒徑。幾回風雨，知多少藁葬芳魂。

【眉批】恩怨関心，又憐又恨，不恨不可以爲憐也。

尾文

陌頭剩有弓鞋印，又付與花驄踏作塵，總件件教人憐惜恁。

【眉批】餘情縷縷。

吾輩惜花，當自有一種情味在。余嘗有詩曰：「但能痛飲便名士，解得惜花真丈夫。」識此意者，花自可惜。宜乎此詞字字銷魂也。有客攜往金閶，爲歌樓所譜，云其聲大是幽怨，想當然耳。自跋

春江花月夜，最能愁殺人。況一旦粉憔脂冷，如虞姬起舞，綠珠墜樓，妃子葬馬嵬時，有不黯然悽斷者耶！倘于老紅紛飛，殘香銷歇處，擫羯鼓唱子野詞，可以招月魄之不歸，吊芳蒐之無主矣。𣏌公評

紅顏衰謝，千古傷心。讀此詞，令人情苗意瓣，纏綿無盡。想花神亦應泫然灑涕矣。單藥園評

昝人云「天若有情天亦老」。予謂芳園繡谷，春風扇和，嫩紫嫣紅，滿世界皆天公情譜也。韻士賞心，佳人動鬼，其留連殢惜，亦何待重陰垂幕，落錦成茵時耶。雖然，造物亦必賴文人彩筆，爲寫怨摹顰，方成衆香國中一部花史。讀子野惜花

詞，情深韻深，即封家十八姨爲柔腸繞指矣。董仁常評

善貌花者曰，似美人小影。夫殢雨迎風，以倩女靧面寫之，尚隔一重。何如即花寫影，非幻非真，更覺入玅。余從眘公齋，得晤子野，病骨瘦瘠，體不勝綺。而語花深至乃爾，不獨香艷如玉臺、西崑諸體而已也。高閬仙評

送春○○○

南仙呂桂枝香

留春不住，勸春休去，無過柳眼花鬚，去也還歸何處。匆匆這回，歎匆匆這回，忙裏沒些滋味，愁裏沒些情緒。猛搴幃。花隨流水紅顏朳，笋透窓紗粉淚垂。

【眉批】（「匆匆」四句）枕頭一夢，失却芳春，哀惋之言，字字可涕。

【夾批】〔匆匆〕二句：正是含情無限。

前腔
留春不住，怨春無語，爭拋麯院臺池，怎撇錦天羅綺。匆匆這回，歎匆匆這回，樓上滿簾紅雨，陌上滿空飛絮。怎支持。添些春恨𣊬間住，攬得春魂夢裏痴。
【夾批】〔樓上〕二句：隨分関心。
前腔
留春不住，洒春無淚，年年薄倖東君，識得機關破矣。匆匆這回，歎匆匆這回，愁不共春歸去，春不共愁俱住。强支頤。杯中量減緣何事，病裏慵添爲甚的。
【眉批】（「年年」二句）善於寬解，畢竟寬解不得，正是情深。
【夾批】〔杯中〕二句：黯然愁絶，不説破越愁。
前腔
留春不住，罵春無罪，東風忒恁無情，吹得老紅鋪地。匆匆這回，歎匆匆這回，處處斷腸之處，句句斷腸之句。吊芳菲。空餘杯酒堪懷古，剩有啼痕寄所私。

【夾批】〔罵春〕句：奇語奇情。

不是路

猛自尋思，誰似鍾情吾輩痴。傷春意，留連何忍別春衣。鬧傷悲，休他拾翠弓鞋底，冷落歌花小扇兒。窮生計，開窓風活闢窓雨，暗燈孤炷，暗燈孤炷。

【眉批】無一字不艷，無一字不愁。

【夾批】〔留連〕句：情深至此。

皂角兒

亂紅飛哭殺鵑兒，薄綿飄啄殘鶯嘴。這多應眼底炎凉，恰便是世間興廢。眼見得葬妖姬、殉韵士、换前朝、移後代一番兒戲。春今歸去，明年再回，怕的是芳菲不改，綠鬓添絲。

【校】「這多應眼底炎凉」，「炎」翻刻本訛作「淡」。

【眉批】（「這多應」二句）乾坤有盡，情種無窮，寫到此乃知眼底繁華，些些是淚。

尾文

一場春夢輕如此，一曲高歌春去，怎消得燕子鶯兒攪亂飛。

始而勸春，既而怨春。且繼之以泣，而終之以罵。何其低回宛轉如是耶？古人有言，「怨而不怒」，此可謂怨而怒矣。吾輩寧過情，毋不及情，不怒不可以爲怨也。顧闇生

此詞彥容首唱，吾輩同聲和之。初止《桂枝》單調，偶示歌師，謂其無餘音，似乎板實。乃補後幅兩條，不覺言之更爾酸怨。正如窮村怨女，夜泣已悲，更有熱心隣嫗，從旁和之者耳。自記

綢繆宛轉，俯仰流連，或撫今懷古而烈士魂銷，或怨綠愁紅而美人命奪。紙上墨痕，已不堪多讀，況譜之鶯喉耶？恐聞之者掬淚浣面耳！張子還

意不盡言，言不盡意。無窮感慨，一往情深。汪子野

元宵〇〇

南南呂梁州序

千門花柳，九逵烟霧，結綵家家簾幙。騰騰火樹，星橋欲駕銀河。只聽南隣敲鼓，北里吹簫，那個能閒坐。金吾不禁夜放恩波，正萬井騰歡賜大酺。（合）春剛到，梅剛吐，況一輪皓月剛三五。不痛飲，待如何。

前腔

春輕猶嫩，風温不大，燈滿雲衢月路。見嬌羞細語，櫻桃半顆無多可。奈花鈿低簇，金鳳輕挑，賣弄新粧裹。鞋兒弓字小倩人扶，猛映着燈光艷綺羅。（合前）

【眉批】寫出熱艷，令人狂魂忽忽。（此條《存目》本無）

前腔

鬧元宵絃管笙歌，慶豐年士農商賈。喜燈光隨月，月光隨步。只見皤翁扶杖，小女牽

衣，個個還添個。佳人歡笑也隔簾波，只惱得行人沒奈何。（合前）

【眉批】光景宛然。（此條《存目》本無）

前腔

喜良辰偏遇春初，樂昇平風光無數。見彌天花艷，絕非酸腐。早是燈棚高架，燈樣新興，總把春粧塑。誰家夜半也笑呵呵，尚兀是怕睡貪歡問紫姑。（合前）

【夾批】〔見彌天〕句：奇語俊語。〔尚兀是〕句：真境。

節節高

風流逸事多，把綺筵鋪，傳柑共剥黄金顆。彈箏坐，拍板歌，拈花舞，律催太簇翻新譜。歡呼驚落燈花朵。（合）怕不今宵醉如泥，月傾杯勸銀盤大。

【夾批】〔歡呼〕句：奇句。

前腔

春烟散綺羅，泛紅螺，團頭明月清風我。與詞人坐，教名妓歌，把新詩做，一團歡笑圍簫鼓。画堂人物盡風流個。（合前）

【眉批】風情逸興，隨口吐出。（此條《存目》本無）

尾文

儘判爛醉酬三五，不歡娱其如此夜何，把自製新詞得意歌。

【夾批】〔把自製〕句：真實受用，文人獨享。

施楓溪《野外元夕》云：「休嫌冷落山家。山翁本厭繁華。試問蓮燈千炬，何如月上梅花。」詞頗清艷，然未脱措大酸氣。子野「千門花柳，九逵烟霧」，極麗矣。乃後叚云：「團頭明月清風我。與詞人坐。教名妓歌。把新詩做。」抑豈村漢賞燈耶？宋元來燈詞，定以此篇壓卷。陳壽卿

【校】「千炬」，「千」原刻本雖作「十」，然可辨乃係殘損第一筆，翻刻本訛刻作「十」，此施乘之

《清平樂》詞，原文爲「千」，改。

燈夕花朝，爲初春令節。子野每走尺一相招，留連觴詠，推之雪晨月夕，時具勝情，因錄其柬于後。令覽者彷彿其人，自堪不朽耳。巨卿識

春初遠辱惠顧，得共商元宵韵事，樂何可言！別後忽忽若有所失，何足下之牽人懷一至此也。今歲花朝，擬集名姬韻士，爲花神譜曲稱觴，坐上豈可少足下，足下亦焉肯自外耶？初十邊，即望偕存人作計入山，恐至期或有風雨阻也。僕今春舊恙復作，雖旦晚即止，苐如此長病，可知閻先生意欲云何，不如與花月結爲姻戚，令青州從事做媒，庶幾是現前享受。足下少年，當惡聞斯言，然正欲作此頹語，激弟鋭氣耳。勝會難得，惟足下重念之。子野來柬

除夕有跋○○

南中呂好事近

簾外鵲聲高，喜報春光將到。揭天簫皷，家家熱閙多少。圍爐守歲，看佳人素手裁旛

巧。共稱觴笑祝檀郎，願青鬢映奴花貌。

【校】「共稱觴笑祝檀郎」，抄本無「共」字。

【夾批】〔簾外〕句：起得好。〔願青鬢〕句：何等風致。

前腔

明朝青帝早臨朝，可又是花事看看來了。風姨月姊，更於中粧點多少。燒燈巷陌，有紅裙隊隊盡弓鞋小。帶鵶鬟纔去尋梅，與隣姬又約鬪草。

【校】「更於中粧點多少」，抄本無「更」字。

千秋歲

近花朝，紅杏枝頭鬧，一點點點上芳草。草綠如烟，草綠如烟，遙襯着冶遊兒雕鞍藤轎。鞦韆架、垂楊道，綺羅袖、簪花帽，賣弄人年少，把花籃掛酒，竹杖高挑。

【眉批】一幅春遊圖。

【夾批】〔遥襯着〕句：妙。

前腔

醉紅桃，甫可是清明到，昨夜雨今日晴了。紫陌烟消，紫陌烟消，花容洗出十分波俏。朱橋外尋春棹，紫藤下烹茶灶，吟就新詩好，倩花鈿换酒，玉指吹簫。

【眉批】光景妙絶。

【夾批】〔昨夜雨〕句：眼前妙句。

越恁好

荷錢纔出水，荷錢纔出水，潑紅潮甫秀蔞。木香棚那壁，酴醿架盡白了。挽榴花樹高，挽榴花樹高，見碧溜溜小釵兒掛在樹梢。紅簇簇紫薇，白玲瓏茉莉兒分贈艷嬌。小池月，高閣風，是處蓬萊島。看佳人笑指，牛女高照。

【校】「紅簇簇紫薇」抄本作「紅簇紫薇」。

【夾批】〔挽榴花〕句：妙。　〔見碧溜溜〕句：妙。

前腔

早秋來至，早秋來至，聽庭梧一葉飄。恰穿針過了，正月夕天氣好。沸鸞笙鳳簫，沸鸞笙鳳簫，採香馥馥木樨兒插傍玉搔。喫中秋餅兒，又重陽餻脯兒捱到歲梢。菊未老，蓉又嬌，橘綠橙黃了。見烟汀雁落，簇簇紅蓼。

【夾批】〔採香〕句：妙。

紅綉鞋

擎一股紫蟹霜螯，霜螯，扯一腿黃鷄肥好，肥好。收新稻甫篘醪，扶紅袖寫鮫綃，人都道是詩豪。

【眉批】瀟洒風流。

前腔

紙糊窗雪下鵝毛，鷺毛，一枝梅窗外偷瞧，偷瞧。粧閣裡有人道，羊羔熟須快倒，不然呵怕雪霽了。

【夾批】〔不然〕句：妙。

尾文

一年日日風光好，莫道今宵是下梢，殘年過也又有明年春到了。

歲聿云暮，日月就除，農事已休，春耕未起，紙窗明煖。梅影蕭疎，雪月燈熒，夜幃茶熟。此時一盆火，一瓶花，煨芋數頭，家人姬侍，相與守歲圍爐，燒棗焚木。檢點一年區處花月幾何？逋欠詩酒債若干？更以文心之波，旁及聲律，令小童歌自製新詞一兩章，覺枯寂之氣一時遣去，鬢眉毫髮皆温温然有生意。此山翁極風致、極快樂事也。予舊歲有「南北雙調」一闋，已曾被之絃索，中有云：「堪笑炎涼人情變，又共說元宵忘舊年。」又云：「若過望便千般未圓，若安分便於今十全。」大率現前止足之語也。今年迫除，偶念春花秋月，正無了期，且東坡云：

「好風涼月即中秋，菊花開即重陽，不須以日月爲斷。」因復綴是詞，將將來勝緣樂事，一一譜入，令歲寒村巷仍有無窮之春，冷淡山家亦有循環之樂。雖預道未然，似乎猶有過望。但風花雪月，本等受用，安見非現前止足也哉。彼奔馳于勢路名場，百年而爲萬年計者，於此猶堪伯仲否也？甲子臘八日記。自跋

【眉批】（「更以文心之波」五句）真實快樂。

調本齟軋，而詞極秀熨，風流逸宕，亦麗亦尖。麗猶可及，尖不可當也。張沖如

興致彌天，風流蓋世，將無限風情勝事，收入寸管。要是胷懷浩蕩，能吞若雲夢者八九耳。人有言：不讀萬卷書，不行萬里程，看不得杜詩。予謂不如是亦做不得杜詩。今於子野詞當亦云。朱伯瑞

世間樂事無邊，只許閒人韵人隨處領畧。非子野不知此樂，非子野亦不能爲此言。沈渟碧

秋水庵花影集卷一終

秋水菴花影集卷二

華亭峯泖浪仙施紹莘子野甫著

樂府

金陵懷古有序跋○○○

天生吾輩多情，常以今人吊古。覽江山之秀麗，恍東海之升沉。無不觸目而感心，乃遂諧聲而按律。蓋愴興廢於前人，總成陳迹；而辨是非於後夘，差有古心。如金陵者，誠古今佳麗之地，更國家根本之區。稽往事則六朝之遺蹟極多，已是夘灰之不起；仰遺烈則聖祖之明威如在，豈無信史之可言？因茲搦管而陳詞，心花滲墨；當亦循文而見志，淚血成珠。嗟乎！文皇之嗣統，天也時也；周官之輔政，才耶德耶？不能無迂儒悞國之悲，寧自禁野老吞聲之哭？將閒心與春草俱青，而遺恨付江流無盡而已。

【眉批】敘語持論嚴凝，出言悲壯，詞人卑弱吾知免矣。（「文皇之嗣統」四句）筆削已定。（「定」翻刻本訛刻作「完」）

南仙吕入雙調夜行船

虎踞龍盤，看江山妍秀，古今都會。人間事，日夜潮來潮去。興廢，楚楚衣冠，擾擾干戈，紛紛宅第。如沸，今做了草頭烟，尋得個斷碑無字。

【校】抄本調名作「南仙吕入雙調夜船」。

【眉批】（「人間事」二句）何等悲壯。

【夾批】（「人間事」二句：妙。（「今做了」句：妙。（「尋得個」句：妙。

前腔

痴兒，鑿破方山，笑區區人力，怎回天意。無多日，楚漢龍蛇並起。從兹，三世開基，五馬龍飛，六朝更替。慙媿，空費盡祖龍心，依舊有人稱帝。

【眉批】（「從茲」四句）十數字中，上下千載，且笑殺痴政無容身地，筆鋒亦銛于殺人矣。

【夾批】〔痴兒〕二句：妙。〔慚媿〕句：妙。〔依舊〕句：妙。

鬭黑麻

殘碁，賭罷輸贏，把楸枰剩在，再尋敵對。歎齊梁陳宋，總無長技。誰知，佛寺已刼灰，高臺是禍基。烏空啼，只見如夢前朝，在淮水東邊月裡。

【校】「只見如夢前朝」，此句《存目》本中獨空缺「夢前」二字（且旁側還另手寫一殘字，似「夢」字之上半），此曲後又有手批：「此『朝』字讀作『朝代』之『朝』字。」此空缺二字令人頗疑乃避忌而爲。若曰二字原即未刷印出，似較牽强，更可能是後來剜去。蓋題中懷古之地既然乃明朝之故都金陵，文辭又云「如夢前朝」，或恐干文字獄也，故削去「夢前」以避禍。既出現這一情況，不妨推測其剜改發生時間或是在乾隆朝十七年後之文字獄盛行期。末句抄本無「月」字。

【眉批】古今一局殘棋，誰勝誰負，不如乞饒，莫爭先手，若爭先手便無長技矣。

【夾批】〔殘碁〕二句：妙。〔把楸枰〕二句：妙。〔總無〕句：妙。〔烏空啼〕：妙。〔在淮水〕

句：妙。

前腔

堪嗤，天塹中分，儘長江設險，好圖機會。怎神州未復，楚囚流涕。吁嘻，清談豈事機，偏安豈帝基。總灰飛，說甚砥柱中流，但揮麈風流而已。

【眉批】（「怎神州」二句）真堪痛恨，可云俯仰情深。

【夾批】〔說甚〕句：妙。

錦衣香

歎前朝真兒戲，到如今英雄淚。還笑幾許么麼，要窺神器。誰知天命有攸歸，和陽一旅，日月重輝。笑譚間萬里掃腥羶，羯胡北去，雪盡中原恥。替古今爭氣，鍾山呵護，別開天地。

【眉批】寫得昭代神氣奕奕，應天順人之舉，氣象自應爾也。

漿水令

竟誰知北平兵至，破金川天心暗移。腐儒當國等兒嬉，紛更是非，不合時宜。周官制，成何濟，成王已掛袈裟去。孤臣淚孤臣淚滔滔江水，年年化年年化杜鵑啼。

【眉批】建文諸臣，塵腐迂濶，真千古遺恨，此詞可當詩史。（「千」翻刻本訛刻若「于」）

尾文

漁樵話裡成興廢，歎今古暮三朝四，向糊塗帳裡大家痴睡。

【眉批】不明言正是情深。

金陵自齊梁以來，稱烟花洞天，金粉福地，昔賢題咏，奚啻累牘。有云：「舊時王謝堂前燕，飛入尋常百姓家。」悼晋也。有云：「商女不知亡國恨，隔江猶唱後庭花。」傷陳也。至王濬「樓船」一章，壓倒元白，亦止敘破吳事耳。荆公《桂枝香》，綿婉清新，膾炙人口。雖云本色當行，未必持風植紀。獨子野憑吊千秋，揚搉昭代。臚興亡之故案，蒐今古之前車。恨周官爲紛更，嘆當軸爲兒戲。覺一段深情幽憤，隱現于珠歌絹字之中。直令斷碣殘碑，凜含生氣。喪師屋社，咎由攸歸。豈第作關、馬優孟，爭妍韵調已哉！王元美評《幽閨》云：「無詞家大學問，一短也；既無風情，又無裨風教，二短也；歌演終場，不能使人墮淚，三短也。」蓋必如子野此詞，纔免三短。噫！難言之矣。彦容評

【校】「又無裨風教」，「裨」翻刻本訛刻作「裨」。

【眉批】評語鑿鑿。

此關係大文字，非目空四海，胸藏萬古，豈能雄渾如此。存人評

合鏡詞和闇生作有序○○○

闇生有章臺人，得之甚艱，向日曾相與賦《問桃》、《訾見》諸詞，何其悲淒怨慕！今以折桂手，作偷花漢，了不煩崐崘老奴、黄衣客之力。而殘燈側，小窗畔，竟有向人話舊矣。此時之樂恍惚夢境，無恠乎闇生亟被之筦絃也。篷窗夜雨，伸藺屬和，聊識闇生一時盛事，且見吾輩亦有出頭日如此。

南商調金索掛梧桐

安排錦綉窩，修訂鴛鴦譜。莫話歡娱，且話當初苦。記尊前一諾初，轉秋波，却不道花命艱辛受折磨。郎奔馳京國東西路，妾夗守空閨日月梭。從頭數，星星記得怎模糊。真箇是怨處恩多，恨處情多，今証了恩情果。

【夾批】〔修訂〕句：便妙。〔且話〕句：解得情味。〔妾夗守〕句：妙。〔星星〕句：正苦模糊不得。〔真箇是〕二句：竗入底裏。

前腔

曾從愛裏過，也向愁中坐。越是分離，越把心腸鎖。沙家事若何，付南柯，不嫁三郎頭不梳。寧使做吞酸忍楚痴兒女，决不似抛冷趨炎歹丈夫。非閒可，歷遭情劫忒多魔。到如今歡處悲多，却又是悲處歡多，攪亂了相攙和。

【夾批】〔也向〕句：「坐」字妙。〔不嫁〕句：韵絶。（此條翻刻本脱漏缺失）〔决不似〕句：笑殺世人。（「笑」翻刻本訛刻若「尖」）〔却又是〕句：轉入轉妙。〔攪亂〕句：妙。

前腔

怎車乾恩愛河，推不動相思磨。祆廟燒完，漸近藍橋路。今朝出網羅，到鳳凰窠，爭氣潘郎成就奴。羞慚了搬唆誹謗銷金口，塗抹了長短方圓画餅圖。從今呵，刀山變作軟衾窩。真箇是悲處歡多，況更是歡處歡多，把歡字渾身裹。

【夾批】〔推不動〕句：妙。〔爭氣〕句：妙韵。〔塗抹了〕句：妙絕妙絕。〔刀山〕句：奇妙句，亦真語。〔況更是〕句：越轉越妙。〔把歡字〕句：奇妙。

前腔

郎登折桂科，妾有奔琴路。就天樣高墻，怎隔得伊和我。滔天浪不波，渡銀河，眷屬團頭住大羅。從前苦楚將歡娛補，把此後歡娛做曲子歌。擎杯賀，人間花事等榮枯。我也曾歡處悲多，悲處歡多，可合撰悲歡譜。

【夾批】〔妾有〕句：翻得新。〔從前〕句：妙。〔把此後〕句：妙。〔我也曾〕句：把自家作結，文情双妙。

言言真至，字字儆策。情根艷種，綉口錦心。何其幽微曲折如是也。沈德生

闈生此番情案，須作一傳，使後之觀者，知其辛苦萬狀，方知此詞字字信史。顧淡止

【手批】語經情處，細思到悲時真良然。（此條爲天圖本篇末手批）

夢花詞有序跋〇〇〇

偶叩花房，忽成春夢，情知得鹿之非真，聊且書蕉而作記。盖將鐫之巫雲片石，而藏諸南柯郡樓也。

【校】「南柯」，「柯」翻刻本訛刻作「何」（其中《存目》本手寫改爲「柯」）。

【眉批】句句隱夢，雋不可言。

南商調梧桐樹

屏山錦綉開，衾枕温香在。了却因緣，還却鴛鴦債。奇逢命裏該，也是娘拖帶。今夜燈前，心事纔明白，盟山一座填情海。

【夾批】〔也是〕句：韻絕。　〔盟山〕句：好句。

東甌令

星前祝，月底猜，月底星前今半載。花顛柳橫多尷尬，畢竟有前程在。臉邊情淚一時揩，竟穩取貼香腮。

【校】「一時揩」，「揩」翻刻本訛刻作「楷」。

【眉批】（「花顛」四句）苦盡甘來，從來情味如是。

大聖樂

婚姻事天自安排，戰心兵，今奏凱。非干色膽天來大，氤氳使，遣教來。好向奇花隊裏爭先採，只是分淺卑人怕未該。鴛鴦兩字，喜從來撩草，自今端楷。

【校】「非干色膽」，「干」翻刻本訛刻若「于」（《存目》本描改爲「干」），抄本亦有從「于」改寫爲「干」之痕跡。

【夾批】〔今奏凱〕句：妙。

【手批】（「戰心兵」）「戰」字妙。（此條爲天圖本天頭手批）

解三醒

從此後花灕月洒，從此後瑟靜琴諧，從此後藥爐經卷償花債，從此後給酒縫裳試慧才，從此後風幃雪案親描黛，從此後香几燈窓看綉鞋。重思揣。恍一似當年驚喜，夢裡人來。

尾文

貧無長物把風流買，但筆底奇葩將艷史裁，且將就休嫌嫁秀才。

【眉批】韵絶趣絶，恐卓家女郎見書亦應夜奔。（此條翻刻本脱漏缺失）

予初非好色，直是多情。每爲憐花，時生痴夢。但柳絮隨風，從來未曾結果；而桃源問渡，於今忽地成仙。花譜初修，且喜名題綉榜；書仙下謫，多應天配詞人。水雲一旦化成膠，真稱遇合；山海千秋堅似鉄，無限高深。自知骨相烟霞，窮措大豈應有此？或云心腸錦綉，工句字焉可無言？乃翻蘭畹新聲，永鑄粧臺業鏡。雖然過眼成花，千紅萬紫；畢竟至人無夢，一覺三生。纔醒來脂粉叢中，

已插入龍華會裡矣。自跋

【校】「真稱遇合」，「真」字翻刻本缺刻末筆。

從來文人借花事作文章，每每吹影鏤塵，而要非本色。如子野此詞，曲寫柔情，刺心入骨。及觀其序跋，夫豈流連惑溺者哉！人謂子野爲墮花業，予將謂子野爲証花果。詹公跋

予讀古人詞，雖名家如陳大聲、梁少白，亦不過明衍恬贍而已，未必字字刻畫，句句尖艷，如子野者。每讀此篇，令人意中冉冉如風花之舞。存人評

【手批】行行秀逸，字字生香，千古才人，一時絕唱也。郎詠林蘭，本是同心之樹，先戰後凱，花緣前定，豈「嫌嫁秀才」耶？一笑。（此二則爲天圖本篇末手批）

園林初夏○○○

南商調集賢賓

洗園林一番芒種雨，荷錢榆甲纔舒。故故穿簾新燕乳，恰山堂暴熱之餘。衣剛拆絮，箄

茶笋一年春課。鷺絮語，風刮地亂紅飛去。

【眉批】（「衣剛」四句）山家風致宛然，摹寫景物妙絶。（此條翻刻本脱漏缺失）

【夾批】〔洗園林〕句：便已洒然。（首字「便」翻刻本缺刻）

前腔

新篁恰將空地補，柳根芳藻藏魚。見輕鴨浮來隨意住，綠波波細草新蒲。水窓烟户，在楝樹亂花飄處。天欲雨，聽隔岸伏鳩呼婦。

【眉批】初夏景色，画所不到。（此條翻刻本脱漏缺失）

【夾批】〔新篁〕句：妙。　〔見輕鴨〕句：仙句。　〔綠波波〕句：光景妙。

黄鶯兒

槐綠點茆廬，擁寒酸，一腐儒，葛衣補到難縫處。譯山中鳥語，讀神仙異書，北窓自有羲皇古。綱鮮鱸，西軒醉客，新月上簾初。

【眉批】樂哉村叟，洒然不俗。（此條翻刻本脱漏缺失）

【夾批】〔葛衣〕句：妙句。

猫兒墜

堦前百合，香泛夜窓虚，鼻觀心禪坐欲枯。偶然興到了詩逋，得句，覺風致嫣然，塵氣全無。

【眉批】（「偶然」二句）正樂天所云「詩境忽來還自得」。（此條翻刻本脱漏缺失）

黄鶯兒

村塢挿秧初，聽蛙聲，萬井蕪，晚晴脱帽科頭處。棗花兒漸疎，茭簪兒漸粗，嘗新蚕荳猶微苦。杖間扶，看頑童好事，帶雨刻桃符。

【夾批】〔晚晴〕句：何等風致。（此條翻刻本脱漏缺失）〔嘗新〕句：仙句。（「句」字翻刻本缺刻）

猫兒墜

落秧花發，茉莉買來初，種入房櫳深處所。摘花親手供妍姝，不俗，況更是解取新涼，何媿兒夫。

【校】「況更是解取新涼」，抄本無「更」字。

【眉批】韵人韵事，差不寒酸。（此條翻刻本脱漏缺失）

【夾批】〔況更是〕二句：妙。

尾文

園林儘自多幽趣，結夏端居好著書，人道先生越越迂。

眼前景物拈來便妙，而韵致遒逸，覺字字有仙氣。陳儀泰

神氣高閒，韵骨明秀，真可謂蕭然物外也。性夙評

舟居旅懷有跋〇〇〇

南仙吕入雙調惜奴嬌

飄泊寒塘，歎人生何苦，别離如是。鴛鴦字，輕拆好如兒戲。曾記，寶鴨同宵，寶瑟同朝，寶笙同醉。今日，獨自在蓼花汀，空想霧鬟雲佩。

【校】「獨自在蓼花汀」，「汀」翻刻本訛刻作「汙」。

【夾批】〔歎人生〕句：真實何苦。

前腔

如痴，鎮日凭欄，不曾離一片，雨山烟水。閒心計，數偏鴉凶鵲喜。傷悲，燈盞兒昏，香字兒温，風窓兒碎。判死，就做道鉄心腸，怕也難堪此矣。

【眉批】（「燈盞」三句）無限淒凉。（此條翻刻本脱漏缺失）

【夾批】〔數遍〕句：新句。〔風窓〕句：妙。

鬭寶蟾

當歸，蛙角蠅頭，把心花意蘸，等閒拴住。想樓前楊柳，濕烟鋪地。應是，香爐冷翠幃，腮珠湿綉衣。可憐伊，你敢是薄命佳人，我豈認薄情夫婿。

【校】「腮珠湿綉衣」，「湿」字原刻本、翻刻本、抄本左側偏旁均作提手旁，然並無此字。《散曲叢刊》本作「濕」，是。此處原字應爲「濕」之異體「湿」，改。

【眉批】（「當歸」）詞曲中用兩字或三字處雖難，篇中於此處獨妙。（此條翻刻本脫漏缺失）

【夾批】〔當歸〕：妙。　〔我豈認〕句：妙。

前腔

無謂，捨玉拋香，把取凉休却，画眉荒廢。問風流底事，一身客寄。迢遞，江岸遠望迷，清宵夢當歸。猛驚回，只有剩枕单衾，人隔際天烟水。

【校】「猛驚回」，「猛」翻刻本訛刻作「孟」（其中《存目》本手寫添改爲「猛」）。

【眉批】（「無謂」）真個無謂。　（「只有」二句）夢繞江南，離情萬種。（二條翻刻本均脫漏缺失）

【夾批】〔無謂〕：妙。

錦衣香

別離愁難廻避，別時言心牢記。況有針線親拈，巧裁新製。口脂猶是污征衣，怎教伴我，草店寒鷄。啓窓兒一望大江西，平蕪如地，眼看人歸去。隻身偏滯，秋山似劍，割人腸碎。

【眉批】幽思愁怨，覺一句中含百十句。（此條翻刻本脱漏缺失）

漿水令

卜燈花渾如猜謎，酒消愁終難療醫。便宜討盡一雙眉，秋風透衣，宿雨沿堤。無滋味，增瞌睡，清清悶把牙兒抵。渾如在渾如在烟中夢裡，爭飛出爭飛出這愁圍。

【校】首字「卜」翻刻本訛刻作「上」。

【眉批】（「清清悶」句）誰摹到此？（此條翻刻本脱漏缺失）

【夾批】〔便宜〕句：妙。　〔增瞌睡〕句：妙。

尾文

香羅一幅封回去，上寫斷腸詩句，四邊多是淚痕湮處。

【眉批】結語韵絶。（此條翻刻本脱漏缺失）

自跋

予有釣舡曰隨庵。辛酉文戰，泝大江，抵金陵，遂舟居不復假館。每到山水勝處，便刺篙休焉。山有面背隱現，水有曲折平遠，兩涯烟柳有高低疎密，乃船之去就斜横，可以隨緣選勝，詭遇徵奇。時天又陰晴不定，山雨欲來，風月如掃。朝霞夕照，水面通紅，新雁寒鴉，點散影沒，更隨時觸目之奇觀也。獨伊人之思，有不能爲情之甚耳。因爲長歌以紀之，他日重遊，此情味當猶在江山烟雨間也。

【校】「兩涯烟柳」，「兩」翻刻本訛刻作「雨」。

【眉批】（「乃船」三句）善於選勝。　（「山雨」六句）景物如画。（二條翻刻本均脱漏缺失）

辛酉之役，予與子野盤桓於隨庵者十餘日，山水風月，相與領畧，俱人生未有之樂，時見子野多作詩詞，絕不了試事。予戲曰：「此行何爲乎來哉？」子野笑曰：「子見昔年闈牘乎，如某某者，亦峩然進賢，則吾與爾正恐富貴來逼人耳。烟景召人，心氣皆徃，且撇却眼前花，了理千秋業可乎？」已而與予皆鎩羽而歸，一番辛勞，竟成灰飛，而子野情言，至今猶然在牘。燈下校讐細閱，真堪字字不朽，乃知吾輩終不當以彼易此也。韓巨卿

言情宛轉綢繆，填詞蒼勁遒逸。情種詞仙，一人占斷矣。朱君深

桃花有跋〇〇〇

南正宫白練序

春如綺，正封拜花神近賜緋，渾得意，好似少年高第，花中艷獨痴。見一片紅涛灩短蹊，烘遊騎，粘杯印屐，照天鋪地。

【校】抄本於「好似少年高第」一句後，誤接抄下首自「新粧艷奪春衣」始至末尾一段，且「芳心未炋」

句無「未」字。

【眉批】（「正封拜」三句）寫出奇艷。（此條翻刻本脱漏缺失）

【夾批】〔正封拜〕句：奇韵。〔渾得意〕二句：此語非桃花不能承當。〔烘遊騎〕句：奇。〔照天〕句：奇。

昇平樂

佳麗，繁華夢裡，見陶家姊妹，秀骨豐肌。無情有思，鬪新粧艷奪春衣。憐伊，五更心事怨封姨。曾記得武陵微醉，芳心未夗，任杯傳渡口，一線春輝。

【眉批】（「佳麗」四句）使事含情，曲盡其妙。（此條翻刻本脱漏缺失）

【夾批】〔見陶家〕二句：妙。〔曾記得〕句：妙。〔一線〕句：妙。

素帶兒

晴宜雨亦宜，紛紛柳堤，關心處，怎消得蝶婿蜂媒。蕭郎舊姓崔，但詩句分明在左扉。

多應是，相思有種，仙樂難醫。

【校】「蝶婿蜂媒」，「蜂」翻刻本訛刻作「蜂」，「媒」翻刻本訛刻右半作「冞」（其中《存目》本手寫改爲「媒」）。

【夾批】〔但詩句〕句：妙。〔仙藥〕句：妙。（此條翻刻本脱漏缺失）

醉太平

飛飛，殘香病粉，向春池鏡面，歌姬扇底。玄都無恙，早换却眼前興廢。誰知，有人高臥百花溪。但午夢客來驚吠，笑他人世公門，趂熱到頭無謂。

【校】「但午夢」，「午」抄本作「乍」。

【夾批】〔但午夢〕句：妙。〔笑他〕二句：妙。

尾文

千年怎待瑶池會，權聊且眼前隨喜，休負了緑水春添鱖正肥。

【校】「權聊且」，「權」翻刻本訛刻作「懽」（其中《存目》本手寫描改爲「權」）。按，卷三《送張冲如遊靖州》一篇中《江兒水》亦有「告君家此去權聊且」句，可作旁證。

花事繁華，莫過於桃。予向有《問桃》、《感桃》兩詞，多入麗情，未嘗有詠桃之作。甲子秋盡，坐病竹紗齋，適新霜晝煖，窓日微明，妙顥剛銛，古研初滌。午夢之餘，文魔作祟，拈題不得，句若催人。乃乞靈武陵花祖，錄用毛君，覺閒情冉冉，都從十指中出去。第苦咏物之作，太粘則學究之酸涎可憎，太空則又八寸頭巾人人可戴。雖此雕蟲技倆，然亦字經爐錘，句屬工鍊者也。付之歌兒，喜其音節頗諧。更質之諸名家，或云使事脫化，俯仰情深。予不敢信以爲然，姑記之篇末，以俟知者。自跋

簇錦團花，細香柔艷。張子念

予禁足黄山十餘月，歸來孤山，正梅花如雪，比至雲間，則桃錦爛然矣。子野贈予詩，有「掃開一尺桃花雨，午夢纔醒恰見君。指上欲拈千個月，脚頭猶帶萬山雲」之句。挂錫秋水廢十餘日，因得讀《桃花》曲。子野山居，桃花之盛，山中無兩，而此詞之婉麗纏綿，亦從來絕唱，可謂合之雙美。予常恠桃源中人，鷄黍酒肉，了無文波，使子野作桃源漁長，當不知如何衍成一片大文字矣。巽玄師

風情遐美，譬之登山臨澤，峰峽迴繚，使人驚嘆如乍入武陵。韓子翰評

楊花有跋○○○

南南呂梁州序

花明如綺，蕪平如地，點點輕篩空退。繅綿撚絮，騰騰碎撲簾衣。只有蜘蛛網內，池沼灣頭，野性方才夙。相將鶴髮也共垂絲，歎白盡頭顱是春去時。留不住，推不去，有人枯坐空窓裡。扶酒病，笄心期。

【眉批】（「留不住」五句）□［旨］合語含情無限，正得遠神。（原刻本首字模糊而難辨，翻刻本刻若「四」，然「四合」雖爲成詞，揆諸句意則不甚通，茲據原刻本中依稀之字形，懸揣擬補爲「旨」；「神」字翻刻本缺刻）

【夾批】〔歎白盡頭顱〕句：淡語傷神。〔留不住〕二句：摹神語。〔有人〕句：妙。〔扶酒病〕二句：妙。（後三條翻刻本均脫漏缺失）

前腔

天涯日暮，江頭春尾，漢苑隋堤休矣。糢糊如夢，一痕驚破遊絲。偏向酒旗風底，畫舫欄邊，唐突無規矩。一從飄泊也不來歸，但林外聲聲哭子規。留不住，推不去，有人獨立斜陽裏。懷古淚，送春杯。

【夾批】〔糢糊〕二句：微妙語。〔唐突〕句：韵語。〔有人〕句：妙。〔懷古〕二句：妙。（第一、三、四條翻刻本均脱漏缺失）

前腔

乍飛來百子幃前，又悠揚千秋繩底。正池塘微漲，野花鋪薺。只見嫌紅細打，妬白輕敲，賺殺桃和李。陌頭新綠也與眉齊，歎滚滚風流趂馬蹄。留不住，推不去，有人妝罷高樓裡。懷遠夢，哭花詩。

【夾批】〔正池塘〕二句：寫出遠神。（此條翻刻本脱漏缺失）〔陌頭〕句：秀句。〔有人〕句：妙。〔懷遠夢〕二句：妙。

前腔

但啣將鶯嘴還粗，鷰穿來蝦鬚偏細。更杯心鏡面，似停非住。況也如愁更亂，比淚還多，團做傷春句。偏生輕薄也偏天涯，況草綠花香滿路岐。留不住，推不去，有人掩淚蓬窓裡。梳客鬢，晒征衣。

【夾批】〔更杯心〕二句：摹細入妙。〔況也〕二句：妙句。〔團做〕句：妙。〔況草綠〕句：情景無邊。〔有人〕句：妙。〔梳客鬢〕二句：妙。（六條翻刻本均脫漏缺失）

節節高

萍生雪練堤，浪魚吹，画船簫鼓江南樹。踈還密，東又西，迎如避，全無骨力隨紅雨。燕兒多少含糊語。可有長亭痛分離，一杯酒盡銷魂處。

【夾批】〔画船〕句：妙句。〔燕兒〕句：妙句。（二條翻刻本均脫漏缺失）

前腔

紛紛古釣磯，小橋西，半斜朱戶深春閉。風將息，日漸低，人扶睡，打人有意人無思。自來自向墻東去。可有荒墳靄暮烟，昏錢鵑淚傷心處。

【眉批】（「紛紛」六句）傳神入玅。（此條翻刻本脱漏缺失）

尾文

一年一度春飛絮，惹多少有情人淚，將無數春心多付與。

春暮楊花落時，最能蕩人，一往深情，舉目無限。此詞或謂寫意摹神，已到八九，然正恐有寫不到處，慙媿香綿耳。憶戊午春盡日，天和雨晴，風緩絮定，與同社兩三人，登東城爲送春之飲，滿眼糢糊，非雪非霧，一時坐客各有心事，各不可向人道，此情味似未可以句字盡也。自跋

此詞可當《別賦》，《月下感懷》詞可當《恨賦》，直與江郎夢筆，爭艷千古矣。陸性夙

【眉批】此語良然。（此條翻刻本脱漏缺失）

古人謂絲不如竹，竹不如肉，以爲漸近自然。袁中郎《虎丘記》云：「比至夜深，……簫板亦不復用，一夫登場，四座屏息，音若細髮，響徹雲際，每度一字，幾盡一刻，

飛鳥爲之徘徊，壯士聽而下淚矣。」予謂子野《楊花》等詞，每于聲音句字外，別有神韵，政須付若輩歌之。區區俳場伎倆，未足傳其妙致也。眘公評

咏物之作，若只如画家粉本，圖寫形似，便未免文人酸氣。須得境中之情，言外之致，方爲摹神入化。閱子野咏物諸篇，從無一板實語，即至用故使事，亦如輕雲籠遠山，非有非無，似遠似近，運筆之化，立意之高，出語之韵，真少見其儔也。韓巨卿

贈石城董夜來有序跋〇〇

余落魄風塵，銷沉壯志。秋波浩蕩，感岸上之愁蘋；宿雨連綿，夢江南之芳芷。盖悲哉之氣多感，而黯然之魂易驚。柔情縹緲，能無伊人之思；奇福難銷，孰是東家之子。偶尋花圃，忽睹仙妃。問姓則雙成是其前生，詢名則夜來乃其再世。年同碧玉，婷婷之致可知，骨抵輕雲，裊裊之容何限。有心人誰能堪此，多情種未免流連。乃寄艷于詞葩，聊紀情於夢蝶。

【眉批】（「秋波」六句）鮮華柔秀，絕似江文通。（此條翻刻本脫漏缺失）

南仙吕月兒雲

花星偏照，前宵夢兒好。偶到花叢裏，瞥見如花貌。生怕人瞧，背燈兒覷着了。他不道兒夫至，俺不道寃家到。俺忍不住偷將冷眼挑，他羞臉微紅一線潮。

【眉批】（「生怕」六句）熱心媚態，些些寫出。（此條翻刻本脱漏缺失）

【夾批】〔花星〕句：起已入妙。〔背燈兒〕句：妙。〔他不道〕句：妙。〔俺不道〕句：妙。〔他羞臉〕句：妙。（第二、三條翻刻本均脱漏缺失）

【手批】（「俺忍不住」二句）如畫。（此條爲天圖本天頭手批）

桂枝香

逡巡戲調，剛才微笑，誰知事到其間，也暗地俏聲低叫。却教人怎生，却教人怎生，真個是柳慵花笑，抵不得酒容歌貌。俊多嬌。身輕女史應呼趙，有福檀郎豈姓蕭。

【眉批】（「逡巡」四句）如画。（此條翻刻本脱漏缺失）

【手批】（「逡巡」四句）魂蕩矣。（此條爲天圖本天頭手批）

不是路

幻出藍橋，其叶秦樓一曲簫。奇逢到，合歡頭上夜枝交。福難招，解開螺髻烏雲裊，半髀酥胷白玉銷。誰承料，鴛鴦牒掛姻緣號，怎生推調，怎生推調。

【校】「其叶」，「其」原刻本若「共」，翻刻本更近「共」（其中天圖本於字上另手寫添加筆畫改爲「其」）。

【眉批】（「解開」二句）令人魂動。

【手批】（「解開」二句）不啻楊妃容。（此條爲天圖本天頭手批）

排歌

綉戶風清，金猊篆消，西窓隙月偷瞧。一雙蝴蝶綴花梢，一對鴛鴦浴暮潮。惺惺語，半是嘲，惱娘常是撤心焦。低低問，半是招，泥娘常是撤春嬌。

【眉批】（「惺惺語」六句）妙極奇致。

【夾批】〔西窓〕句：看出破綻矣。〔一對〕句：旁人妬殺。〔半是嘲〕句：妙。〔半是招〕句：更妙。（此條翻刻本脱漏缺失）

皂羅袍

如此掛人懷抱，把情根一瓣，種活心苗。梨魂已被杜鵑銷，楊花一任春風鬧。屏間燈燼，餘花自飄，枕邊茉莉，餘香亂拋，於中有事郎知道。

【眉批】（「屏間」四句）讀至此心熱如火。（此條翻刻本脱漏缺失）

【手批】鮮事風流，自當領受。若明之李生娶妻，不知其樂又當何如耶？（此條爲天圖本此曲後手批）

大聖樂

映窓紗旭日初高，惜嬌眠，嫌起早。碧欄杆外鸚哥叫，枕痕沁，印紅桃。且喜玉臺此夜留温嶠，只是金屋何年貯阿嬌。情痴怎了，趂娘行睡着，揭帳偷瞧。

【眉批】（「映窓紗」三句）點綴情景絶妙。（此條翻刻本脱漏缺失）（「情痴怎了」三句）真是情痴。

【手批】抑旁觀耶？抑强□［辯］耶？（此條爲天圖本此曲後手批）

解三醒

忘不得香沾片腦，忘不得汗漬鮫綃，忘不得破瓜年紀身材小，忘不得煖客蛾眉韵味高，忘不得蓮花吐瓣尖尖舌，忘不得束素重封窄窄腰。千般好。忘不得千金一刻，刻刻良宵。

【眉批】（「忘不得破瓜年紀」四句）真所謂細骨柔肌如可搏搦也。（「柔」、「搦」二字翻刻本缺刻，其中《存目》本手寫添改爲「真所謂細骨柔肌殊可憐已也」）

【手批】其中「汗漬鮫綃」，最不能忘耳。（此條爲天圖本此曲後手批）

皂角兒

歎酸丁天付情苗，向青樓姓名流落。誰承望性忒憐花，却隨處每逢花報。似伊家比花嬌，同柳寵，近今無、從古少也容囉唣。一言低告，伊家聽着，但從今花朝月夕，可是魂勞。

【眉批】（「誰承望性」二句）誰教作業。

尾文

揚州花夢痴難覺，夢逐西風到處飄，却被奇花又纏住了。

【校】「揚州」，「揚」原刻本、翻刻本均誤作「楊」，抄本則有改正痕跡。應作「揚」。改。

戊午文戰，予以首秋八日赴金陵，旅邸枯坐，蕭條若僧。適衝雨晚出，自鈔課街循文德橋而西，卒飲于朱伯瑞寓。飲散從子楚、安仲、禹中輩偕行。微雨如毛，酒力彌勁，忘其所之之迢遞也。乃邂逅董姬於燈影之下，視其年可十三，雙鬟初掠，眉目遒潁，細骨柔肌，如可搏掬。花心酒境，于此雙紗，遂定交焉。問其小名，曰月哥，乃以夜來字之。而贈之以詞。蓋原其名，且志其時其事也。自記

【眉批】(「乃邂逅」以下六句)光景恍然。(此條翻刻本脫漏缺失)

紗詞雋艷無比，直媿剩粉殘紅不堪承當耳。已付蔣三哥玉簫度之，一夕旦便新聲盈耳矣。今夜惡雨，不敢復望高車。中秋月色定佳，正足下文戰凱旋時也。幸過擎杯聽新曲兒，且手撥琵琶以待。夜來柬中語

漏缺失）

【眉批】（「已付」二句）□［秀］甚。（原刻本首字略有變形，然仍可辨爲「秀」；此條翻刻本脱

【手批】語亦雋雅，不愧名姬。（此條爲選抄本篇末所錄「夜來答簡」後手批）

萬斛奇香，彌天花艷。古人麗情駢語，簡翰如山。求其如此才情，恐温、柳輩尚須羅拜床下耳。張子楚

予既薙髮，例不得讀綺語。偶過三影齋，子野出小詞示我，不覺神味洒洒。善哉參寥之言：「譬如不事口腹人，見江珧柱，能無一朵頤？」盖正不須作空花觀。其尖艷處皆其血性處，大可助人機鋒。予請以子野爲師，甘喫痛棒也。蓮儒師

予長子野十五年，猶記其兩鬢垂垂，不謂筆鋒直咄咄逼人如此。歲戊午，薄遊金陵，與子野流連文酒者月餘，因得識夜來於燈月之下。枯禪老眼，訝爲異人。初謂夜來當以綺句爲贈，已而見子野詞，歎曰：「無庸吾輩局外人作隔靴搔癢語。」王禺中

閨詞有跋○○○

南仙呂入雙調步步嬌

翠被香濃春寒夜，小閣燈花謝。窓紗月影斜，照着離人，曲曲欄杆下。驀地自嗟呀，早日長人去今宵也。

【眉批】（「窓紗」三句）照見梨花欲斷魂。（此條翻刻本脫漏缺失）

山坡羊

急颼颼隔簾風大，冷清清隔窓花亞。瘦岩岩曾經病來，悶懨懨扭得身兒趄。半思他，三分又恨他。春光如許，如許春無價。怎地離家，抛人得下。思他，是真耶是假耶。恨他，是痴耶是夢耶。

【眉批】（「悶懨懨」句）直是崔徽寫真。（此條翻刻本脫漏缺失）

解三醒

思則思文人骨格皆風雅，思則思翰苑文章的大家，思則思風流畧不喬聲價，思則思些事何曾肯使乖，思則思宵眠爲我煨金鴨，思則思睡起教他拾繡鞋。難拋下。思則思藏鬮鬭草，曾賭金釵。

【眉批】非才子不可配佳人，非佳人不能識才子。若賣俏倚門，決覷着市中遊冶兒矣。（此條翻刻本脫漏缺失）

【夾批】〔思則思風流〕二句：風情亦須至誠，乃知世間無事可說謊。

前腔

恨則恨良宵負了千金價，恨則恨春病緣誰逐日加，恨則恨書來舊套寒暄話，恨則恨要我通宵夢着他，恨則恨虛名也掛傍人口，恨則恨是我當初一念差。丟開罷。恨則恨傳來謊信，說便歸家。

【校】抄本末句無「便」字。

【夾批】〔恨則恨書來〕句：不至誠。（「誠」字翻刻本缺刻）〔恨則恨傳來〕二句：寧使不歸，只恨不至誠。

【手批】（「良宵負了千金價」）真恨也。（「春病緣誰逐日加」）承上句。（此二條爲天圖本句旁手批）

皂角兒

寄一股傳情玉釵，兼一幅揾啼羅帕。情知他未必思量，且胡亂試他心麽。若果是十分歪、渾是歹、他既然、我索性一勾都罷。伊家負我，非奴負他，偏是你甜言美語，花上生花。

【校】首字抄本作「竒」。

【眉批】（「若果是」句）將信將疑，無窮繾綣。（此條翻刻本脱漏缺失）

【夾批】〔若果是〕句：妙致横生。〔偏是〕二句：只恨不至誠。（「誠」字翻刻本缺刻）

【手批】我拚捨他，他不捨奈何。（此條爲天圖本此曲後手批）

尾文

可憐虛度歡娛夜，那一夜燈前不歎嗟，將一幅新詞和淚寫。

【手批】墨花與淚點齐飄䬙，真箇可憐人也。（此條爲天圖本曲後手批）

字字新思，言言柔韵。古今情詞，不啻充棟，然非枯淡無味，則塵俗可憎。如此新韵，可以前無古人，抑亦難爲繼起者矣。陸五如

五如，予心友也。猶記此詞脱稿，適以原草裹藥。五如偶來，見之驚喜，散藥滿案，袖攜而去，遂爲好事者所傳，乃南及鴛湖，而北及金閶焉。今小詞行且付梓，而五如墓木拱矣。蕪詞之墨如新，心友之骨已朽。燈下偶閲評辭，不覺五内欲裂也。自記

【手批】風流罪過，業債如山，亦是文人本色。（此條爲天圖本篇末手批）

夜雨〇〇〇

北雙調新水令

沒人庭院種芭蕉，慘糢糊隔窗烟草。引凄凉來枕畔，欺薄命上花梢。急打輕敲，亂洒斜飄，總送個愁來到。

【夾批】〔沒人〕句：起句高妙。（此條翻刻本脱漏缺失）

駐馬聽

燭影紅搖，剪剪風威寒正悄。茶烟青繞，騰騰篆字濕初飄。低陽直接水西橋，鳴蛙總在池邊草。一兆兒軒屋小，悶關窗可竟是無昏曉。

【校】「悶關窗」，「關」翻刻本刻作「開」。

【眉批】（「低陽」二句）直寫雨神，不圖雨貌。（此條翻刻本脱漏缺失）

沉醉東風

盼遠信雲昏鴈杳，愴心期水漲天遥。一陣價孤燈罨盞昏，一陣價萬葉臨窗鬧，打梨花門掩墻高。柔櫓咿呀鶩外摇，烟霧裡垂楊画閣。

【眉批】（「盼遠信」二句）情耶景耶，是一是二。（此條翻刻本脱漏缺失）

折桂令

一聲聲空外瀟瀟，鷄也膠膠，漏也寥寥。竹也蕭蕭，樹也搖搖。怎消得簾衣裊裊，窓紙條條。扯淡的把香也燒燒，碁也敲敲，書也梟梟，燈也挑挑。

【眉批】奇情妙致，從叠字得之。（此條翻刻本脱漏缺失）

離亭宴帶歇拍煞

簷頭鉄馬偏生鬧，懨懨殘夢才驚覺，這凄凉怎熬。地兒卑後近山，宅兒小斜通竹，窓兒矮前臨沼。但從教有淚垂，總只是無人到。白茫茫長暮潮，討得個風回門自閑，霧濕絃初劣，火歇衣剛燥。准備着惜花起早，聽得人耳待聾，要得人眉皺了。

【眉批】無一字說雨，且得雨神。（「且」字翻刻本刻殘字形）

石苹雨景詞云「芭蕉又發沒人處」，子野則曰「沒人庭院種芭蕉」，可謂青出于藍。夫芭蕉送雨顛風，最能挑人離索。故昔人有詞云：「窓外芭蕉窓裏人，淚向心中滴。」比「隔個窓兒滴到明」，更覺酸楚。又蔣捷云：「流光容易把人拋，紅了櫻桃，綠了芭蕉。」又無名氏云：「眷黛小山攢，芭蕉生暮寒。」又呂聖求云：「誤了芳音，小牕斜日到芭蕉。」是不待夜雨蕭颸，乃添悽況矣。○此篇酷似貫酸齋。顧彦容

雨景易摹，雨情難寫。而情中之景，景中之情。尤是難寫，此詞可謂曲盡其美，直謂爲「雨賦」可也。豈直雕蟲伎倆哉。竹里評

昔有人令人作《江賦》，以千字爲限，而止得七百，其人恚然曰：「何不以江之左右悉言之？」此文家三昧也。此詞頗窺是旨，自不須字字訓詁，而自然語語生動。子野曾于秋梧雨舘，令小童以單箏度之。文既悽然，聲復哀怨，遂覺窗外瀟瀟點點是淚。眘公跋

漁父有跋○○○

南仙呂桂枝香

風頭雨急，船頭人立，穿肩自織蓑衣，戴頂新編箬笠。把綸絲下鈎，綸絲下鈎，雪浪滿江推白，遠岫帶雲堆黑。把船撑。烟裡雙枝槳，蘆根一點燈。

【夾批】〔雪浪〕句：奇句。〔烟裡〕二句：恍然漁燈夜泊。（「燈」字處翻刻本缺刻，其中天圖本、哈佛本、《存目》本均保留空缺，《續修》本、鄭藏本則俱手寫補作「舟」字）

不是路

四面山青，一隻船兒柳内横。趂潮平，呼兒抱女自扳罾。活魚烹，若非骨肉團頭會，也是隣船熟面朋。傾磁甏，明朝捉得魚時分，再來酩酊，再來酩酊。

【眉批】（「若非」二句）誰人解此快活。（此條翻刻本脱漏缺失）

【夾批】〔四面〕二句：好景。

長拍

渡口潮生，渡口潮生，風凉月静，横笛聲没腔成韵。五更夢覺，船艙中把脚伸伸，没事到伊心。不消計較生涯穩，惡浪灘頭高閣枕，任東西一片布帆輕。更誰知生兒長大了，也有天婚。

【眉批】（「不消」三句）吾願從遊。（此條翻刻本脱漏缺失）

【夾批】〔船艙中〕句：快活快活。〔更誰知〕二句：妙。

短拍

富貴貧窮，富貴貧窮，從來沒定。再不聞餓殺漁人，忘記姓和名。魚蝦裡蠢然性命，只靠着魚糧豐稔，幾曾愁米炭柴薪。

【夾批】〔再不聞〕句：質語至言。（「質語」二字翻刻本缺刻）〔魚蝦裡〕句：妙句。（此條翻刻本脫漏缺失）

尾文

綸竿頭上容漁隱，少風波處便安身，還笑那着甚羊裘嚴子陵。

「魚蝦裡蠢然性命」，此漁夫頗是高遠。若果如子陵披羊裘，釣澤中，乃至足加帝腹，太史指爲客星而惡之，似大非釣魚本旨也。正恐魚蝦見而深入，終其身不獲一鱗耳。自跋

余嘗有題《漁父》詩落句云：「猶是有機心，一點竿頭餌。」此言更有入處。請子

野再進一步。〇《太平樂府》載白無咎《鸚鵡》曲云：「儂家鸚鵡洲邊住，是箇不識字漁父。浪花中一葉扁舟，睡煞江南烟雨。覺來時滿眼青山，抖擻綠蓑歸去。筭從前錯。恠天公甚也有安排我處。」極形容釣叟之樂，然正恐機心猶在耳。子野云「魚蝦裡蠢然性命」，又云「還笑那着甚羊裘嚴子陵」，此漁隱大有眼孔，必曾問津桃源者。彥容跋

【校】「然正恐機心猶在耳」，「恐」字翻刻本缺刻末三筆。

【眉批】（「猶是」二句）妙論。（此條《續修》本、《存目》本無）

予草庵在申浦口，江水吐納，風烟萬狀，時見漁舟如鴨，翼比而泊。有一翁貌如五十許人，予童時即見之。二十餘年，容色不改，得魚即賣錢換酒，與隣舟翁歡飲劇醉。未嘗見其空乏，亦未嘗見其有餘錢。人都忘其姓名，只以老翁呼之。去年八月，忽辭衆曰：「因緣盡矣。」拱手揚帆而去，竟不知所之。乃知浮家泛宅中，多有得道者，當不過寓言於漁耳。子野此詞，曲盡漁人風味，但猶在綸竿頭上尋討生活。若更轉一解，則可以終身垂綸不得魚矣。性白師

【校】落款「性白師」,「師」字翻刻本缺刻左半(其中《存目》本手寫添改爲「評」)。

【眉批】(「未嘗」二句)若有餘錢則只一作家漁父耳。(此條《存目》本無) (「若更轉」二句)更破鐵圍。(此條《續修》本、《存目》本無)

予少子野兩年,方爲兒嬉,即相得其歡。未幾同爲諸生。子野英英秀發,有鞭箠四方之志,予亦落落自負。潦倒十餘年,奔走名場,初無是處,而忽各鬑鬑有鬚矣。予且退休于長泖之上,萬水之中,茆屋如粟,僻遠荒凉,魚鳥爲政,予故自號芥舟,曰逋漁。子野因寄予《漁父》詞,且系以詩,有「釣竿終日稅漁粮」之句。丁巳秋,子野造予廬,四壁蕭然,三徑蕪沒,顧視圃中有蔬,床頭無酒,謀之于婦,得一釵賣之,乃相與流連信宿,秉燭論心,話到不平,拔劍砍地。子野笑曰:「此豈所謂逋漁者耶?」且笑且歎,攢眉者久之。嗟乎!吾輩心熱命寒,乃不得馳驅皇路,至托之江干雨笠,楓岸烟蓑,一何無聊至此哉!每披此詞,未嘗不神遊釣叟之樂,然爲此感歎者正不少矣。戊午秋初,秣陵舟中紀。五如

五如深遠英特,用世士也。不幸蘭摧,可勝玉泣。右語自寫掀髯扼腕之致,真堪傳神,乃附之詞末,令百世之下,人人識吾五如,庶幾不夘云爾。自記

問桃和闇生作有序〇〇〇

三郎夙負情痴，時生花夢。東城有曲水小橋，露桃斜照，曩時携手江皋，花枝人面所掩映多矣。一旦蕭郎路人，能無依舊春風之感乎？因爲《問桃》一章，吾輩皆屬和焉。

南商調二郎神

春才好，正寒食東風柳外橋，一樹桃花和晚照。微微暈臉，分明是舊識丰標。却爲甚低頭微似惱，想不耐燕鶯囉唣。沒分曉，可記否當年，花底魂銷。

【眉批】（「春才好」三句）寫景妙。（此條《續修》本無）（「沒分曉」三句）黯然。（此條翻刻本脱漏缺失）

【夾批】〔却爲甚〕句：無中生有。

集賢賓

朱門繡閣深窈窕，一枝潛鑠春嬌。怕鏡裏公然憔悴了，渾不似舊時遺照。殘紅細草，知幾許雨帆煙棹。心下惱，不明白悶殺夭桃。

【眉批】（「怕鏡裏」二句）無限傷感。

【夾批】（「不明白」句：妙。（此條翻刻本脱漏缺失）

黄鶯兒

幽恨倩誰消，殢花枝、怨樹梢，緣何問你翻含笑。春江晚潮，春烟柳條，怕從今總是相思料。但花朝，酒盃詩句，於此一吹簫。

【校】調名「黄」字翻刻本刻殘上半部分（其中鄭藏本手寫添補完整）。

【夾批】（「但花朝」三句：雋逸至此。（此條翻刻本脱漏缺失）

猫兒墜

阮郎標韵，翻做沈郎腰，重到玄都無分了。殘花紅與淚珠飄，心焦，怎下得教人，今日明朝。

【夾批】（「怎下得」二句：語淡情長。（此條翻刻本脱漏缺失）

尾文

花神似也回言道，道兩地相思人總老，直到天老依然緣未了。

【手批】結句宜乎做詞讖也。（此條爲天圖本曲後手批）

妙在句句是問，「天老依然緣未了」，竟成詞讖矣。戴孺容

俊逸絕塵，胷宇高潔。而婉麗當行，更屬詞林能品。張漢水

文生於情，非情人決不能爲文人。多情如子野，自應咳唾九天，隨風珠玉也。友夔評

錢塘懷古有序跋〇〇〇

錢塘名勝，甲冠江南；吾輩情深，不居人後。過六橋而見桃李之空花，步孤山而趂隺梅之幻影。緬念古人，遂成疇昔。風景不殊，終日画舡簫鼓；凄凉何限，千年荒塚狐狸。兩岸青山，可是文人筆塚；一朝紅雨，依然粉面啼妝。干戈已歇，空餘草木之兵；陵墓無痕，只剩牛羊之笛。誰分誰是而誰非，孰辨孰興而孰廢。似分劫火於秦坑，燒空熱談；爰賦文波於江管，寫盡閒心。敢云字字可憐，竊謂聲聲是恨云爾。

【校】抄本無標題。「干戈已歇」，「干」翻刻本訛刻作「千」。

【眉批】（「渾不似」三句）錦心綉口。（此條翻刻本脱漏缺失）

【夾批】〔錢塘名勝〕二句：起便雋逸。（此條翻刻本脱漏缺失）

南仙吕入雙調曉行序

傳說錢塘，是鶯花山水，鬧天熱地。誰知是，千古有情人淚。愁睇，古路殘碑，廢井新田，斷橋荒寺。如此，知换却幾多人，可是影中裝戲。

【眉批】（「傳說」三句）起得妙。（此條翻刻本脱漏缺失）

【夾批】〔誰知是〕二句：妙。

前腔

萋迷，白傅堤邊，草含鞶不辨，覓湖碑記。人烟聚，六井不淘荒廢。誰知，功在蒼生，也有而今，空勞心計。閒氣，還有個恨無邊，塔下千年慶忌。

【眉批】蚤知件件灰寒，何必些些鳩拙。（「鳩拙」二字翻刻本缺刻）

【夾批】〔也有〕二句：妙。〔閒氣〕：妙。

黑麻序

堪疑，野老林逋，但妻梅子隺，淡緣高寄。問玉簪端硯，此人何罪。淹淚，百歲有盡期，詩人也廢基。闇悲悽，只有蘚合花深，彷彿斷橋名句。

【眉批】（「百歲」二句）「詩人也廢基」，何況此輩耶？上言大占地步。（「詩」翻刻本訛刻作「月」，「何」翻刻本訛刻作「太」）

【夾批】〔此人〕句：可當天問。〔詩人〕句：妙。〔只有〕二句：然則詩人仍是不朽。

前腔

重題，坡老當年，儘風流太守，問花參偈。自黃州去後，六橋烟蔽。痴睡，琴操久不歸，朝雲甚處飛。惱人意，眼見蘇小墳頭，松栢盡枯無樹。

【眉批】（「琴操」二句）帶入名姬所不可少，而却亦巧妙。

【夾批】〔痴睡〕：妙。

錦衣香

問衣錦山誰榮貴，問翠微亭誰恬退。只可惜報國精忠，奉牌十二。十年心力一朝灰，千秋切齒，磔檜分屍。笑優游人在半閒堂，身謀家計，人國同兒戲。葬身無地，如今化作，業風妖氣。

【校】末句抄本無「作」字。

【眉批】前半令人魂淒，此後更令人髮竪，悲壯高雄真無與匹。（「匹」字翻刻本缺刻）

【夾批】〔如今〕二句：妙。

漿水令

種冬青痕消迹廢，問遺民誰知是非。從來亡國總灰飛，傷心至斯，天道何知。菜麻地，烟花市，焉知不是藏龍處。真堪哭真堪哭蒼烟荒雨，公然見公然見窳狐狸。

【校】「藏龍處」，「龍」抄本作「他」。

【眉批】（「傷心」二句）一慟而絕，尚有餘悲。（此條翻刻本脱漏缺失）

【夾批】（焉知）句：妙。（此條翻刻本脱漏缺失）

尾文

江流九曲疑成字，寫不盡古今興廢，可憐月送暮潮歸去。

【眉批】結亦高渾。（此條翻刻本脱漏缺失）

癸亥三月，予坐雨湖上，亦成吊古一闋，然只寫趙家南渡而已。子野攬古綜今，舉一切幽踪秘跡，艷種愁端，盡譜之竹肉。嘗從耳熱後，按拍歌之，恍入六橋花月，兩山烟雨中，即以此七調當一部游覽志可也。彦容評

西湖事蹟極多，此詞收括無遺，縫合無迹，殆化工手也。至筆意之老，墨氣之新，更須獨步詞家矣。徐彤父

武林城平直如几，兩高峯突屼如奩。而西湖一點圓明，正如青銅出匣，爲古今業鏡。凡興亡炎冷，總無遁形。譬之寶鏡臨粧，今朝之眉暈纔新，明旦之鬢鬟重換。妍媸好醜，自去自來。清光不改，止添蘚綠。然而照鏡美人，已不知換却幾多矣。此詞極言影花泡幻，頗似該核；而調笑悲啼，兩極其致。是使古今無遁形者，西湖也；使西湖無遁情者，此詞也。攢愁數恨，傳古人不死之心；畫地指天，聳今人欲豎之髮。盖擷翻二十一史，散寄于天人之籟，使千秋血淚，化形爲聲，庶幾磅礴六虛，而風呼雨號，皆是物耳。嘗試於蘇公堤上、處士墳頭，山雨欲來，桃雲半死，以一紅牙、一頭管，曼聲唱之。當年綺艷，今日凄凉，總隨竹肉餘聲，零亂于烟花草蝶之際。而青山不語而含顰，黄鳥欲言而無字。爾時柳眼花鬚，無不慘慘欲淚，而何况吾輩也。猶記戊午初夏，薄遊江陰，偕沈德生、張曙台、夏子奇、周爾章，登君山絕頂，江流浩蕩，山色參差，懷古情深，憤悱欲發。適有漁歌一聲，隱起於蒼波浩渺之外，不覺大叫欲絕，相對泫然。盖惟聲感人，正不須辭與境合。况此聲聲沉痛，將眼前興廢，挑人肺腸耶？宜乎其感愴之深矣。

丙寅分龍日，峰泖浪仙重記於竹間水上。自跋

【校】「今朝之眉暈纔新」，「暈」字翻刻本刻殘上端而剩下半部分「軍」。

世間升沉萬狀，觸目可憐。屈指君山吊古，曾未十年，而德生已化爲異物，曙台諸君亦迥絶天水，空有書來人遠，夢破人離耳。即此已足千古之恨，不須更向夕陽衰草，問斷碣殘碑也。《花影集》行，曙台諸君會應見之，當知酒徒無恙，老更情痴，蕪詞半幅，便可作寒暄書矣。獨恨松杉烟雨中，有一不可復作之德生，從此千秋萬歲，永爲羊牛樵牧之墟，但供有心人感懷寄恨之具，寧不痛哉！寧不痛哉！所當重譜一詞，爲前詞補遺可也。又自跋

余往遊湖，當山空霜滿之候，蛩淒猿怨之辰，水淺鷗明，松繁鐘碎，乃放小艇，歷孤山，出西泠，于寺，于橋，于曲樓遙樹，于斷岸，于殘邨，無不極動息留連之致。爐沸高人之語，香柰古樹之寃。攜子野右詞，放歌哀吟。飛鳥爲之徘徊，遊魚聽而决驟。吳王臺上鷓鴣啼，越王宮中烏鵲飛。祇令人念鴟夷子，五湖誰載月明歸。歸與歸與！復令我遐想扁舟時也。沈與可評

【校】「出西泠」，「泠」翻刻本刻殘作「冷」。

聞子野先生，雅以張子野自命。予生也晚，不獲登堂奉教，唱「雲破月來」之句。時聽吾友巨卿、存人、敬安，誦説勝情，擒揚藻艷，彌深嚮往。適同遊西湖，巨卿攜此詞相示。摭事入化，懷古多情，令人欲歌欲泣，恍從江山烟靄中，晤對先生，當不復廑不見古人之恨矣。董子愛評

送春 有跋〇〇

北南吕一枝花

香披錦帶亭，雪散酴醿架。燕巢忙壘絮，蜂蜜靜蒸花。柳拜新椏，怨春歸枝上黄鸝駡，感花謝窗中紅淚洒。喜疎鐘未動猶春怕，嫩暑輕添欲夏。

【校】「柳拜新椏」，「椏」翻刻本訛刻作「掗」。

【眉批】（「柳拜」句）秀麗絶倫。（此條翻刻本脱漏缺失）

【夾批】〔柳拜〕句：新句。

梁州

又一度繁紅鬧綠，又一番乳燕鳴蛙，歎東君恁地無情煞。勾銷了白茫茫梨魂夜雪，收拾了俏夭夭桃面朝霞。趲上了綠陰陰鴉藏柳帶，作成了皺微微魚唼萍花。收藏了香噴噴箬甕新茶，准備了軟騰騰艾虎輕紗。羞慚了錦燦燦搜句奚囊，退後了曲彎彎踏青布襪，冷落了跎琤琤花底琵琶。把人痛耍。似白頭吟守臨邛寡，歹東君應受罰。把酒殷勤問着他，下得抛咱。

【校】「趲上了」，抄本無「趲」字。

【眉批】（「趲上了」二句）□〔艷〕麗豐肥，不□〔如〕風流蘊藉。（原刻本兩字模糊，兹據依稀字形補；此條翻刻本脫漏缺失）（「收藏了」二句）是北詞作手而化以南人墨氣者也。

【夾批】（似白頭）句：妙。

罵玉郎

怎使俺凄涼終日守閨闥，閑兩扇破窗紗。支持愁病無方法，粘不上落地花，說不出傷春話，遮不住臨頭雪。

【眉批】（「粘不上」二句）多情人每每有淚自咽，無人解得。（「人解得」翻刻本缺刻）

感皇恩

呀，且引如花，坐着綉榻。湧一湧臉潮霞，撥一撥銀義甲，拍一拍象紅牙，掩一掩青團寶箑，唱一唱陽春白雪。我則待留春住怎留他，只落得句句愁似燕子説，字字泪似杜鵑血。

【眉批】（「拍一拍」三句）風致嫣然。（此條翻刻本脱漏缺失）

採茶歌

只見那流水外兩三家，遮新綠，洒殘花，一陣陣柳綿兒春思滿天涯。俺獨立斜陽之下，猛銷魂小橋西去路兒斜。

【眉批】（「俺獨立」二句）不言所以，正摹出送春之神。

煞尾

但茫茫荒烟野水無窮也，况悠悠錦字琴心沒半些，這度傷春非當耍。真個是留春無計，送春又怕，只落得惜花飛怨風吹，把酒兒和淚呷。

「送春」兩字，無限關心。已譜南宮，付之簫管；復綴是詞，并被絃索。凄涼悲壯，始各極其致。每歌此詞，大都在落紅飛絮中，一時情味，已爲香綿病粉攪亂攧翻，而絲愁竹怨之聲，復嫋嫋耳根，倘未免有情，敢問誰能不痛哭也。自記

【校】「無限關心」，「關」翻刻本刻作「開」（其中《存目》本手寫改爲「関」）。

情字爲骨，艷字爲肌，韵字爲神，如此北詞，恐未許元人夢見，且無論當代也。韓公選

中秋有序〇〇

中秋是第一可憐夕。對酒不飲，謂可憐人何。因綴小詞，徵歌引滿，坐上名流，且攜孔子觚、劉伶斗、東坡金蕉葉，同歸醉鄉去來。

【眉批】（「且攜」二句）韵絕。（此條《續修》本無）

南商調臨江僊

明月清風真我友，人生此外何求。臨風觴月月當頭，正是有秋堪贈客，惟酒可忘憂。

金索掛梧桐

早推開月面愁，放出秋容瘦。一點如錢，正在樓南首。簾衣半上鈎，颼輕柔，見隱現嬋娟似害羞。待高持冰鑑評詩酒，更別聘烟鬟嫁斗牛。高探手，廣寒堪折一枝秋。我這裡酒有花籌，曲有鸎喉，這消受真消受。

【夾批】〔早推開〕句：奇句。〔一點〕句：真境。（「境」字翻刻本缺刻）〔見隱現〕句：妙句。〔待高持〕句：奇句。〔我這裡〕二句：韵語。（此條翻刻本脫漏缺失）

前腔

南樓興未休，吾輩能詩酒。吸盡清光，月印粘於口。從來這晚頭，幾淹留，歎庾亮而今也廢丘。當初曾把秋消受，到今日他還有分不。須參透，這杯中綠蟻儘消愁。可憐這一度中秋，早剩得半夜中秋，漸漸又三更後。

【眉批】（「歎庾亮」句）當與「江月曾經照古人」並傳。（此條翻刻本脫漏缺失）

【夾批】〔吸盡〕二句：誰寫到此？〔歎庾亮〕句：感慨無窮。（此條翻刻本脫漏缺失）〔可憐這〕二句：言至此令人毛骨竦然。

前腔

誰分一半秋，想天與人分有。這月底清歡，莫放傳杯手。還須叱怒虯，向廣寒遊，醉眼摩挲將桂子偷。把霓裳譜出鈞天奏，可不是絃管吹雲儘破愁。休慳酒，有羅衣堪當更何憂。須知有客路傷秋，還有個小院悲秋，又似得尊前否。

【眉批】何等興致，使事又極玲瓏。（「何」、「事」二字翻刻本缺刻；「等」字翻刻本刻殘竹字頭；「又」翻刻本訛刻作「各」）

【夾批】〔須知〕二句：善於寬解，却正是酸楚。

劉潑帽

中秋風正涼時候，氅衣輕紗帽籠頭。流螢幾點翻羅袖。韵致遒，把酒政閒窮究。

前腔

中秋月正明時候，桂花陰倒挿人頭。紛紛坐客陪迂叟。賭酒籌，分險韵催詩就。

【夾批】〔桂花陰〕句：寫人不能寫之景。

前腔

中秋人正閒時候，浸葡萄白酒新篘。飛箋召客無生友。莫去休，你去時定拽着衫兒袖。

【眉批】〔「飛箋」句〕真是雅會。

【夾批】〔你去時〕句：趣絶。（此條翻刻本脱漏缺失）

尾文

腰圍倖免休文瘦，鏡面全無潘鬢愁，且學個劉伶常害酒。

【眉批】結語韵甚。（此條翻刻本脫漏缺失）

凄怨纏綿，風華蘊藉。達生之言，更饒情致之語。美人耶？道人耶？錢四如

此詞前段頗纏綿，後段頗夷爽。如初入迴欄曲逕，使人意思幽深，已而忽得大路，更使人神氣開平也。詹公評

渾身騷雅，隨口風流，一經其手，字字秀，句句韵矣。包稺先

懷舊〇〇〇

南黄鐘画詹序

孤燈伴愁寂，院落沉沉雨花滴。更流螢冷淡，候蟲啾唧。今宵裡數恨三年，方寸內量愁千尺。（合）眼前無限心頭事，過去了怎生留得。

【夾批】〔方寸內〕句：奇警。　〔眼前〕二句：淡語黯然。（二條翻刻本均脫漏缺失）

前腔

當年正今夕，兩個團頭起和立。記燈光影子，一雙東壁。相攜手只惜從前，誰料得尚餘今日。（合前）

【夾批】〔記燈光〕二句：思到徹底。（此條翻刻本脫漏缺失）〔相攜手〕二句：無限傷心。

前腔

從今與伊隔，彩鳳青鸞沒消息。歎蕭郎真個，路旁行客。朱門老一段青春，人世過幾番寒食。（合前）

【夾批】〔歎蕭郎〕二句：慘然。〔朱門〕二句：看至此不淚落者定非人矣。（二條翻刻本均脫漏缺失）

前腔

燈前展書跡，小字蠅頭噴香墨。料從今之後，半行難得。花箋上日月時辰，應變做怨時愁刻。（合前）

【眉批】(「花箋上」二句)字字可哭。(此條翻刻本脫漏缺失)

【夾批】(「應變做」)句:酸聲憤怨。(此條翻刻本脫漏缺失)

滴溜子

漫說道從來兩心鐵石,更誰知別後夢魂空憶。就哭得淚乾何益,今生要見他甚時日。浪信傳來,怕多不的。

【眉批】(「今生」句)□[真]至。(此條翻刻本脫漏缺失)

【夾批】(「就哭得」)句:妙。(此條翻刻本脫漏缺失)

鮑老催

追思那日,奇花一朵親手摘,春風被頭鴛鳳匹。是錦繡緣,繁華命,風流敵。巫雲柔軟嫌風急,柳線輕搖嫩無力,真個是相憐惜。

【眉批】(「真個是」句)越想越愁。(此條翻刻本脫漏缺失)

【夾批】〔真個是〕句：語不煩多。

滴滴金

花開並蒂花遭劈，線結同心線還拆。揚州夢有回來日，將海誓丟、山盟息，且把韓香返璧，從今一場春事畢。好歹來生，和你再相覓。

【校】「揚州夢」，「揚」原刻本、翻刻本均誤爲「楊」，抄本細辨更近「揚」。應作「揚」。改。

【眉批】（「好歹」二句）情痴至此。（此條翻刻本脫漏缺失）

雙聲子

黄昏立黄昏立，細雨洒、尖風急。青燈側青燈側，眠不穩、空勞憶。眼見得眼見得，画不出画不出，似亂花飛過，怎生邀勒。

【夾批】〔眼見得〕句：光景絕真。

尾文

從今勾却風流筆，須把從來念頭息，只恐陡上心來消未得。

【校】末句「陡」字抄本作「陟」。

一聲一淚，一字一珠，盖賦情之深，自能窮思之變。將從來相思套語，一切洗却，獨寫其意中之意，情外之情。如一幅新翻機錦，自然文綵焕然，不須更付染人也。顧闇生

【校】「新翻機錦」，「機」翻刻本訛刻作有似「八」字（《存目》本手寫描摹作「八」）。按，前既曰「翻」，所謂「翻機錦」者常見，而罕有曰「翻八錦」者，推測此乃先刻爲「機」之同音字「几」，而「几錦」不可通，察覺後又改爲「八」。「不須更付染人也」，「染」字翻刻本訛刻爲上「氿」下「疋」字形。

月下感懷 有序○○○

眼底空花，憑恁自開開謝謝；身中真果，培他要歲歲年年。休說功名富貴，無過白骨生涯；莫分好歹賢愚，總是黃粱公案。不識影中幻相，真性何存？但知個

裡虛無，源頭便見。所以清虛禪教，全非香味色聲；就是好事儒家，豈關富强禮樂？但解當前破幻，何須別處尋真。如行到山窮水盡，回思歸路纔殷；似填得海竭河乾，不用慈航自渡。此命篇之意云，亦喚世之法也。

【校】抄本標題作「月夜感懷」。「總是黄粱公案」，「粱」原刻本、翻刻本均作「梁」，「梁」通「粱」，現通行者爲「粱」，茲改。「豈關富强禮樂」，「關」翻刻本刻作「開」。

【眉批】（「但解」二句）「破幻」即是「尋真」，本無二義。（此條翻刻本脫漏缺失）

南大石念奴嬌序

陰晴萬古，這冰輪不改，憑人覆雨翻雲。欲向吴剛求利斧，劈開懞懂乾坤。休諱。一點山河，三千世界，人間萬事總虛影。（合）多管是清光夜夜，照不分明。

【校】「合」抄本作「合前」。

【眉批】（「陰晴」三句）此解有籠罩萬古之勢。（此條翻刻本脫漏缺失）

【夾批】（陰晴）句：起得雄渾。　（人間）句：妙句。

前腔

痴甚，天公哄恁，並沒個好歹，賢愚忠佞同盡。萬里江邊沙上骨，這是隋唐秦晉。休逞。扯破衣冠，丟開禮樂，到頭畢竟認誰真。（合前）

【眉批】（「休逞」四句）悲壯雄奇。（此條翻刻本脫漏缺失）

前腔

忒狠，將相功名，君王社稷，爭教一代一灰塵。早發掘壘壘，前朝荒墳。冰冷。笛暮牛羊，蛩秋烟雨，當年氣勢嚇誰人。（合前）

【眉批】（「君王」二句）真冷熱人冰冷。

【夾批】（笛暮）句：妙句。（當年）句：笑殺此輩。

前腔

重省，酷慕神仙，浪煎藥物，心長命短與誰爭。碑額上標題，隱士先生。傷情。狐戴頭

顱，鴉翻皮肉，大丹畢竟甚時成。（合前）

【眉批】此尤千古不解之惑，秦皇漢武雄心蓋世，卒爲兒輩所欺，破得此関，无所不破矣。（首字「此」翻刻本訛刻作「北」；「世」字至後「此」字，翻刻本缺刻）

古輪臺

漫胡評，從來些個總無憑，功名富貴天之分，怎生徼倖。況到底空花，眼前豈伊畢竟。有事到垂成被人作梗，有凌雲奇志困青衫叫天不應，有高才短命身傾。有星霜白首垂涎如斗一顆金印，成敗豈由人。今宵景，蒼烟荒野鬼無靈。

【眉批】（「從來」三句）令人氣咽，亦令人意消，真火宅氷丸也。（「氷」翻刻本訛刻作「米」）（「有星霜」二句）數盡痴夢。（此條翻刻本脫漏缺失）

前腔

須聽，還有專寵宮庭，也有獨守鴛幃，恨人薄倖。也有嫁得蕭郎，却有日路人相認。有恩愛夫妻衾挨肩並，有夫婿恩榮捧將來縣君誥命，有伶仃孤苦艱辛。高高下下如今白骨總成枯梗，天眼太昏昏。今宵景，一聲長笛曉風清。

尾文

一輪月、萬古情，笑如此人間痴甚，但閒氣教伊莫要爭。

眦睨乾坤，揶揄今古，碧眼如炬。空花幻泡，覷破多矣。袁仲聞

説盡世態，自寫閒心。世人直如傀儡俳塲，子野但袖手旁觀，指非畫是云爾，何居之高而視之下哉。朗公師

但調笑而不慘怛，此鬚眉持世氣象也。若稍作兒女態，便酸氣噦人矣。鳴玉評

予向聞子野，未識子野，適至眘先生齋，讀《花影集序》，始識子野爲如此子野。已而得讀《花影集》，獲觀此詞，乃更識子野爲如此子野。他時祇園坐上，吾當以上首讓之。扈芷師

【校】「吾當以上首讓之」，「首」字翻刻本刻殘上端而僅餘下半部分「目」。

舟中端午有跋〇〇〇

南商調梧桐樹

歌長檀板温，酒剩蒲香冷。艾虎輕紗，穩稱端陽景。詞人共酒人，隊裡安紅粉。水沸龍腥，暴熱蒸痴興，歡呼似有靈均應。

【夾批】（酒剩）句：真是美人佳句。（艾虎）二句：妍秀。（詞人）句：寫出勝會。（「寫」、「勝」、「會」三字翻刻本缺刻）（隊裡）句：「安」字更奇妙。（水沸）句：奇。（翻刻本衍刻一字作「下奇」）（暴熱）句：奇。（歡呼）句：奇。

東甌令

龍舟上，正潮平，浪噴微花人亂影。低回粉面腮微暈，把画舫欄杆凭。似一枝擎水藕花新，映日轉盈盈。

【眉批】（「把画舫」三句）寫得如画。（此條翻刻本脱漏缺失）

大聖樂

垂楊岸人立如屏，弄潮兒，萍覆頂。朱旛泱泱中流影，連水面，畫船栟。可正是熏天酒熱天應醉，貼水歌酣水忽渾。高懷自耿，怎銷得石榴裙上，這點花星。

【眉批】（「垂楊岸」三句）遊賞之盛，宛然在目。（此條翻刻本脱漏缺失）

【夾批】〔垂楊岸〕句：亦奇亦真。〔弄潮兒〕句：有景。〔可正是〕句：奇句驚人。

解三醒

喜今日簫聲俊冷，喜今日箏手圓明，喜今日抽箋紀事詞新警，喜今日俊舌歌鸎，喜今日客欹紗帽翻茶㽵，喜今日妓嚲金釵劃酒經。繁華命。喜今日烟花隊裡，採得頭名。

【校】「喜今日烟花隊裡」，抄本無「花」字。

【眉批】（「喜今日」六句）語語尖新秀麗。（此條翻刻本脱漏缺失）

【夾批】〔喜今日箏手〕句：知音人語。

尾文

風微暑嫩衣衫醒，且趂此花緣治酒兵，休似那獨醒沉湘空寂寥江上泠。

【夾批】〔風微〕句：「醒」字妙。

名姬周綺生，才色兩絶。「酒剩蒲香泠」，其鴛湖口占句也。辛亥午日，偶譜入小詞，庶令個中人殘唾遺珠，猶博人間幾疋絹耳。綺生予未曾識面，間聞之闇生，大約風流高韵人也，應是直得一炇。乃《西樓記》成，而于鵑身黜名辱，殊色誠可憐，美才亦可惜。爲一婦人，身爲逐客。嗚呼悲夫！雖然，吾輩唯此一點情血，庶爲人間解穢。彼朝規而暮矩，左繩而右墨者，不知情字作何點畫。子夏曰：「焉能爲有，焉能爲亡。」吾謂此輩亦當云。今于鵑身隱，而《西樓記》傳矣。才名不朽，差可無憾。乃知天之眷才人，養情脉，未始不寛其途耳。自跋

【校】「而《西樓記》傳矣」，「西」字翻刻本刻殘上端而剩下半部分「四」。

【眉批】（「吾輩」二句）至言。　（「乃知」三句）古言「天人」。（二條翻刻本均脱漏缺失）

「抽箋紀事詞新警」，可稱實錄，當即以此言爲定評。穉先評

子野以俠士作柔情，風流文采，有雋遠之致。丙辰午日，邂逅清谿舟次，流連者累日。因得披看諸詞，不禁脉脉魂動，更命歌兒翻度右曲，予亦曼聲和之。覺柳風烟水，俱爲翻舞。而一時詞人酒人，及兒輩脂粉之徒，皆爲詞中關目人矣。沈嫩兒

旅懷有跋〇〇

北仙呂入雙調二犯江兒水

相思滋味，嘗不了相思滋味，破題兒才做起。想前宵我你、今夜東西，忍教他在夢兒裡。俺燈下寫鳥絲，他機中製錦詞，他冷落空閨，俺潦倒江隈，攪春魂眼睜睜多不要睡。無靠無依，這凄涼無靠無依，無頭無尾，這思量無頭無尾，只落得滿青衫冷熒熒多是淚兒。

【眉批】（「俺燈下」五句）句字鏗鏘，已含絲竹，不須更被筦絃。（「句」、「更」二字翻刻本刻殘若「可」、「史」；「含」字翻刻本刻壞而作墨釘）

【夾批】〔忍教他〕句：妙。〔這思量〕句：妙。（二條翻刻本均脱漏缺失）

前腔

荒村自守，挨不過荒村自守，紗人兒在心上有。就甫離心上、也在眉頭，易沾身、難放手。俺潘郎滿鬢秋，他蕭娘滿鏡愁，他花命判休，俺花債判酬，儘今宵恁凄涼多自受。玉嫩香柔，只爲你玉嫩香柔，天長地久，害得俺天長地久，兀似有實丕丕一塊兒咽不下喉。

【夾批】〔易沾身〕句：多情之言。

沽美酒

半開窓、半掩窓，燒短燭、照空床，只擁着衾窩爇好香。忒寂寞、好凄涼，衣單薄、淚恓惶，空廊外風吹葉响，荒村裏雨寒鷄唱。我呵自不合住在東墻，你呵又不合立在西廂，呀，却做出今宵這般悽愴。

【眉批】（「半开窓」三句）凄凉如画。（此條翻刻本脱漏缺失）（「我呵」二句）两个「不合」，却埋怨谁。

前腔

風兒急、夜又長，燈花結、咬銀缸，想前暮私情一兩樁。真堪憶、怎能忘，若忘記、有蒼蒼，衫袖上口脂猶亮，枕頭上淚光溶漾。我呵儘判個此心爲娘，你呵也索要好心待郎，呀，甘爲你受這般魔障。

【校】「想前暮私情一兩樁」，「樁」翻刻本、抄本均誤爲「椿」。

【眉批】（「衫袖上」二句）淫艷無比。（此條翻刻本脱漏缺失）

【夾批】〔咬銀缸〕：「咬」字妙。

清江引

隨風近遠村鐘响，窓牖看看亮。孤身又曉行，柳色河橋颺，儘躭着這相思幾時和你講。

予結習不除，艷句日積。癸亥春末，始付小童歌之。花月之下，偶有新聲，亦復隨時换譜。右詞皆偶然口占，或止一章半折，因其語意相入，彙而成篇，乃詞家百衲琴也。自記

情文雙妙，詞林雋品。甲子桃花下，子野曾命小童，以大小忽雷，叶而歌之，其聲頗逸宕纏綿，至今耳根猶嫋嫋有生氣也。予家有小童曰紅兒、雪兒，亦善三絃提琴，但恨所譜不過院本諸舊曲。今俟《花影集》成，當令樂部盡譜之。滿床絃索，從此塵土一新矣。子念跋

吾松絃索幾絕統，近來諸名家，始稍稍起廢，然不久便散逸。樂天詩有曰「歌舞教成心力倦」，蓋此事亦大費心力，只宜付散人迂叟，以閒中日月，搜討逸事，庶幾有成耳。子野避地空山，絕跡城市，日撰新聲，令宗工名手，商搉翻度，差爲絃索興滅繼絕。時時率諸童過予頑仙廬，絲竹嘈嘈，隨風飄揚。村姑里叟，皆負子憑肩而聽，亦山林快事也。始予開徑東佘，得奇石，戲名曰絃索坪。每月底花下，有狎客攜紅裙坐此吹洞簫，彈琵琶。適子野塹土西佘，得石平直，小童六人，恰好盈坐。子野請于予，欲乞此名名之。予曰：「子但遺我一鉄笛，我便當以此名爲贈。」蓋予有童善吹笛，而子野諸童善絃索，各得其所應有也。眉公跋

【校】「我便當以此名爲贈」，「當」翻刻本刻殘上半部分。

兒避跡西佘，與子野盤桓花月者四十餘日，幾有結茆松下之約。常聽慧童繁絃

脆管，而就中尤酷愛此詞。子野每索飲十杯，命歌一解，不知爲却此詞醉幾回矣。薛翩翩

王元美謂北曲多詞情，南曲多聲情。子野以南詞韵語作北詞，且簫管絃索，合而翻度，宜其聲情詞情，灑灑傾聽也。丙寅季春夜醉秋水庵，因題記。王季長

感梅有跋○○

南仙呂桂枝香

一堆雪裡，一燈夢裡，幾枝清瘦依然，又是去年憔悴。看疎籬近西，疎籬近西，正是臨橋有水，破窓無紙。奈何伊。自沾逋叟窮酸氣，竟永入人間措大詩。

【眉批】逋仙酸氣，累及梅花，此言直恁孤憤，想路自是幽妙。（此條翻刻本脫漏缺失）

【夾批】〔一堆〕句：已攝梅魂。（「攝梅魂」翻刻本缺刻）〔破窓〕句：妙句。〔自沾〕句：妙。〔竟永入〕句：妙。

前腔

繞門幾樹，暗香鋪地，參橫可有相思，閣夜幾多名句。歎年年殢伊，年年殢伊，愁在梅花心裡，花在愁人眼裡。守淒其。筐床斗帳貧生計，耐煖禁寒舊臉皮。

【校】末句抄本無「禁」字。

【眉批】（「筐床」二句）無限淒感。（此條翻刻本脫漏缺失）

【夾批】〔愁在〕句：妙句。〔耐煖〕句：妙句。

不是路

世外仙姿，玉貌朱唇着雪衣。烟霞致，偏生肌骨瘦離披。更低回，蘼穿針寶窗香細，直沁苔痕月影微。無言處，芳魂脉脉人憑几，淡然幽寄，淡然幽寄。

【眉批】（「芳魂」三句）令人無那。（此條翻刻本脫漏缺失）

【夾批】〔蘼穿針〕句：妙句。〔芳魂〕句：淡語寫出梅花之神。

皂角兒

瘦伶仃竹外斜時，白零星夜香深處。乍看來似個人兒，猛憶著故人今去。怎禁得老支離、清落莫、雪模糊、魂蕩漾總朦朧地。朱門又閉，西風又吹，猛可裡花飛似雨，人在樓西。

【眉批】（「怎禁得」句）寫疎疎落落之致，非梅花不能承當，而感慨凄凉徊翔句字之内矣。（「寫」字至「花」字，翻刻本缺刻）

【夾批】〔猛憶著〕句：妙。

尾文

空山玉笛横吹雨，尋問不知其處，偶然拾得斷魂詩句。

【眉批】結語欲仙。

昔人謂梅花如三閭、首陽，不受世俗煎沸。又謂煙姿玉骨，世外佳人。但恨無傾城笑耳。今有子野妙曲，當令孤嶼一枝，嫣然獨哂，羅浮萬樹，紛紛發粲矣。彦容評

梅花清到徹骨，句字間倘有纖毫膩氣，便教媿殺花神。此詞清疎高潔，已得梅花之髓，自不愁句字之不工也。壽卿評

遠神幽想，字字尖靈，詠物妙品，摹情神品。徐闇如

七夕有跋○○○

南商調二郎神

秋風起，人在西堂西復西，見淡月鵞黄纔半縷。高樓笑語，共喚取穿針來去。恰好葡萄酒熟時，觴牛女幕天席地。今宵裡，自一夜長生，做萬古佳期。

【夾批】〔人在〕句：便妙。〔見淡月〕句：新月，妙句。〔觴牛女〕句：新脆。

集賢賓

銀箏換譜翻小詞，更簫管隨之。盤進蕁鱸秋味美，看詞人坐影參差。徵歡索醉，供奉妓月中更替。凉徹髓，但茉莉暗香鋪地。

【眉批】亦繁華亦清韵，正是風流本色。（「韵」翻刻本訛刻若「的」）

黄鶯兒

漸漸月西飛，料天孫，鳳駕回，人間歡會還無已。靠庭梧放几，傍池荷鬬棋，一聲一刻鶯喉脆。可人的，新螢嫩火，舞袖點微微。

【眉批】（「靠庭梧」三句）瀟洒欲仙。（此條翻刻本脱漏缺失）

猫兒墜

夜深瓜菓，一縷帶蛛絲，得巧偷分贈所私。抽箋紀事客題詩，風致，覺冉冉金風，泛泛羅衣。

【眉批】何等風致。（「何」字翻刻本缺刻）

尾文

歡娱夜短判沉醉，此夜如今不負矣，須曉得天把新秋看顧你。

【校】「歡娛夜短」，「娛」翻刻本缺刻末筆。

此詞譜係商調，於新秋律呂極洽，恨無善歌者，爲笥中塵久矣。癸亥長夏，始令小童尋聲歌之。七日之夕，偕韵人，進名酒，傍池荷，拜新月，循穿針染甲之故事，説長生夜半之風流。時有鶯喉一聲，如絲如珠，嫋嫋于井梧落葉之次，不自禁其神魂之欲飛舞也。自跋

新脆風逸，字字生香。董念原

閨恨有跋〇〇〇

南商調十二紅

山坡羊　一團花看看消瘦，十分嬌看看非舊。傍粧臺痛跌菱花，沒來由乾淨因他醜。〇五更轉　想他們，沒進止、無前後，分明看得人將就。你戀着何等烟花，不怕神前盟咒。〇園林好　痛前生多應欠修，可真個燒香斷頭，竟半路遭他毒手。〇江兒水　下得教人，一件件落人之後。〇玉交枝　荒茶廢酒，好風光何曾去遊。生疎一向琵琶手，

這幾日忘記梳頭。〇五供養　痴心堅守，却做出酸疼萬般症候。看花心膽怯，擡面向人羞，問爲着誰來，花性多收。〇好姐姐　曾記搬唇弄口，有無數前頭後頭。虧心硬手，你如此做人忠厚。〇玉山頹　思量真個歹細追求，幾番兒跌綻綉鞋勾。〇鮑老催　九分是休，恩人反教成敵頭，不尷不尬把我丟。〇川撥棹　下實將他咒，有蒼天在頭上頭。瞞不得照淚燈篝，瞞不得照淚燈篝，拚告你陰司奴先夗休。〇嘉慶子　奴把誰來記上心頭，你把誰來放下心頭，奴苦苦相思你一筆勾。〇僥僥令　般般聽你哄，件件罪根由。甚日歸來拿着手，不痛打承招不罷休。〇尾聲　恩情自比天長久，就恨你終須寬宥，只要你歸來多放手。

【校】「奴苦苦相思你一筆勾」，第三字「苦」、「思」字、「你」字翻刻本均刻殘（《存目》本均手寫添補完整）。

大抵情不深則恨不毒，閨詞至于恨而無遁情矣。每見院本舊曲，從無閨恨，竊謂其情波有限。乃別譜新聲，擷翻恨字，纔覺相思於此痛人。他時《閨思》、《閨怨》等篇，正不及情語耳。自記

咬定「恨」字，無限波瀾。可稱能品，的是雋才。渟碧評

【校】落款「渟碧」二字處翻刻本空缺。

此直是海神廟一帋狀詞耳，誰爲刀筆，深文如是。闇生評

妾初度偶言有序跋〇〇〇

窮村僻遠，三徑成蒿，雨暮風朝，還往竟絕，洞花幽草。時以翻經繡佛之暇，相與尋討烟霞，勾當香茗。此中幽趣，豈堪語忙人乎？乃因其初度，播之聲歌。而私命其篇，爲北山迂叟房中之樂。

【校】抄本標題作「妾初度」。

南中呂漁家傲

今日裡、把往事從頭作話題，不覺的日子三千、年頭又八，我你容顔俱蒼矣，各添年紀。俺守着經卷丹爐，你只是荆釵布衣，但年年花謝花開，花開時進酒巵。

【校】「但年年」，「但」抄本作「俱」。

【眉批】（「我你」以下六句）敘事言情，意境爽然，而淡中滋味，已恍恍寫出。（此條翻刻本脱漏缺失）

剔銀燈

你姻緣事誰知在這裡，前生事便嫁窮酸也何媿。幾間屋正與翠巍巍前山對，幾個人只在艷騰騰群花内。終年終日如此，桑海變、俺和伊兀是不知。

【眉批】（「你姻緣」二句）風情洒然，的是真樂。（「終年」二句）便是仙人何必求之蓬島。（二條翻刻本均脱漏缺失）

【夾批】（幾間屋）二句：敢問樂不樂也。

地錦攤花

謝天公安頓咱和你，命福不低。樂田園、案舉眉齊，醉月吟風，鬪茗圍棋。永相依，享用些太平日。

美娘兒

折花折花來上壽，花香點綉衣。把酒把酒雙勸飲，紅潮臉上脂。檀郎豪俊會填詞，歌兒舌脆音律細。一簇一簇瓊簫沸，似月滿秦樓跨鳳時。

【眉批】渾身騷雅，透髓風流。

予山居在東西二余之間，其地土肥水滑，宜花便木。丙辰冬，作半閒精舍在山腹，明年作就麓新居在山足。不五六年，樹可蔭人而竹皆抱孫矣。更以亭臺庵閣，點綴其間。雖不事華飾，然自是幽微妍穩。春花發艷，秋木隕黄，屋角參差，出没於紅濤錦海之内。篇中「幾間屋正與翠巍巍前山對，幾個人只在艷騰騰群花内」，盖實録也。夫吾輩進不能膏雨天下，若退又不能桔槔灌園，是真天地間一腐草，亦烏用此四大爲？予自分無洪福，不敢負淡緣。凡移花接果之方，開畦疏水之法，莫不悉心悉力爲之。今幸有小成，花木暢茂，禽留不去，山隱轉奇，橋柳臺松，古秀嫵媚。春深秋早，日美風恬，得與村翁漁叟，觴花問竹於其間。或令椎髻孟光，攜東閣中人，醺花紅，調竹粉，媒花鬬草以爲樂。盖用志不分，天遣食報。予既易之以勞，復享之以淡，庶幾不取罪於彼蒼。而予之筋骸骨血，亦差不爲人間真棄物耳。予嘗有詩曰：「蒼生久矣無霖雨，三徑何曾有旱荒。筋力未嘗無用處，要銷花福爲花忙。」蓋用以自勗，不敢甘自暴棄，孤負老天眷顧盛心也。自跋

【眉批】（「春花」四句）如画。（此條翻刻本脱漏缺失）（「夫吾輩」四句）「天生我才必有用」，亦在用其才耳。乃知不能膏雨天下者，定不能桔槔灌園，能桔槔灌園，當亦能膏雨天下。古來巢、許、沮、溺識得此意，所以窮耕沒世，視天下如敝屣也，非輕天下也，其視窮耕無異於治天下也。（此條翻刻本僅有「天生……定不能」及「意所以……治天下也」兩段文字，餘均缺刻）（「予既易之」三句）可以治心，可以用世，可以養福。（此條翻刻本僅有「以用世可以」五字，餘均缺刻）

【夾批】（「筋力」句）：此中甚微。（「微」字翻刻本缺刻）

扭声色入烟霞，將風情用花月。趣淡彌真，境冷逾熱。子野可謂巧于享受矣。陳壽卿

星劍霞衣，仙風道骨，豈真脂粉中人耶？性夙評

清明有跋〇〇

南北仙呂入雙調新水令

軟風甜雨養花天，好韶光一番重换。過春分將穀雨，芳草地自生烟。紅紫爭妍，紅紫爭妍，多半是東君面。

【夾批】〔軟風〕句：妙句。〔過春分〕句：正是好時節。〔芳草地〕句：妙景。

步步嬌

陌上低楊細綠搓金線，攬碎桃花片。香風滾翠烟，掃過芳堤，薄熱蒸痴艷。眼見口難言，隔芳叢況被妖姬唤。

【校】「香風滾翠烟」，「翠烟」二字翻刻本略有刻殘。

【眉批】柳絲攬碎桃花，此景無人摹到。（此條翻刻本脱漏缺失）

【夾批】〔香風〕三句：「滾」、「掃」二字妙。（「滾」、「掃」二字翻刻本缺刻）〔薄熱〕句：奇艷語。（此

條翻刻本脫漏缺失）

折桂令

看遊人細馬香衫，幾個東來，幾個西還。滿團團雲山翠滴，溪水斜灣。謝東君分付，與春光飽看。砑雙肩挑一担食壘春盤，鋪個青氊，攤個蒲團，只見那花枝下呵酒猜拳。

【眉批】（「砑雙肩」四句）光景無邊。（此條翻刻本脫漏缺失）

【夾批】〔砑雙肩〕句：妙。（此條翻刻本脫漏缺失）

江兒水

調管鶯聲脆，貪花蝶舞妍。煖洋洋炙斷遊絲線，熱蒸蒸熏得遊人汗，碎紛紛細落花香片，無數舞裙歌扇。葉葉衣衫，個個是心閒身健。

【眉批】正是春色惱人，又摹出春遊一段神氣。（此條翻刻本脫漏缺失）

【夾批】〔葉葉〕句：如画。（此條翻刻本脫漏缺失）

鴈兒落

見幾個錦林梢酒旆懸，見幾個軟沙堤飛輕燕。見幾個荒墳上掛帋錢，見幾個拜墓道如花面。見幾個掉下了黄金釧，見幾個輕蹙個繡鞋尖。見幾個鬆解了羅裙帶，見幾個花揷在鬟雲邊。妍，勾引得人春情釅，行一步堪憐。直恁是暗撩人有萬千，暗撩人有萬千。

【眉批】宛然春郊士女圖。（此條翻刻本脱漏缺失）

僥僥令

行到垂楊水廟前，玉手把香拈。惹得行人多回首，偏留下印香苔一瓣蓮，印香苔一瓣蓮。

【校】「水廟前」，「廟」抄本作「面」。「多回首」，「多」抄本作「都」。

【夾批】〔行到〕句：只一語已是画。〔偏留下〕句：妙。（此條翻刻本脱漏缺失）

收江南

呀，更聽得一派笙歌別院，呵，費多少杖頭錢。多則在桃花扇底杏花邊，木香亭畔海棠前。隔梨花短垣，磨東風綉旛，画棟珠簾，空目斷碧雲天。

【校】「更聽得」，「聽」翻刻本訛刻作「爲」。「木香亭」，「亭」抄本作「棚」。

【眉批】宛然十院春風。（此條翻刻本脫漏缺失）

園林好

擺蘭橈垂楊画船，載名妓泥金繡衫。一片湖光如靛，遙浸着遠山烟，猛映着髩花鈿。

【眉批】（「擺蘭橈」二句）如画。（「一片湖光」三句）山烟髩鈿，一齊映出光景妙絶。（二條翻刻本均脫漏缺失）

沽美酒

扇東風、撲柳綿，斜日脚、淡黃天，只見蝶浪蜂痴性子顛。來又去、百花間，誰立在、画欄邊，支春困倦抛針線，携女伴鞦韆庭院。耍呵亂霏香牡丹架前，褪鞋跟雕花砌磚，呀，猛聽得笑聲初斷。

【校】「只見」，抄本作「只見滘」。「抛針線」，「針」抄本作「金」。「鞦韆」抄本作「秋千」。

【眉批】麗人麗景，模擬欲真。（此條翻刻本脱漏缺失）

【夾批】〔斜日〕句：妙。

清江引

清明好春將過半，去也難留戀。怎的不負他，只是教排宴，向花前㛹溶溶一杯休落盞。

【眉批】（「向花前」句）豪逸。（此條翻刻本脱漏缺失）

艷陽光景，春海無邊，不譜新聲，憑何獻頌。辛亥清明，擬綴小詞，初得句調犯商角，謂其悲傷宛轉，情文未協。乃改填南北雙調，峻激流利，兼而有之，可令歌姬徐囀鶯喉，亦可令豪士下幾鉄板，或亦春遊一助也。自跋

滿㫰鬧熱，無限風情。顧望子

與妓話舊感贈有序跋○○○

蝶睡醒來，花心謝了。忽到趙家，重看合德；因逢虢國，轉憶太真。話舊事相與攢愁，笑痴心又來做夢。乃振詞壇旗鼓，驚開花陣心兵。

【校】「轉憶太真」，「真」翻刻本缺刻末二筆（其中《存目》本、鄭藏本俱手寫添補）。

南仙吕入雙調步步嬌

未許芳心全灰死，想起前頭事。當初見你時，姊妹隨肩，記得排行次。自分會無期，却誰知夢裡重逢此。

【校】「當初見你時」，「初」翻刻本訛刻作「力」（其中《存目》本、鄭藏本俱手寫添改爲「初」）。

【眉批】（「當初」三句）意境恍然如夢，摹寫絕妙。（此條翻刻本脱漏缺失）

【夾批】（「未許」句：起語秀逸。（此條翻刻本脱漏缺失）

江兒水

燈下重偷覷，予心有所思。幾千番變到今朝地，措蕭郎又見蘇卿妹，兩嗟呀盡說相逢處，可有音書容寄。答道而今，就姊妹音書沒紙。

【校】「兩嗟呀」，抄本無「兩」字。

【眉批】（「燈下」二句）俯仰情深。（此條翻刻本脫漏缺失）

【夾批】〔答道〕二句：愁殺人。（「愁殺」二字翻刻本缺刻）

園林好

記當日你猶然未笄，驗身材早長於去時。咲我也添年紀，你換了舊容儀，我換了舊情痴。

【眉批】（「記當日」二句）語真致逸。（此條翻刻本脫漏缺失）

玉交枝

我今老矣，漸腮邊鬑鬑有鬚。當初花柳和雲雨，今日是筆硯琴書。心窩忘了定情詩，眼睛暈了鴛鴦字。笑當初痴耶忒痴，索性有今朝忘記。

【眉批】（「我今」二句）真。（此條翻刻本脱漏缺失）（「索性」句）正不忘記。

【夾批】〔心窩〕句：秀句。

人月圓

忽忽想當初，妝前見你，姊妹梳頭爭學髻。到如今喬綰青絲，到如今喬綰青絲，畢竟有三分似得伊。記些些是與非，痛今生長別離。

【校】二「綰」字抄本皆作「挽」。

【眉批】（「忽忽」三句）無限關心。倘不關心，并梳頭人忘之矣，况其髻樣耶？（「記些些」句）淡語沉痛。

僥僥令

鴛鴦曾打結，織錦舊填詞。是你姐姐月下花前般般事，倒付與我和伊作話題。

【眉批】（「倒付與」句）感慨無窮。

尾文

從今爲你重提起，有便信須教遞與伊，只說檀郎忘了矣。

【校】第二句抄本無「便」字。

【眉批】（「只說」句）忘則不須說。

吾輩情之所鍾，每見遺粉殘膏，猶是銷魂欲夗，况見其妹乎。當時唐玄、漢成，直於太真、飛燕情種既深，遂覺艷根柔蔓，綿引不已。從太真而虢國，從飛燕而昭儀，即至愛移于遠條。然使于飛燕淺，必不至于合德深也。故予嘗謂漢之成，更情深于唐之玄，此言亦甚似解人語耳。自跋

【眉批】（「直於」三句）徹底妙論。（此條翻刻本脱漏缺失）

寫情傳恨，語語幽深。蓋身經是境，自是摹神。倘不悲而泣，正恐其淚不下耳。

徐合明

宛如小窗對語，可與《幽閨記》、《拜星月》並傳。巨卿評

拚則而今拚了，忘則怎生便忘得。王元白

村居午日有跋〇〇

南南吕嬾画眉

胆瓶斜插蜀葵花，衫子新裁艾虎紗，汲泉初炮洞山茶。盤進黄魚鮓，更酒釀菖蒲泛紫芽。

不是路

水上人家，漠漠池塘十里蛙。門臨壩，疎籬曲曲帶榴花。柳藏鴉，太平時世桑麻話，不用兵符佩絳紗。渾瀟洒，茭苗裹粽青堪把，艾人初掛，艾人初掛。

【眉批】(「水上」四句)摹景絕妙。(此條翻刻本脱漏缺失)

【夾批】〔門臨壩〕句：妙。〔太平〕二句：使事脱化。

皂角兒

白洋洋麥秀風斜，淡茫茫黄梅雨下。綠尖尖秧水才添，絮啾啾燕雛初大。我和你趂良辰，拈故事，道屈平長，説漁父短把古今閒話。高懷自賞，風流可誇，一會裏解衣科帽，戲插榴花。

【眉批】（「白洋洋」四句）宛然景物。（「我和你」句）風情瀟洒。（二條翻刻本均脱漏缺失）

前腔

聽彈箏手法纔花，更捱簫聲情如話。玉簫兒度曲尋腔，寶瑟兒移宫换馬。我和你慶良時，團勝會，戴簪符，懸壽索共拈佳話。重煨晚筍，新嘗早瓜，看漸漸酒潮人面，映着紅霞。

【眉批】（「聽彈箏」四句）真知音者。（此條《續修》本、《存目》本無）

尾文

日斜猶是無休罷，痴與今朝十倍加，共擊鼓催花遞茉莉花。

予生長市廛，雖丘園洞壑，時發夢想；　而繁華艷麗，亦錮見聞。所著端午詞雖多，大抵鋪張綺羅盛事而已。癸丑有單調《桂枝》四闋，稍入本色，然不過酒中勝緣，無關林下風致。蓋緣耳目之陋，夫豈心胷之蕪哉！丙辰冬始別築西佘之北，己未秋更移家南泖之西。山栖水飲，夢寐才貼。于是野人疎散之致，往往溢于毫端。甲子午日，復填是闋，遂宛然村居之樂。東坡云：「子見故我，未見今我。」此詞亦謂爲「今我」可乎？要亦是「故我」本來如是耳。自跋

宛肖田家景色，依然名士風流。巨卿評

絃索詞〇〇

北南呂罵玉郎

手抱琵琶彈怨詞，把俺哀腸事愬與誰。天生我你配雄雌，有何疑，俺與你明白夫妻，怕旁人怎的，怕旁人怎的。怎不日夜相隨，倒抛人路岐，倒抛人路岐。我你豈鶯鶯君瑞，可只是哥哥妹妹。雖不曾合巹牽絲，雖不曾合巹牽絲，却也曾焚香設誓，天地皆知。俺聞之，那王魁負了心期，終有日捉將去海神相對。

前腔

再把凄凉愬與伊，好和歹是你妻。怎瞞心昧己把奴欺，任施爲，覷得人似脚底黄泥，忍教人受虧，忍教人受虧。眼見得玉碎花飛，病岩岩怎醫，病岩岩怎醫。不記得一雙兒跪，不記得一頭兒睡。把許多綉帳温香，把許多繡帳温香，倒做了單衾血淚，飯醉茶痴。俺尋思，甚來由枉費心機，倒被他貼天飛拿他不住。

前腔

下實磨牙呪駡伊，就是你歸不得書也歸。看行行征雁帶愁飛，淚雙垂，可知俺玉体香肌，倒痴心待伊，倒痴心待伊。受用些月帳風幃，冷清清夢回，冷清清夢回。痛咬得鴛衾兒碎，推開了枕頭兒睡。却誰知業障寃魂，却誰知業障寃魂，悄悄的夢中來至，强做夫妻。恨冲天，那寃家還要無知，俺只是駡幾聲薄倖賊、拚與你斷恩絶義。

【校】末句「斷」字翻刻本刻殘上半（其中《存目》本以手寫添補）。

小窗兒女語，恩怨相尔汝。此中已自有琵琶聲，不須更付氷絃檀板，方知其妙也。　眘公評婦人言辭思路，自有一種幽沉憤懟之意。此詞模擬曲盡，而措辭更質直真至，似近俚俗，正絃索詞妙處也。若稍被文彩，便非本色矣。填詞貴道地，信哉！友夔評

重陽恨有跋〇〇〇

南南吕香遍滿

重陽時候，籬邊看花愁不愁，借問花前人在否。伊心敢是休，咱心怎便丟。猛凝花下眸，恍立在身前後。

【眉批】（「籬邊」二句）真是黯然。（「真」翻刻本訛刻作「頁」；此條《續修》本無）

【夾批】〔伊心〕二句：似疑似怨，萬轉千迴。〔恍立〕句：妙。

懶画眉

當初記得在妝樓，正病起騰騰舉止羞，眉兒低蹙暮山愁。要引他開口，費多少心機在上頭。

【夾批】〔要引他〕句：真正情痴。

梧桐樹

同登翡翠樓，共飲茱萸酒。淡粉芙蓉，正是開時候。南枝曾折伊之手，這度開時，他竟在天南沒盡頭。西風綠鬢依然否，若是相思，定比黄花的瘦。

【眉批】（「南枝」三句）淡語銷魂，含情無限。（「含」翻刻本訛刻作「合」）

【夾批】〔南枝〕句：閒裡關心。　〔若是〕二句：口多微辭。

浣沙溪

把連理分，將鸞鏡剖，要知他信息無由。殷勤贈下同心扣，空錦袋熏香篋内收。離別久，儘寸寸肝腸兒被伊割，不然呵也蹙個眉頭。

【夾批】〔不然〕句：語致秀逸。

劉潑帽

滿城風雨初晴後，照離人月滿床頭。消愁聊且邀紅友。倒是愁，心上事多非舊。

【夾批】〔倒是愁〕：逸。

秋夜月

看看罷休，全不應伊之口。罪犯風流應難宥，些些撇下他安否。忍撇得許久，忒下得毒手。

【眉批】（「看看」二句）怨恨彌天。

【夾批】〔看看〕句：自妙。

東甌令

千般恨，萬種愁，辜負重陽一段秋。黄花隊裡無紅袖，獨自登高後。見征鴻嘹嚦過南樓，帶得信來不。

【眉批】(「黄花」二句)徘徊無聊,展轉嗚咽。(「轉」字處翻刻本空缺)

金蓮子

休怎休,花箋字跡伊親手,有一個伊名兒在上頭。只落得向燈前,一星星想出舊風流。

【眉批】(「花箋」二句)只在眼前,有無窮之思。

【夾批】〔休怎休〕:三字妙。

尾文

今生未審重逢否,料十分中間難得九,空一度重陽一度愁。

城南戴氏居,有芙蓉一區,早發而茂。庚戌九日,曾就花前爲泛菊之飲,今且兩年於茲。人在天南,夢不可得。而芙蓉如面,籬菊宛然。浩歎不足,繼之悲歌,不覺一字一淚也。壬子重陽記。自跋

【校】「浩歎不足」,「浩」翻刻本訛刻作「清」。

不淚而啼，無聲而泣。深情密意，只以淡言平語中出之。若草草看過，寧知其爲無窮之悲也。性夙評

【校】「無窮之悲」，「悲」字處翻刻本空缺。

美秀温文，繆綢宛轉。而俯仰嘻嘘，不堪多讀。張瑞齡

七夕閨詞○○○

南南呂梁州序

羅衣初試，新凉纔長，恰到穿針樓上。一團歡笑，針鋒月色微茫。早是珠凝仙掌，風定梁塵，半縷庭烟漾。隔年牛女也也成雙，偏有個人間薄倖郎。如眉月，與眉相向，画眉人遠空惆悵。心上事，到眉上。

【校】「恰到」，「恰」翻刻本訛刻作「洽」。

【夾批】〔針鋒〕句：幽細。〔偏有〕句：雋絕。〔如眉月〕二句：將一「眉」字播出遒韻。〔三條翻

刻本均脱漏缺失）

前腔

綺疏深掩，朱門關上，一葉高寒初响。玉堦羅襪，新聽蟋蟀凄凉。早是絲牽連愛，膾饌同心，卐字縈蛛網。從教得巧也也悲傷，只巧織迴文封寄郎。郎飄蕩，把奴撇颺，空夢回殘月窺鴛帳。眼下淚，滿衾上。

【校】「朱門關上」，「關」翻刻本刻作「開」。「卐」抄本作「卍」。

【眉批】（「從教得」句）如此使事，妙絶無兩。（此條翻刻本脱漏缺失）

【夾批】（「玉堦」二句）：秀句。（此條翻刻本脱漏缺失）

前腔

歎良辰今歲無雙，豈花容來年無恙。怕經秋瘦損，一似敗荷模樣。可是潘愁鬢老，沈賦魂銷，打扮無心想。深深深拜也炷心香，願莫染秋來鏡裡霜。香暗爇，心自想，心頭有話和誰講。口中話，在心上。

【校】「心自想」，「想」抄本作「相」。

【眉批】（前三首結句）合頭四「上」字□〔俱〕妙。（此條翻刻本脫漏缺失）

前腔

賞芳辰姊妹飛觴，强梳粧十分時樣。怕匣中團扇，可能徃日風光。生恠鴉鬟聒絮，不解人愁，染甲爭喧嚷。輕輕輕步也立西廂，見月照當年舊粉墻。傷徃事，成悵惘，把蒼苔立遍誰偎傍。鞋底露，透幫上。

【眉批】（「輕輕」二句）黯然銷魂。（此條翻刻本脫漏缺失）

節節高

金風透右廂，敞虚凉，流螢幾點粘羅幌。傾葡萄釀，浸茉莉香，掩芙蓉帳，剛才出浴衣輕爽。風吹薄翠釵頭响。何事檀郎愛分離，把良宵容易輕拋颺。

【校】「金風透右廂」，「右」翻刻本刻殘而近似「石」。「敞虚凉」，「虚」翻刻本缺殘末三筆。

【眉批】（「剛才」句）淫艷惱人。（此條翻刻本脫漏缺失）

前腔

當初話夜涼，靠西窗，把三郎故事閒論講。願連枝長，比翼雙，生人天上，而今眼下遭魔障。來生爭不成虛謊。想別有銀河在人間，無風咫尺生波浪。

【眉批】（「當初」三句）有情景。（此條翻刻本脫漏缺失）

尾文

勾消不盡相思帳，一度穿針一斷腸，從此秋宵夜夜長。

閨詞作《梁州序》，如以淨脚扮旦，終是雄爽有餘，柔韵不足。右詞殊不宜清板隻簫，當爲歌場所廢。但中有雋語，似亦不可槩棄也。自記

十年前曾讀此詞，句字小異。今一經竄定，遂楚楚花艷，足稱名篇。王石公

眼前故事，翻弄自新。而舉止妍和，自是大家風範。吕鳴諧

春思○○○

南南吕楚江情

飛花打綉窓，零星滿床。枕邊檻外垂綠楊，偏生鶯語罵流光。也把心期自數，心香自裝。吚一聲知心着意俊俏娘，你下得風流害俺春思蕩。害得俺閒時也是忙，閒時也是忙，慵時也是慌，熱沸在心肝上。

【眉批】（「飛花」二句）脉脉閑情，正在意中言外。

【夾批】〔吚一聲〕句：虚空摹擬傳神，神。〔害得俺〕句：妙。〔慵時〕句：妙。〔熱沸〕句：妙。

前腔

凄凉立小廊，身單影雙。楊花滾滾人斷腸，柔魂一縷待離腔。也分明是俺，依稀是娘。只覺道嬌嬌滴滴脂粉香，把餓眼昏花權當嬌模樣。且書兒寫幾行，書兒寫幾行，夢兒做幾塲，總記入相思賬。

【眉批】（「凄涼」二句）黯然神傷。（此條翻刻本脱漏缺失）（「也分明」二句）誰能爲此言。

【夾批】〔也分明〕句：妙。〔依稀〕句：妙。〔只覺道〕句：妙。

皂羅袍

沒事幾回痴想，待把他儀容画了，頂禮燒香。衾窩獨自也吽娘行，就虚空也把魂靈傍。更把生辰八字，裝於綉囊，餘香剩粉，沾在綉床，娘你可在我枕邊衾畔衣裾上。

【校】「衾窩獨自也吽娘行」，「吽」翻刻本缺刻兩點筆畫（其中《存目》本以手寫添補）。

【眉批】徹底思量，窮神盡變。（翻刻本僅有「徹底思量窮」五字，餘均缺刻）

【夾批】〔更把〕二句：妙。〔餘香〕二句：妙。〔娘你可在〕句：妙。

子野老於情痴，花夢時作，予每每覘之，不遺餘力。今觀此詞，風情逸興，殆出於性生，或亦花命使然乎！如此才情，自然隨處發越。拈花弄柳，總是錦心綉腸。不須以周、程、張、朱，困其藻艷也。伯瑞跋

【眉批】(「拈花」四句)覷破情根,頗得花旨。(此條翻刻本脫漏缺失)

骨韵玲瓏,致味遒逸。摹神入玅,刻畵深微。聖於詞者矣。徐長輿

村居九日○○

南仙吕入雙調步步嬌

滿地黄花秋容老,最是東籬好。丹楓翠半銷,綠柹黄橙,白蘋紅蓼。躡屐且登高,任西風冉冉吹烏帽。

醉扶歸

地爐中煨芋茶堪炮,竹竿梢囊萸藥可挑。貢雙螯紫蠏帶霜烹,換村醪菱米論升糶。收來新稻好炊餻,恰拈將餻字添詩料。

【夾批】(「換村醪」句:生新。

皂羅袍

水上芙蓉斜照，更半黄銀杏，低罩團瓢。荳棚籬落野花妖，紙窗燈火秋蛩叫。滿城風雨，詩腸儘豪，滿園橘柚，村翁儘饒，更山僧秋岕纔封到。

【眉批】（「紙窗」句）景物如画，幽興無邊。（此條翻刻本脱漏缺失）

【夾批】〔紙窗〕句：妙。〔更山僧〕句：妙。

好姐姐

柴門甫添夜潮，見新蟾半鈎垂釣。柳邊燈下，自把小罾挑。鱸魚跳，採蓴恰自南溪到，趂此良辰客可招。

【眉批】（「鱸魚」三句）逸致可掬。（此條翻刻本脱漏缺失）

【夾批】〔柳邊〕二句：妙。〔鱸魚跳〕句：妙。

香柳娘

與隣翁陪坐，與隣翁陪坐，煮薑蒸棗，帶萁毛荳新鮮好。向籬邊席地，向籬邊席地，掛酒菊花梢，醉則和衣倒。半朦朧未醒，半朦朧未醒，卸葛換輕綃，骨節西風燥。

【夾批】〔帶萁〕句：妙句。〔骨節〕句：妙句。

尾文

從教醉裡乾坤小，不媿柴桑處士陶，渾忘却明朝是初十了。

甲子九日，子野在西佘精舍，招予看菊，併校新詞。予竟坐冗，不得踐題餻之約。後數日過小齋，命童子歌是詞以歆之，若有驕色。不知予已譜《金衣公子》一闋，爲山靈解嘲矣。其詞云：「把酒憶山莊。正重陽。野菊香。菴前綠水秋應漲。蓉銷晚塘。楓酣曉霜。無邊落木蕭蕭響。譜絲簧。新詞尖艷，誰與細平章。」彥容記

古詩云：「人生不滿百，常懷千歲憂。日短苦夜長，何不秉燭遊？」元詞云：「一日一個低斟淺唱。一夜一個花燭洞房。能有得多少時光。」屠緯真詞云：「痛飲百萬觴，大唱三千套。無常到來猶恨少。」其爲歡不足，有如此者。不知惟躭花

月之忙，故轉覺居諸之促。苟本地風流，隨緣欣賞。陶情歌舞而不受歌舞所牽，適志琴書而不受琴書所縛。若子野《村居》諸曲，刻刻良辰，朝朝令節，斯真善領畧者矣。閒中日月，不既曠耶！昔賢云：「無事此靜坐，一日如兩日。」又云：「菊花開時乃重陽，凉天佳月即中秋。」頗合是旨。惜乎解者絶少。彦容又記

【校】「菊花開時乃重陽」，「開」字原刻本、翻刻本均無，此蘇東坡《江月五首》引言中所道之語，據補。

【眉批】（「不知」二句）妙論至言。（此條翻刻本脱漏缺失）

物外高懷，田家樂事，筆筆寫出。而瀟洒風流，無粱肉氣，亦無蔬笋氣。真不喫烟火人也。張冲如

閨詞○○○

南仙呂九廻腸

髻兒邊黄花不戴，窓兒下鸞鏡慵揩。香爐茗椀無心擺，軟騰騰骨瘦如柴。才丶還丶又丶欠丶是丶

相思債，有重無輕是花命災。誰拖帶，明明是你冤家害，再不干奴命安排。漂沉苦海撈難起，圍困心兵打不開。只索向銀缸畔把虧心罵，又心疼你不覺淚盈顋。

【眉批】（「髩兒邊」二句）柔媚可掬。（此條翻刻本脫漏缺失）

【夾批】〔明明〕句：妙。〔又心疼〕句：妙。（二條翻刻本均脫漏缺失）

前腔

鬆解了團花的帶，寬褪了弓字兒鞋。一床絃索空閒在，恠酸疼玉腕難擡。鮫綃帕上有盟言在，奈鴻鴈雲中無便信來。伊心歹，奇花輕易容他採，却等閒認做應該。他痴心不顧三生願，我怨氣常修一口齋。只落得真心待，倩傍人去尋芳信、寄個小金釵。

【眉批】（「他痴心」二句）紅顏薄命，怨氣彌天。（此條翻刻本脫漏缺失）

【夾批】〔却等閒〕句：妙。〔我怨氣〕句：妙。（二條翻刻本均脫漏缺失）

秀艷纏綿，聲聲哀怨。尖新熨貼，兩極其妙。沈友夔

除夜有跋〇〇〇

南北仙吕入雙調新水令

滿堂華燭照殘年，沸笙歌合家歡忭。奉萱幃猶綠鬢，開綉閣盡紅顔。生計憑天，樂事疑仙，共團頭做歲除讌。

【夾批】〔奉萱幃〕句：真樂。

步步嬌

分付頑童把竹外梅花剪，與松栢同擎獻。願春風梅占先，壽域天開，比松栢長蒼健。更貼小春聯，祝新年筆底花生硯。

【眉批】祝語亦是不俗。（此條翻刻本脱漏缺失）

折桂令

百忙中日月雙丸，過了今年，仍有明年。喜今宵寒隨臘去，煖與春還。貯椒花、斟栢酒，覺祥和冉冉，剪釵旛、裁綵勝，早春意翩翩。風致嫣然，心事安然，只安頓個南窓下拜佛蒲團。

【眉批】（「风致」二句）幽情逸致，想見風流。（此條翻刻本脱漏缺失）

江兒水

洪福非吾願，清閒我所偏。喜風霜不改朱顏面，更風流濟勝身常健，儘風情逸事人多羡，不與流光同换。共守歲圍爐，覺情味蕭然自遠。

【校】「覺情味蕭然自遠」，「情」翻刻本訛刻作「倩」（其中天圖本、鄭藏本俱手寫改爲「情」）。

鴈兒落

我只願老慈親健靠天，我只願寒萊婦安貧賤。我只願小園中有供佛花，我只願草堂上有聯詩伴。我只願小童歌自製詞，我只願深閨貯春嬌面。我只願受幾樽徵文酒，我只願使幾個賣花錢。天，願一件件如心願，儘放我清顛。常常是似今年勝舊年，似今年勝舊年。

【校】「常常是似今年勝舊年」，抄本無「是」字。

【眉批】（「我只願」八句）倘得滿願，真足老吾一生矣。（此條翻刻本脫漏缺失）

僥僥令

爆竹聲中一歲完，我且與再盤桓。堪笑炎涼人情變，又共說元宵忘舊年，只共說元宵忘舊年。

【眉批】（「堪笑」句）淡中滋味，誰人解得。此言雖小，可以喻大。（此條翻刻本脫漏缺失）

收江南

呀，我怎生再盤桓今夜，呵，倩玉手把盃傳。滿焚商陸散微烟，剛翻大吕改新絃。且歡娱目前，更休貪未然，一刻殘冬，也儘我留連。

【校】「更休貪未然」，「休」翻刻本訛刻作「代」。

【眉批】（「且歡娱」二句）眼前受用，寧必在多。（此條翻刻本脫漏缺失）

園林好

若過望便千般未圓，若安分便于今十全。且喜安閒强健，向這壁把酒盃拈，向那壁把鬓花安。

【眉批】（「若過望」二句）知足名言，然如此亦已足矣。

沽美酒

是誰參造化權，我生計敢違天，天付我茗椀香爐與硯田。藏名句有青山，洗俗耳有清泉，我只是不開口話誰恩怨，少交際怕誰機變。我呵且安享樂志田園，幾層貪造業銅錢，呀，管穩取年年歡忭。

【眉批】樂天知命，應世藏身，已盡于此數言，殆見道語也。（「殆」翻刻本訛刻若「治」，「語」翻刻本訛刻若「話」）

清江引

天公容我閒遊衍，知足何多羨。願麟兒早降生，若此外無他願，只受用滿堂人笑波波大家娱歲晚。

【眉批】真實快活。

自跋

予自己未秋，僑居泖上，與世日遠。家庭之樂，自謂致味清真；林泉之奉，更謂王侯不與易也。癸亥除夕，見村中少年，鋪張艷麗，相與慶良辰，祝新福，極其願欲，不至腰纏十萬，跨寉揚州不止。予自分窮面孔，亦無奢肺腸。倘得眼前現境，供養畢世，亦可謂地行仙矣，何必求多於天哉。乃寫之絃歌，聊以見志云爾。

容評

金爐裊栢，綵筆頌椒，骨肉團頭，管絃盈耳。樂哉除夕，想見于斯。韓昌黎云：「和平之聲淡薄，愁思之聲要妙。懽愉之辭難工，窮苦之言易好。」子野和平矣，而聲仍要妙；懽愉矣，而辭益工好。蓋天予之佳境，又予之異才耶！余每當是夜，即撥盡寒灰，亦復蕭然自得。今更歌此詞，以破愁寂，勝千首送窮文矣。彥

先君百日感懷○○○

南南吕嬾画眉

尖風微透漾銘旌，薄紙窓兒漏月明，中宵起坐泣孤燈。直恁窮酸命，做無弟無兄又無父人。

【眉批】情景可憐。

不是路

遺像猶存，恍是高堂强健人。緣何病，醫方巫禱總無靈。竟如今，遺言在耳堪思忖，甘旨親供不可論。腮珠迸，兒之罪過爺之命，問天不應，呌天不應。

【眉批】語語真至，痕痕是血。

皂角兒

空留下鄉邦令名，却受用一生貧病。我依然膝下孩兒，問我呵那些曾盡。我也曾紙錢焚、朝夕奠、懺慈王、資冥福總無憑信。些些沒用，些些斷魂，做兒的只贏得三年兩載，戴頂頭巾。

【眉批】言至此，人人媿爲子矣。（「媿」原刻本、翻刻本均作「媿」，據意改）

前腔

天生我伶仃瘦形，奈家道連年貧梗。累先人替我支撑，却容我安閒香茗。到如今悔當初、真是悔，恨當初、真是恨不如勞頓。父兮生我，吾慚此生，竟做了高天厚地，負罪之人。

【眉批】情真語直，令讀者爽然自失。（「失」翻刻本訛刻作「矣」）

尾文

明朝百日俄臨近，請僧來更誦經文，問如此虛文還做甚。

一字一淚，不忍多讀。王仲緋

骨肉間語，正所云至敬無文，大禮不讓。若露出文人伎倆，不特文字不工，且直可謂不孝不弟矣。此篇質直簡淡，字字可泣，方知感人之深，不關句雕字琢也。

沈湛生

秋水庵花影集卷二終

秋水菴花影集卷三

華亭峯泖浪仙施紹莘子野甫著

樂府

送張冲如遊靖州有跋○○○

南北仙吕入雙調新水令

江天風淡酒旗斜，慘驪歌恁將去也。好男兒應出衆，袖空手走天涯。辛苦擔些，魔難經些，料天公成就你英雄者。

【眉批】毛骨竦然，覺神氣嚴凝。

步步嬌

莫惜春風輕離別，口內猶餘舌。脚頭牢硬些，苦到甜時，似倒嚼甘蔗。終久辨龍蛇，眼睛邊且拭英雄血。

【校】「口内猶餘舌」，「餘」抄本作「含」。

【眉批】「脚頭牢硬」方是英雄，英雄未可以虚氣做也。

折桂令

向芳郊秣馬脂車，挑破頭巾，着綻皮靴。看君家寒酸似此，意氣豪俠。袖兒中提一尺青萍瘦鐵，吐虹霓高百丈浩氣横斜。到處爲家，不用咨嗟，掃乾坤只消你筆底殘花。

【眉批】（「吐虹霓」句）真是虹霓百丈。（翻刻本缺刻「真是」、「丈」三字）

江兒水

别路花剛謝，郵亭酒謾賒。坐班荆無奈離愁惹，兩牽衣仔細叮嚀者，告君家此去權聊且，尺水神龍堪借。待他日舒眉，共閒話那年時節。

雁兒落

君此去望長江一線斜，君此去夢巫嶺雲千疊。君此去聽壺笙夜憶家，君此去弄愁笛秋悲月。君此去捫青蘿怯暮鴉，君此去經白社悽孤客。君此去換征衫裁蠻葛，君此去認離魂尋夢花。呀，小可是經年別，留不住征車。只願你好支持强飯些，好支持强飯些。

【眉批】襯貼靖州山川土物，自是巧妙。（「襯」翻刻本訛刻作「侃」）

僥僥令

此後新詩誰和咱，你得句向誰誇。隨分烏絲束腸寫，你多應爲着咱，我多應爲着他。

收江南

呀，我較長你春秋五歲，呵，比似你更窮徹。歎年來飄零書劍滿天涯，每到花時不在家。這多應命耶數耶，呀，我與你討便宜，辛苦了幾雙鞋。

【眉批】情真而曲自老。（「而」翻刻本訛刻作怪體字形）

園林好

笑株守似池魚井蛙，判遊蕩做浮萍浪花。萬里關山程涉，方是個放狂踪俠士家，放狂踪俠士家。

【校】「笑株守」，「株」翻刻本訛刻作「材」。

【眉批】英雄本色。

沽美酒

好風吹、雨後花，隨馬足、襯堤沙，更自有勝水名山隨侍他。况斜陽、隱暮霞，搖青旆、酒胡家，繫馬綠楊之下，劈名𢃇把囊中句寫。你呵儘瀟洒何須悶耶，儘快活何須歎耶，呀，我于此且高歌送君行也。

【校】「况斜陽」，翻刻本訛刻作「光斜陽」。《散曲叢刊》本作「晃斜陽」。按，此三字宜與後「隱暮霞」爲對，而「隱」爲動詞，故「晃」字似更勝，然不知其所據爲何。

【眉批】寫出客路風光，似此亦不須怨别。

并州客舍隨緣者，且了青氈債。明年折桂花，共對西湖月，那時節换皮毛洗將窮氣色。

【校】「且了」，「了」翻刻本訛刻作「子」。

清江引

靖州即古夜郎地，太白遺跡極多。白社山亦乙太白得名。更檢《與地志》云：「其地有愁笛、壺笙。更産夢花，凡夢者朝起看之，便能記憶。」此數條語甚韵，意其地必佳勝也。冲如去後，予簡之曰：「凡到山水絶勝處，可爲我題名其間。」既而冲如歸，極言風土之惡。寒則極寒，暑則極暑，山水多頑鈍。菊花南中極多，而此地絶少。所云愁笛如常笛，但加大耳。壺笙亦如常笙，但倍蠢劣，皆蠻丁群聚嘯跳而吹之。予初屬冲如攜此兩物歸，當叶前詞唱之。及聞冲如言，爲之咋舌曰：「吾詞何辜，乃幾遭不幸如此。」自跋

【校】抄本將此「自跋」移至套數前，題「送張冲如遊靖州序」，並於末尾標署「故跋」二字，且

文字稍有出入，首句「靖州即古夜郎地」作「靖州，古野郎地」，「壺笙亦如常笙，但倍蠢劣」作「壺笙但如常笙，但加蠢劣」，末句則少「吾詞何辜」四字。

【眉批】（「凡到」二句）巧於濟勝，興致可想。（此條翻刻本脫漏缺失）

一靖州也，前有太白詩，今有子野詞，便令頑土化名壤矣。唐振伯

英氣勃勃，讀之可以壯人胆氣，堅人骨力。誰謂雕蟲小伎，非壯夫所爲也。子楚評

【校】「雕蟲小伎」，翻刻本訛刻作「少伎」。

蒼勁如鐵，妍秀如花。風姿氣骨，兩臻其妙。韓巨卿

靖州荒陋，不似人境，然亦有一二文學，粗知翰墨。子野初以此詞書扇贈予行，後爲彼中一友人所匿。今予歸已三年，而此扇猶在彼。文明一綫，藉是不泯。在靖州爲破天荒，而在子野則爲勒口碑矣。鷄林賈人，亦知有白太傅耶。

冲如記

梅花有跋〇〇〇

南南吕嬾画眉

一枝花發粉墻西，向雪洞風簾深見伊，瓊枝玉蒂一時肥。針竇窓香細，只見疎影中間獨寉栖。

【夾批】〔一枝〕句：起語蕭洒。〔向雪洞〕句：宛然閨秀。〔針竇〕句：仙句。〔只見〕句：神味清遠。

不是路

秀骨冰肌，占斷江南第一枝。丹青意，天然標格瘦離披。伴人兒，和烟冷淡空園裡，伴月微茫淺水時。魂容與，春寒小閣迷香雨，茗罏詩句，茗罏詩句。

【眉批】「暗香疎影」之句，恐不能獨擅美矣。

皂角兒

冷春心寂寂和泥，蝶來遲要尋無計。閉朱門空老殘香，與樓頭那人憔悴。況更是壓溪橋、横古路、點宫粧、粘驛信也總無情思。霜欺雪妒，風篩露啼，還有個清明細雨，酸子黄時。

【校】「點宫粧」，「宫」翻刻本訛刻作「官」。

【眉批】娟秀柔美，用故使事，亦俱鬆脆。

尾文

樽前一瓣風吹至，重向燈前瞧認你，原來是幻出林逋無字詩。

【眉批】結語出人意表。

古人梅詩，或道其精神，或道其氣節，或道其風韻，此詞則更道其情致矣，可補逋仙、鉄老諸人所未及。至「針竇窓香細」一語，古今詞人俱未許夢見也。巨卿評

昔宋廣平以鐵石心，描花媚姿。吾子野以錦綉腸，寫花遠致。足稱千古合璧。闇生評

細骨柔肌，玲瓏秀逸。此江郎彩筆，天生帶來，若他人，恐未免開口俗耳。冲如評

村中夜懷有跋○○○

南商調二郎神

和衣睡，這一叚凄凉爲着誰，水國霜清寒徹髓。分明夢裏，醒來人在天涯。聽不得風吹窓上紙，方信道夜長如是。渾欲朳，撇不下心頭，一個人兒。

【夾批】〔和衣睡〕二句：已是泫然。〔聽不得〕句：淡語凄凉，不堪多讀。

集賢賓

盈盈衹隔衣帶水，來時密約佳期。眼見得差池三日矣，況一紙音書難寄。般般爲你，知多少雨啼風涕。羅帕裹，請看取一行行淚。

【校】「盈盈衹隔」，「衹」翻刻本刻爲「衹」。

【夾批】〔來時〕句：心期自笑，誰解分愁。

黄鶯兒

心病煞難醫，只當歸，是妙藥兒，今宵症候難存濟。冷一陣是甚的，熱一陣又爲誰，更眼花錯唤名和字。鎮如痴，伊難負俺，難負俺恁相思。

【夾批】〔只當歸〕二句：妙。〔冷一陣〕句：寫到底裡。

猫兒墜

一燈相伴，加被更添衣，守寡凄凉渾似此。枕頭香膩是誰的，憐伊，實實是前宵，枕上人兒。

【眉批】摹擬逼真。（此條《續修》本、《存目》本無）

【夾批】〔枕頭〕句：奈何。〔實實〕：二字妙。

尾文

幾番還自披衣起，茶冷香消寒似水，聽敗葉敲門疑是你。

【夾批】〔聽敗葉〕句：意外閑情。

是夜宿韓巨卿齋，偶有所懷，臥不成寢，乃起坐燈下，磨墨伸紙，凡得古詩三、律詩一、南北宮長調各一。已而天明，花日在窗，親故以予之至也，少長並集，見諸綺語，爭錄之而去，頃刻間偏布墟落。更歲餘，予復詣巨卿，見其村中小兒《大學》序首空處，有偏書予詞者，亦大可笑矣。自記

喬夢符「寄遠」《折桂令》云：「飯不沾匙，睡如翻餅，氣若遊絲。」曲寫相思模樣，可謂多情矣。乃子野則曰：「冷一陣是甚的。熱一陣又爲誰。」又曰：「守寡凄凉渾似此。」鍾情之甚，更覺過之。大凡情患不足，不患有餘，世間忠孝俠烈，總發乎情者耳。子野嘗有詩云：「從來江海淚花成，自古乾坤情字裹。」的是名言。彥容評

子野生負風流，命饒花福。每逢奇麗，不禁縈牽。戊午冬日過余村居，予爲設鷄黍，進尊罍，擬盡歡洽。乃微睨子野，意中惘惘若有所失。夜宿竹雲齋，臥而復起，挑燈吮毫，苦吟達曙。予蚤起見諸詩詞，曲寫悲悽景況。因爲和韵，有「好把新詞先寄與，相思滋味要伊憐」之句。子野笑曰：「子誠知我哉。幸毋投轄，致令予負心期也。」至次夕，留詩案頭，中宵逸去。異哉何情痴至此。雖然，予觀古

來才人，恒遇佳人，然當其分離阻隔，嵦嵦毚銷欲夗，發諸咏歌。以子野之才之遇，而欲其含藻斂華，作無情鈍漢，此實難矣。蓋惟個中人，諳個中味，如子野始可謂識得情字耳。能讀斯詞者，必天下深情人也，庶有知子野者哉。韓大進巨卿跋

摹情欲絕，是普天下相思領袖。夏濬生評

懷舊重和彦容作 有跋○○○

南黄鐘画眉序

心頭轉凄惻，舊恨餘歡總堆積。歎一場花事，十分狼籍。他做下影裡恩情，我贏得画中悲憶。（合）看看逐旋隨流水，過今日又還明日。

【夾批】〔看看〕二句：淡語可泣。

前腔

曾經苦分拆，還有個相逢在他日。怕從今見你，就再生難必。曾記你絮語叨叨，畢竟也

信音寂寂。（合前）

【夾批】〔怕從今〕二句：痛哭痛哭。〔曾記你〕二句：半思半恨。

前腔

花儔與月匹，難道心腸竟如墨。料重門深鎖，鴈書無策。就做道今日辜恩，畢竟是當初難得。（合前）

【眉批】怨處思恩，思之極矣。

【夾批】〔畢竟是〕句：妙。

前腔

依希有消息，聞道伊家尚相憶。就一些難信，也堪疑惑。眼皮上越有思量，心坎裡轉添鶻突。（合前）

【校】末字「突」，翻刻本刻爲「宊」，抄本作「突」字之異體「宊」。

【眉批】誰寫到此？

【夾批】〔就一些〕二句：正是情痴。〔心坎裡〕句：妙。

滴溜子

誰承望恩情兩下分劈，倒浪想來生和你相覓。幾個黄昏白日，教人挨不起這時刻。索取憂愁，報伊憐憶，

鮑老催

重思細憶，些些好處郎知得，手托腮兒過時日。這幾時，行忘止，坐忘食。淹淹瘦捐腰兒窄，鏡裡看看減顔色，爲着你真相直。

【眉批】作家手拈來便妙。

【夾批】〔些些〕句：妙。

雙聲子

真難得真難得，寵柳意、嬌花格。真可惜真可惜，輕閃下、都收拾。沒計策沒計策，生紖隔生紖隔，是一對寃家，兩辜心力。

尾文

佳人才子風流籍，未許卑人多占得，該有今朝這分拆。

【眉批】善於自解，然亦太不讓人矣。（此條《存目》本無）

彥容曰：「爾《懷舊》詞已極美玅，得無江郎才盡乎？」予曰：「有情可摹，無才可盡。若云才盡，則尺幅立窮。若云摹情，則天大様花箋，願借一幅。」乃因其和作，復重和之。終恨句字有限，未寫得其萬一耳。自記

子野長于才，自深于情。才情二字，固是相生。嘗借唐之詩，方子野之詞，大抵如崔、賈之雄偉，而無舘閣氣；如元、白之流利，而無俳偶氣；如錢、劉之清藻，而無佻率氣；如郊、島之澹遠，而無寒瘦氣；如崔鶯、薛濤之香豔，而無粉脂氣；如齊己、靈一之機警，而無蔬筍氣。其在初唐，則十二家也；其在盛唐，則

李、杜也。下逮晚唐，雖句雕字選，間奏新聲，寧易闖其堂奥耶。彦容評

情波滚滚，隨地江河。尺幅之間，濤頭萬狀。張調卿

四景閨詞○○

北雙調八不就

恰收燈又近清明，只覺道花事凋零，又添些鬼病鬼病伶仃。冷落瑶琴，生疎錦瑟，打疊銀箏。今宵夢前宵夢全然沒准，千遭信萬遭信看看半句無憑。恨咬牙根，痛剪香雲，痛的是挫過芳年，恨的是錯盻錯盻書生。

前腔

看酴醾白占柔條，間屈指幾度春歸，何曾似這度這度魂銷。愁劈蓮心，驚看夜合，怯聽芭蕉。摇紈扇悲紈扇怕秋風又早，掩羅袖恨羅袖偏生粉淚痕交。指冷瓊簫，帳冷鮫綃，枕頭邊茉莉花香，你怎生的孤負孤負良宵。

前腔

聽寒蛩聲滿床頭，這壁廂月在東窗，那壁廂雁過雁過南樓。獨杵砧敲，空床夢杳，親筆書修。生離別死離別堅心耐守，今生債前生債判個一例都酬。釵股誰收，匣鏡誰留，記當初夜夜良宵，到如今日日日日三秋。

前腔

映窗紗雪間梅花，不覺的一味相思，消除了一歲一歲年華。誰共圍爐，誰同寶鴨，誰聽琵琶。千不信萬不信終須被耍，千不是萬不是只是當初自差。我豈殘花，他認做閒茶，他既然現不思量，我怎生的恩愛恩愛常賒。

【校】「一味相思」，「相」抄本作「想」。「閒茶」，「閒」翻刻本訛刻作「間」。

此等詞本被絃索，須帶肉麻，當在不文不俗之間，方入詞家三昧。右詞似亦夢見一斑者。每花月之下，令兩童以三絃簫管，淒聲度之，宛然一燕趙佳人，攢眉酸涕矣。自記

和彥容重會西湖佟姬留别之作有跋〇〇

南南吕宜春令

春將盡，春意濃，陡春心雲期雨蹤。那人情重，當年綺席親陪奉。把恩情付與湖山，到今日枕頭春夢。情悰，忘他不得，再尋花洞。

【夾批】〔到今日〕句：韵。（此條應有脱漏文字，然原刻本亦僅有此「韵」字）

太師引

趁東風一片晴帆動，擺蘭橈平湖鏡中。看無盡青山如画，况更是綠水啣空。詩筒茗碗和春甕，怎少得那人相共。心頭事今年去年，曾記得雙携手在曲水橋東。

瑣窗寒

到如今人去橋空，鬖鬇當初旖旎容。記紅鞋底印，半折如弓，衫裁小樣，六銖猶重。淡雙眸一泓波瑩，想儂般般件件總朦朧，怎生問信尋踪。

三段子

隔花轉東，過青樓深深幾重。兆的便逢，看花容如今轉穠。好似春風到處花心動，花心開處蜂偷擁。眼口相依，這情深重。

東甌令

分離後，沒雁鴻，怎料今朝得再逢。輕輕窓下親摩弄，肩臂相捱擁。奈新歡舊恨積重重，如在夢魂中。

三換頭

湖山翠籠，載伊情種，迷離笑也，春心忒濃。娘行恩寵，向衾窩款款把温香軟情偷送。一覺鴛鴦夢，香肌兩下烘。這樣親偎，怕甚麽勒煖輕寒柳絮風。

【校】「向衾窩」，「向」字原刻本、翻刻本均無第一筆而若「冋」字，又似「囘」字缺損末筆。抄本膠卷影像上此字黯淡不可辨識。《散曲叢刊》本作「向」。按句意以「向」爲勝，據定。

劉潑帽

冰輪一片松梢湧，候卿卿睡眼矇矓。枕邊溜却金釵鳳。莫放鬆，這良夜休輕送。

大聖樂

奈些些幾夜情悰，業魂靈，全被哄。多應別後相思重，因此上，十分濃。正是人歸恰在花叢裡，春色偏生錦陣中。餘懽剩恐，只恐怕從今去後，雲雨無踪。

解三醒

忘不得三潭月湧，忘不得並上雙峯，忘不得平湖曉睡聽鶯哢，忘不得麯院酬醲，忘不得霞歸雷岫同宵宴，忘不得腔按蘇堤恰晚鐘。中情冗。忘不得觀魚花港，玉手兆胷。

【眉批】把十景襯貼自妙。

【校】翻刻本缺失此首及下之《節節高》、《三學士》、《大迓鼓》共四首作品與眉批、夾批，以及後《撲燈蛾》一首調名「撲燈蛾」三字，即原刻本卷三葉十八全葉内容。因卷三葉十七至《大聖樂》結束，翻刻本下一葉版心雖鐫葉次「十八」，但其上所刻者則是本卷較後《七夕後二日祝如姬初度》套數自標題起直至其中《越恁好》一首調名爲止之一葉（此葉内容即後之卷三葉三十四内容，兩葉内容重複）。（翻刻諸本中，天圖本、《存目》本均已抽去此葉。）抄本此篇亦全，然於此首《解三醒》重複抄錄。第一遍抄至第六個「忘不得」止已是當頁末，換頁重題「秋水庵花影集卷三　華亭泖峯浪仙施紹莘子野父著」卷次，再接抄完整《解三醒》一遍（後又將所抄二遍中之重複文字並卷次題名，以標括號括出，表示刪略），以下數調則皆全抄而無遺漏。又，《散曲叢刊》本於《大聖樂》後接以調名《越恁好》，然曲文實則爲下之《撲燈蛾》文字，顯然其所據底本亦爲翻刻本，且更進一步誤將翻刻本錯葉之葉十八最末一行「越恁好」三字調名，冠爲葉十九上前三行曲文（即實際爲《撲燈蛾》之曲文）之調名，拼合接續上《大聖樂》，又更譌矣。

節節高

匆匆此度逢，恰相從，一聲忽唱陽關動。煩伊送，看去蓬，腮珠湧，絲絲界破衣衫縫。一時陡覺腰圍重。知道今朝又分離，連宵悔不深偎奉。

三學士

劉郎再出桃源洞，回頭一霎成空。從今別去何時會，況是來時未必逢。疊疊青山芳草路，如相憶，認去踪。

【眉批】（「叠叠」三句）正是黯然。

大迓鼓

殷勤捧玉鍾，斟來滿處，郎面微紅。君今飲此當前酒，不知何日再相逢。纜解孤舟，看看要東。

【夾批】〔斟來〕句：妙句。

撲燈蛾

相携手怎鬆，繾綣全何用。終久是分離，硬個心腸且去也，看秦簫再弄。怨雙雙飛燕各西東。歎人生幾番多被離愁哄，臨岐泣別太匆匆。

尾文

春風吹得離情重，楊柳堤邊一樣濃，何日樓頭香再擁。

古人詩讖，每以爲諱，予竊笑之。興到吮毫，未嘗有所避就也。右詞適在毘陵舟次，對客揮洒，疎率平淡，第粗成句字而已。歸來出示彦容，讀至「况是來時未必逢」，彦容拍案曰：「何作此不祥語？」予笑曰：「不意達人亦爲斯言。」明年春盡，彦容將赴心期，而姬訃忽至。偶然胡言，真欲成讖耶？嗟乎！佳人難再得，花夢不多作。每披此詞，想見當時，朱欄畫舫中，胡然而天，胡然而帝，今日化爲東風亂蝶，夜雨哀憐。粉面香魂，儘付柳啼花哂。檀郎於此，能不動心？恨天寡緣而高高不可問，恨人負心而冥冥不復知，乃轉而咎予曰詞讖詞讖！殆無聊之極思，而情深之致語也。予亦甘爲有心人受過矣。自跋

【眉批】（「想見當時」八句）堪爲情夘矣。

悼亡妓爲彦容作有序跋○○

佟姬乃西湖名姝也。彦容素與遊善，兩度遊湖，累有贈答。昨歲寄彦容詩，有「記否斷橋橋上月，爲郎揩淚爲郎歌」之句，風流藴藉，於此可思。今歲清明，桃李正發，彦容將赴心期，出示《懷舊》四闋。予賞其婉麗久之，因許屬和，不兩日

而姬訃至矣。適在泖上，作《清明感桃》詞，未竟使發，因寄語彥容，尋當相示也。彥容復曰：「兄作定佳，但恐挑人人面桃花之感耳。」予感斯言，因得「桃花人面春風」之句，而以「荳蔻郎心夜雨」儷之，聊以志彥容之感，且以當和作耳。嗟嗟彥容，世事轉眼，可悟空色，《清明感桃》詞，願以爲藥。壬子清明後十日記。

南仙呂桂枝香

時時心裡，看看夢裡，桃花人面春風，荳蔻郎心夜雨。記前春見伊，前春見伊，伊道你且今年歸去，我准明年待你。竟誰知。地下無消息，人間長別離。

【夾批】〔時時〕句：起便入妙。〔荳蔻〕句：妙句。〔竟誰知〕三句：淡語傷情。

前腔

再逢何地，要逢何計，高樓歲歲春深，海燕年年胡語。問伊家怎的，伊家怎的，你曾寄斷橋詩句，郎也寄新詞與你。竟誰知。郎才柳絮沾泥日，妾是梨花魂斷時。

【眉批】「竟誰知」三字有無窮之悲。（此條《存目》本無）

【夾批】〔高樓〕二句：妙句。〔竟誰知〕三句：真堪哭殺。

前腔

意中人去，眼中人淚，傷心荒草新墳，腸斷亂鴉枯樹。想今番別離，今番別離，郎儘相思爲你，你便相思無據。竟誰知。燭灰眼下空含淚，蠶老心中枉掛絲。

【夾批】〔傷心〕二句：妙句。

前腔

去年滋味，今年憔悴，當初誓海盟山，到此夢花兒戲。歎年年此時，年年此時，不見舊遊之侶，只到舊遊之處。竟誰知。一向同香閣，而今泣路岐。

【夾批】〔到此〕句：妙句。〔不見〕二句：妙句。

子野云：「桃花人面春風，荳蔻郎心夜雨。」石萍云：「夕陽邊草綠郎心，銀缸畔鴛紅妾枕。」皆駢麗中情語。○年來花運百六，歌場板蕩，風流一線，猶在斯人。

古云「佳人難再得」。亶其然乎？子野填詞吊之，當使香魂艷魄，與西泠小小俱不朽矣。彦容評

佟姬葬孤山之麓，張九娘葬西泠橋畔。一抔荒塚，斷送風流。情烟意月之下，不知粉魅花魂，尚能作綺羅絃管當年伎倆乎？哀哉哀哉！予嘗欲作小詞合吊之，或曰：「與子有何交涉，亦勞費筆墨乃爾？」予曰：「野草庭花，吾輩見之，亦有意思，此豈皆枕席間物哉？」予終當了是願，作雙花薄命吟。明歲遊西湖，當於寒雲荒莽中，揚杯以酹之。自記

贈嫩兒有跋〇〇

南南吕嬾画眉

葡萄花下閉門居，小小房櫳厮稱渠，眉兒淡掃畧施朱。清俊龐兒素，真管領春風盡不如。

【眉批】其人可想。

前腔

偶然相見落花餘，衫子新裁紅杏初。温柔香軟骨如無，愛把眉兒鎖，渌老瞧人一寸波。

【校】末句「老」字抄本作「去」。

【眉批】画出柔嫿。

前腔

温香脉脉逓衣裾，慙媿蕭郎是姐夫。前生緣分道如何，恁様看承我，問取卑人折福無。

【夾批】〔慚愧〕句：韵絕。

前腔

瞑烟初合落花多，潛遣青衣將小字呼。燈前密語一更初，片腦煨殘火，正窓外初三月似蛾。

【眉批】（「燈前」句）十分受用，倘應折福。（此條翻刻本脫漏缺失）

前腔

有人窓裡解流蘇，泥得檀郎不奈何。窮酸也得近冰膚，今夜休輕挫，知費了繾綣司中印幾顆。

前腔

驀然分别兩情辜，郎上孤舟妾綺疏。懸懸望眼兩模糊，無數西江路，只哄得蕭娘裛淚珠。

【眉批】黯然愁絶。（「黯」翻刻本刻爲「宛」）

前腔

相思今夜破題初，獨向西廂月底哦。一場花夢又南柯，納悶支頤坐，驗瘦損腰圍一寸多。

前腔

娘行且自强支吾，郎不是青樓薄倖徒。衷腸一段在春羅，須着意加留護，這是折証相思一帋符。

嫩兒姓沈氏，色不踰中人，然善歌有酒韵。初見淡然，已而亦微微近人。而時露俠士風，無婦女氣。談話信宿，頗極歡得，匆匆别去，遂成各天。以後兩訪之，皆不得見。今且聞其從人矣。恐後晤無期，空有芙蓉面、楊柳眉耳。燈下偶閲舊詞，酷思其人，乃細書數語，爲他日半幅遺照也。自記

【校】「然善歌有酒韵」，「酒韵」翻刻本訛刻作「此則」。

嫩兒從人時，曾以一緘寄予，浮沉兩年始達。雖或出倩代手，然不忘故人。封完舊物，情深義决，真可云俠。試反復書詞，其人可想，而其事可傳，因附記于此。其辭曰：「清江一别，遂易歲年。江南渭北，人遠心近。誰言雲水萍花，恐非個中人語也。别後浪游金、焦間，會有夙約，風絮便當沾泥矣。但古詩有云：『生憎寶帶橋頭水，半入吳江半太湖。』正不知誰淺誰深。春天雨枕，秋夜風幃，孤燈殘夢，此豈重門深鎖所能限也。悠悠此情，未知何極。春羅一叚，折証相思。向寶之秘之，異香熏之，古錦襲之。只令渠見淚痕耳，未嘗敢輕出示人。雖然，今

日之事，情不可割，義不可留，謹繫同心。仍送左右，豈忍等秋雲哉！但使足下謂兒爲薄倖人，以岐路視之，從此心花稍開，眉結稍熨，則委骨窮塵所甘心矣。時移事改，生死離隔。洒淚書懷，封緘盡濕。千萬珍重，遠大爲期。膩粉柔香，不堪丈夫在意也。」又自記

【眉批】（「春天」四句）書詞藻麗纏綿，風流沉痛，倘果出此兒手，真是天地間異人。（「但使足下」五句）越牽掛人。

【夾批】（「情不可割」二句）：楚楚亦凜凜。

此小聚散耳，遂成花史一段大關目。有此公案。恐子野他生，復受花業，玉妃有言，爲此一念，又不得居此，爲天爲人，必再相見。噫！可懼哉！吾輩情根纏綿，不知何時稅駕矣。請子野勇猛懺悔則個。眉公跋

【夾批】（「吾輩」句）：真實語。

菊花有跋〇〇〇

南仙吕入雙調步步嬌

老圃先生閒心計，粗了黄花事。東籬揷幾枝，老雨枯風，自然高寄。全不怕霜欺，變炎涼也只是無趨避。

【夾批】〔老圃〕句：起語已是風流逸宕。

江兒水

可有幽深意，偏生古秀姿。比佳人較没胭脂膩，比詩人倒没寒酸氣，比仙人尚少雲霄志，但落莫田園居士。滿地黄金，依舊有寒儒風致。

【眉批】〔「比佳人」三句〕寫出菊花之神，是咏物化境，亦是文家代法。

清江引

甘心野蒿同腐朽，豈有人閒意。自從三徑栽，漸移入朱門裡，多應恠淵明老人多事矣。

【眉批】况菊耶？自况耶？

蕭閒簡遠，不染一塵。非曠世高懷，落筆豈能如此！冲如評

咏物之難，難於洒脱。此詞正得之筆墨之外。沈伯英

夜窓話舊○○○

南仙呂八聲甘州

鴛鴦牒上，把雲英姐姐，配定裴航。談何容易，驀面便教相傍。勾消幾許相思帳，收拾無邊年少場，方纔有今宵細語空窓。

【眉批】知得「談何容易」，方知情味無窮。（「味」翻刻本訛刻作「未」）

【夾批】〔鴛鴦〕句：起已韻絕。〔談何〕句：妙。

前腔

記當日画樓相訪，正朦朧睡起，半嬾梳粧。兆的覷上，從此不教拋放。曾深談雨枕銷金

帳，曾泣誓風燈蕭寺房，也曾守淒涼楓落吳江。

【眉批】信史直書。（「直」翻刻本殘損左側下半並框中三横筆畫；《存目》本作「信史有書」，但可辨「有」字左半之筆劃係手寫，應是將「直」字殘餘部分描改後，再添寫作「有」字）

不是路

不厭疎狂，許我真心學孟光。親供狀，就輪廻也願作鴛鴦。怎生忘，把池邊樹影做談心幌，將峰外松臺做拜月堂。相偎傍，一場花夢捹勞攘，儘他魔障，儘他魔障。

【夾批】〔就輪廻〕句：妙。

解三醒

我也曾錦衾羅幌，我也曾路雨橋霜，我也曾把香心月夢潛來往，我也曾封寄啼痕十萬行，我也曾軟偎珠翠將花心養，我也曾抹殺鬚眉將浩氣藏。風流帳。爲風流兩字，摟得人慌。

【眉批】（「我也曾抹殺」句）粉香銷壯骨，非多情種不能爲是語。

前腔

你如今綉房鴛帳，你如今琴几爐香，你如今舞裙歌扇抛塵網，你如今伴先生月句花觴，你如今不愁心上鴛鴦曠，你如今冷看人間脂粉狂。休謙讓，真個是情因証果，花籍生光。

尾文

空窓一夜閒論講，個裡悲歡有一萬場，把天比情還未是長。

「二十年前一夢空，依稀猶記夢花紅。而今短鬢侵尋白，閒話風流落照中。」此予乙丑春日花前感舊詩也。夫人生七十，謂之古稀。而初十年太少，後十年太老，中間止五十年。而坐困於塾師者幾十年，羈纏於病冗者幾十年，幽沉於風雨者幾十年，所存幾何哉？而粉債花魔，酒兵愁陣，又無日不煎熬熱沸，爲生亦良苦矣！幸有一字訣曰忘，庶以寡情得安樂法耳。奈何絆繫情根，常在心口。當年童心，業已多事。又復爲之追思記憶，點笑狂花。舊事縈纏，業緣增重，何時得解脱哉？右詞乃十年前舊案，《花影集》成，予擬删去。彦容曰：「事不須憶，而詞則可傳。爾但作空花觀，聽天下着相人臨文感歎可也。」乃仍附之卷中，令如

夕陽之在疎林，半明半滅云爾。自跋

【眉批】（「而今」二句）可傷。（「而初十年」以下十一句）說盡生人之苦，可爲吾輩家門提綱。（「幸有」句）宜捷慧刀。（此條《續修》本無）

清明感桃有序○○

吾友闇生，去年有「烟花夢」詞，予亦繼之有作。今歲清明，花下忽然想着，遂覺此花多有可憐處。因得「花如夢」句，譜之成章，當一哭耳。

【眉批】正尔情深。（「正」字翻刻本訛刻作「公」；此條《存目》本無）

南商調二郎神

花如夢，忽又傍清明發舊叢，酩子裡芳心嫌太冗。錦堤雪浪，一枝香倚晴空。是第一東君蒙愛寵，生就個情苗恩種。人面孔，好分付崔郎，恁地東風。

【校】「好分付崔郎」，「付」字翻刻本訛刻作「什」。

【夾批】〔花如夢〕：妙句。〔恁地〕句：含情無限。

集賢賓

天台一徧人被哄，而今誰問仙蹤。空蝶鹵蜂粗樵燕懂，竟歲歲儘他調弄。胭脂忒重，伴烟柳濕雲如凍。荒廢塚，鶯叫破老紅痴夢。

【夾批】〔鶯叫破〕句：仙句。

黄鶯兒

日晒紫酥融，近前池，老鏡中，可憐猶是劉郎種。苔紋上紅，鞋幇上紅，高情已逐梨花夢。負東風，風流盡矣，隨分水流東。

【夾批】〔隨分〕句：脉脉傷心。

猫兒墜

傷春血淚，幾度賺人紅，畢竟花殘枝也空。玄都觀裡不禁風，沒用，好笑幾處公門，賭甚英雄。

【夾批】〔沒用〕：妙。

花前歎息花如夢，又費新詞題詠，似夢醒人兒說夢中。

尾文

無限關心，語致吞吐，風情韵味，的的欲仙。陸五如

七夕後二日祝如姬初度○○

南中吕好事近

花種降瑶池，管領人間花事。偏生及此，天孫昨夜歡會。金風玉露，向高樓洗出秋如水。百日紅似有意拈花，並頭蓮可爲你成對。

【夾批】〔花種〕句：起得妙。〔百日红〕句：點綴景物巧妙。（翻刻本僅有「巧」字）

千秋歲

翠紅圍，排比做神仙會，共獻祝酒映蛾眉。鱸鱠蓴絲，鱸鱠蓴絲，擺列着俺江南早秋風味。香翻袖、花蒸氣，紅潮面、人微醉，歡暢文園裡，俺烟霞地主，你羅綺花魁。

【夾批】〔擺列着〕句：自有韵味。

前腔

兩相宜，可不是天婚配，百歲事今日纔起。月信花期，月信花期，待與你醉婆娑典珠沽翠。風流事俺生來會，繁華夢你休慙媿，但歲歲人相對，做雙星姊妹，配滿月夫妻。

【夾批】〔待與你〕句：何等情趣。〔做雙星〕句：妙。〔配滿月〕句：妙。

越恁好

綵毫佳句，綵毫佳句，俺文齊福又齊。喜卑人有福，有福把卑人配了你。桃花郎姓崔，瓊漿人嫁裴，把香馥馥一枝花待移入綉幃。嬌小小年紀兒，就從今白首兒寸步相隨。同心膾，連愛絲，咱兩個長歡會。向黄姑笑道，俺不輸你。

【校】第一字「綵」，翻刻本刻若「絲」。「俺文齊福又齊」，翻刻本誤刻作「俺文齊又福齊」。

【夾批】〔向黄姑〕二句：韵絕。

雙乘鳳

顧從今抛却歌衣，歌衣，顧從今重修艷史，艷史。粱鴻婦、竇家妻，伸月誓、赴花期，草隨步、絮沾泥。

前腔

顧從今荆布釵衣，釵衣，顧從今香茗琴棋，琴棋。常蝶幸、永花媒，風前句、月中杯，把生花筆画山眉。

【校】首句抄本誤重複抄録上一首起句「顧從今抛却歌衣，歌衣」。

鳳毛兒

尊前獻祝團歡喜，這壽酒多應是合巹杯，風光甚美。可知道勝事良緣，又有個天公幇襯你。

子野情根引蔓，隨地下種，觀此詞則「香馥馥一枝花」，又將「移入綉緯」矣。獨不顧人間饞眼，愍妒欲夗乎？雖然，如此好詞，香艷鮮美，千金一字，庶幾無慙。以當一斛珠，恐人間正少此買花錢，他人安得爭買也。包稺先

寄人檇李 有跋〇〇

南商調金索掛梧桐

花間宿雨收，細疊花茵皺。雨雨晴晴，一個人孤守。歸期怎逗留，過中秋，又早看看二十頭。音書浪得傳人口，你在天涯何處樓。眉兒皺，將紛紛淚點灑寄東流。問當初偎傍人不，問今宵夢見人不，空夢裡人依舊。

前腔

鴛鴦湖畔舟，西子臺前柳。一望天南，怒雨驚風驟。淒涼立小樓，見濤頭，銀屋翻空罨

素秋。此時遥憶人安否，更添上眉峰兩點愁。空僝僽，這般般件件總難丟。要與君説個因由，問個因由，二十後歸來否。

前腔

思量無斷頭，往事空回首。暮暮朝朝，漸漸添新瘦。金錢暗自投，淚雙流，看幾片青個個愁。分明許下歸時候，怕人在天涯還逗留。揩衫袖，把淚珠收去又蹙眉頭。想人生幾度中秋，早虚了一度中秋，况歸期未必中秋後。

前腔

梁間隻燕愁，鏡裡雙鸞剖。書信重封，不盡還傳口。書憑征鴈投，怎生留，惆悵臨封幾度抽。你看時料把眉兒皺，我倒怪修時忒恁愁。君知否，這書來之後盼望回頭。須知道日日江樓，夜夜燈篝，好消息何時有。

此詞予既寄贈後，爲彥容潛録。適游西湖，因口授一歌姬，纔一過，便能了了。再夕即歌之叚家橋，風流俊逸，坐客銷魂者久之。夫一經美人之口，便傾動一時如此。予自分何緣，消此奇福。且花事已休，芳心灰冷，名傳樂部，空屬可憐耳！予曾有詩曰：「夢破揚州事有無，近來只合叩維摩。誰知猶有空名在，却被人偷譜艷歌。」又曰：「而今非復舊情痴，誰遣新聲似昔時。好比仙人天上去，人間傳得步虛詞。」蓋爲此而作。姬姓顔，行第一，聞是慧人，未得一覩，時爲惘然。自跋

開元中，高適、王之涣、王昌齡齊名，偶拈小詞，便爲教坊偷譜。一日，小飲旗亭，諸姬所唱，皆昌齡絶句，而不及之涣。之涣爲之色動，因指諸姬中一最美者，謂兩人曰：「姑稍俟之，倘我詞出此子口，則爾兩人當以我爲師。」俄而雙鬟撩袂長歌，聲絶雲漢，則之涣詞矣。之涣爲之大叫狂噱。顔姬事，與此正相類。蓋詞出美人，即蕪詞亦有生氣，況綿婉清新，如子野此詞者哉。且冥契之符，莫知其然而然。子野之神韻，顔姬之慧心，當別有作其合者。又不直在聲音句字間也。彦容跋

【眉批】之涣色動，未免詩人無胆，双鬟後歌，終是才人有福。

【校】本跋及眉批中「之涣」，原刻本與翻刻本均作「涣之」，蓋誤記王之涣名，改。

平言淡語，只如白話，此詞家最上白描手，所貴乎本色者此也。蔡叔文

賀闇生新居有跋○○

南大石念奴嬌序

予家烟水，把山林城市，從公與汝平分。畢竟君多丘壑意，依然城市山林。齊整。撲地樓臺，圍天竹樹，花枝缺處放朱門。（合）真個是深如洞府，高比層城。

【校】抄本調名作「南大石念嬌序」。

【夾批】〔予家〕三句：起語意調雙妙。〔花枝〕句：妙。

前腔

華甚，專城聚景，大多是画棟雕梁，朱粉輝映。聘得名工神玅手，巧奪天人無並。奢逞。我寒素家風，清疎情味，每經一到一魂驚。（合前）

【夾批】〔我寒素〕句：點入自家妙。

前腔

奇甚，碍日連雲，取凉藏煖，偶然一曲忽臺亭。擺列着擺列着，周鼎商彝秦銘。雄雋。我懷古襟期，摩挲老眼，遍看款識不知名。（合前）

【夾批】〔偶然〕句：奇句。

前腔

幽甚，曲檻廻廊，小庵偏室，矮扉低屋𥨪窓楞。安頓着安頓着，竹几蒲團龕燈。清韵。我世外閒心，宗門本色，堪于此處老餘生。（合前）

【校】「矮扉低屋𥨪窓楞」，「𥨪」抄本作「小」。

【眉批】（「曲檻」三句）宛然𥨪窓竹屋。

古輪臺

集良朋，風花雪月此同評，每將軍轄投之井，酒杯詩韵。更羽客高僧，參摧養生禪定。

有劍借人看、字容人問，有圖書經典更棋琴消閒養性，有花傭圃戶園丁。有書床藥臼、茶鐺酒庫、水瓢花甑，儘足了閒身。神仙境，多應福分帶前生。

【校】「有圖書經典」，「典」抄本作「曲」。

【眉批】（「每將軍」句以下）件件收拾，却無痕跡，可知運化之妙。

前腔

須聽，還有金屋娉婷，與你雪館風燈，夜窓朝鏡。況得意仙郎，忒俊逸風流標韵。纔了却琴心、醫痊花病，把話舊餘閒折花枝問郎占孕，半低聲不許人聽。綺疏朱戶、雕欄寶砌、窪閒花靜，處處有風情。神仙境，多應福地照花星。

【眉批】此一大段關目，自應如此，鋪張盛美，却字字錦心綉口。（「口」翻刻本訛刻作「覀」）

尾文

我烟霞性，泉石盟，終道你城居未穩，一首移文草欲成。

闇生本宜置丘壑，竟以俗緣未斷，猶滯城闉，予故以此詞賀之，實規之也。未幾闇生闢園東郊，移家就焉，可謂從諫如流矣。北山移文，何負於吾友哉！予嘗有《西佘山居記》，極言人外之樂，曾錄一通寄闇生。竊自謂繁華夢短，冷淡情長。丹山白水，未可與空花熱焰同日語也。因附記于後。自記

西佘山居記 自撰

吾松水膚而山骨，而林木脩美，更爲之衣裳毛羽焉。蓋分秀於天目得其骨，借潤於震澤得其膚。而氣趨東南，地煖宜木；且南接武林，北距金閶，賣花傭日載名卉，高檣大艑而至，宜其衣裳之日加麗，毛羽之日加豐也。以故九峰三泖間，處處有花木之勝。而東西二佘，尤爲山水結聚處，花木爲尤蕃。予山居在西佘之北，東佘之西。西佘峭聳而尊嚴，東佘委蛇而飛翔，予之飲食坐臥，皆在其空翠中。玉屏山直其東北，勢若騰舞而至。更有一山，如魚背，如脊稜，半隱半現，意致羞澁，則鳳凰山之介出于東佘、玉屏間也。別有一點蒼翠，在平疇漠漠中，若醒若睡，不衫不履，則北榦山之離群獨處，而踉蹌于烟草外也。揉藍縈帶，屈曲

柔嫵，輕和淡蕩，似一雋人，則山涇之漲膩淪漣，而周遭於兩佘下也。此山水之大凡也。予山居則疎疎落落，而點次於山水間也。在山腹者曰「半閒精舍」，本爲先人墓地，於此供僧懺佛，故名。中堂曰「春雨」，其前平田遠水，一目千里。西偏曰「無夢庵」，臥處也。萬松在窓外，蒸雲鳴雨，夜枕幽絕。東偏曰「詩境」，晏坐處也。窓外純竹，東佘作正綠色，在竹中間，探頭如戲。其前爲「散花臺」，出萬竹上，每於此飯鳥，鳥聞木魚磬聲則下。竹間有小徑，接「太古齋」，齋小如髻，他處猶聞樵斧人足聲，至此萬籟俱寂，惟聞鳥啼葉落，而閒鳥無求，聲不多作。盛夏草木怒生，葉亦不落，但竹風蕭蕭而已。每歲暑月爲掛瓢晞髮之地。此山腹之大凡也。降及山腰，有亭翼然，曰「霞外」。其背背松，其面面桃，上徑徑松，下徑徑桃。更有梅花三四十株，作一堆雪，當桃花盡處。桃徑凡三折：一折皆單瓣，開差早；一折皆千瓣，開差晚，兩桃繼發，艷可踰月；一折純種桐，桐盡復種桃。而隣家松竹，更互相掩映，可稱綠天紅雨，綉幄香茵。每值春時，爲名姬閨秀鬪草拾翠之地。此山腰之大凡也。漸近山足，爲「就麓新居」，初作屋山上，已又作屋山下，故名。闢兩板扉，有疎籬曲水，細柳平橋。水上夭桃，照天曜日，人行花間，頭面盡赤。入中门，榜曰「北山之北」，繁陰鬱然。下有曲徑，抵方池，渡斜橋，橋南北皆植梅。有老梅一株，是爲「梅祖」，狂枝覆地，輕梢剪雲，與池上垂楊，黄金白雪，相亞而出。有齋兩楹，面山臨池，曰「三影」。予字子野，好爲小詞，故倉公先生以此名之。每歲催梅觀荷於此，更爲花朝祝花之地。齋後疎竹高秀，朱欄拳然。啓其後戶，達於小樓，曰「罨黛」。四山環之，翠色欲滴，陰晴改容，瞬息萬狀，雪朝月夜，于此最勝，此予坐臥處也。自樓而東，作軒三間，曰「語花」。有旁室，曰「蕉雨」。莫不花來鏡裡，樹入床頭，山倉霧鬟，綠生枕上，此朝雲通德雜處處也。三影齋之西偏，爲「西清茗寮」。窗外有古梅修竹，蓄木奴數頭，更種睡香一帶，接「衆香亭」。梅花開時，睡香助馥，氤氲酷烈，聞二里許。疎雲淡月之夜，薄醉微吟於此，令人恍恍有春思。亭前多桂，仰不見天，幽草閒花，總隸香國。每歲秋時觴桂於此，更爲月夕酹月之地。徑折而南，啓小門，入疎竹，有屋臨水，扁曰「竹闌水上」。水月搖窗，風篁成韵，此留客止宿處也。中間爲「秋水庵」，庵下是水，水上是竹，竹外是山，山上是桃，花時萬斛紅濤，勢欲浮屋。庵前高梧數株，壁立聳翠。更作「香霞臺」，每歲錦茵綉幙爲牡丹洗粧於此。水折而東，稍稍深濶，作軒其上，爲「聊復軒」。軒内作煖室，曰「一燈十笏」，中供如來，及純陽祖師像，每清齋禪誦于此。軒前爲「濯錦臺」，臺之東岸皆桃花，更有疎柳依依，高出其上，而東佘烟翠，復襯其外。每歲柳綿飛時送春於此。從軒而南有小橋，曰「濟勝」，朱欄雁齒，達於竹外。繞徑皆芙蓉，乃聊復軒東岸也。山展一足，揷入短垣，就其高處，築一草閣，曰「妍穩」。軒中看桃已勝，而於此更爲奇觀，盖憑高俯眺，萬錦畢集，紅白交加，深淺互出，正恐武陵無此奇艷。每歲携妖姬韵士問桃於此。閣不甚弘敞，然而據地獨高，頗得諸勝。登此則三影齋之梅、西清茗寮之竹、罨黛樓之雪月、衆香亭之桂、秋水庵之水竹、聊復軒之桃柳、濟勝橋之芙蓉，以至霞外亭之桃梅，春雨堂之松竹，無不可坐而致也。此山足之大凡也。予盖經始於丙辰之冬，迄於丙寅，首尾十載。初作春雨堂，次作霞外亭，次作三影齋，次作西清茗寮，次作罨黛樓，次作秋水庵、聊復軒，次作語花軒，次作妍穩閣。盖貧翁不能頓辦，且花木漸次成章，乃因而補贅之。此則予營作之大凡也。予性苦城居，頗樂閒曠。己未冬，居家泖西，而每歲春秋，必來山中，或侵尋結夏，至十月而歸，而梅花時又遄至矣。居山中，雨不出，風不出，寒不出，暑不出，貴客不見，俗客不見，生客不見，意氣客不見，惟與高衲羽流相知十數人往還。有見訪者，殺鷄爲黍而食之。無珍餚，家常五品而已。凡四時風景，及山水花木之勝，皆譜撰小詞，教小童歌之。客至，出以侑酒，兼佐以簫管絃索。花影杯前，松風杖底，紅牙雋舌，歌聲入雲，亦甚足爲耳輪供養矣。更作一釣船曰「隨庵」。風日和美，一葉如萍，半載琴書，半擕花酒，紅裙草衲，名士隱流，或交舃並載。每歷九峯，泛三泖，遠不過西湖、太湖而止。所得新詞，隨付絃管，興盡而返，闔門高臥。有貴勢客强欲見者，令小童謝曰：「頃方買花歸，茲復釣魚去矣。」此則予居山之大凡也。嗟夫！金谷繁華恐不祥，平泉痴拙恐不必。予惟是因山省挑築，因水省濬治，花木擇其易活者省培植，且擇其易辦者省物力。簡便而措之，平淡而享之。但覺山水花木，自來親人，而我無應接之煩，是乃可爲真享受矣。予且逍遥目前，安分知止。百歲之後，安知其不爲子孫賣？不爲勢家奪？不爲平田耕？不爲虎狼穴？不爲兵寇焚？不爲樵豎截？此事理之必然，無足訝者。予惟記之一片石，使蕪沒之後，或有得斷碣者，知此地曾有室廬，有卉木，有人文采風流于此，今且鞠爲茂草，不復辨處。倘其人有心，當爲之撫膺一長歎耳。記凡刻三石，一沉三影齋池心，一藏散花臺下，一沉北山泉底。「北山泉」者，山居之井名也，清淳芳美，堪比慧泉，予曾有銘，記不及載。天啓六年，歲在丙寅，五月五日，峯泖浪仙施紹莘記。

【校】「西偏曰」，「偏」字原刻本與翻刻本均作「徧」，據文意及下文「东偏曰」改。

【眉批】(「更有一山，……而踉蹌于烟草外也」)山水入其筆端，皆裊裊生動，化工之筆，直使頑石盡靈慧矣。(「則山涇之漲膩淪漣，而周遭於兩佘下也」)點次絕妙。(「東佘作正綠色，在竹中間，探頭如戲」)画不能到。(「而閒鳥無求，……但竹風蕭蕭而已」)宛然靜景，筆底有神。(「登此則……無不可坐而致也」)閣本聚景，以此作結，自然廻合，乃文人得手處，亦其巧心處也。(「居山中，……家常五品而已」)其人高遠如堯夫安樂窩，其地幽勝如樂天履道里，高懷逸事，恍恍如画，千古之下，會當有慕其風流、師其閒曠者。(「夫」翻刻本訛刻作「天」)(「凡四時風景，……亦甚足爲耳輪供養矣」)播弄文章，真實快活。(「更作一釣船……遠不過西湖、太湖而止」)陶峴三舟，何如子野一葉，覺陶猶癡重，而此較輕雋。(「而」翻刻本訛刻作「淂」)(「頃方買花歸，茲復釣魚去矣」)仙矣仙矣。(「金谷繁華……平淡而享之」)如此方能享用山水，不然反爲山水作奴才矣。(「奴」翻刻本訛刻作「妖」)(「百歲之後,……無足訝者」)曠識達觀,狂不可及。(「倘其人有心,當爲之撫膺一長歎耳」)千古有心人語。(「北山泉……記不及載」)以此作結,自是文波蕩漾。

文勢紆廻,文情閒曠。而曲折詳盡,覺亭臺橋道,歷歷可數。每澄心靜觀,神與境會,直似芒鞋竹杖,緩步其間者。東坡題李龍眠画云:「如見所夢,如悟前世。」此記當亦云然。 韓巨卿

【校】「東坡」,翻刻本訛刻作「惠坡」。

子野高風逸致,或寄之山水,或發之文章,要歸自寫本色,傳示小像耳。經營山園垂十年,全以胷中丘壑,點次烟霞。茲復以筆底鉛華,圖寫神韵。快讀一過,不特臥遊其勝,抑且恍見其人。即以此當子野本傳可也,不應作文章山水觀矣。

張漢水

一篇有大結束,一段有小結束。而高閒疎曠,舉止安和,更有無風自波,拈花獨笑之致,固知其人非塵埃中物也。 倪子山

子野投予詞,故是作賦手。後寄予此文,更屬出世法。乃知人世間紅塵蔽天,仍

有一隙冷境，可容閒人。予東郊有數椽，花木古秀，魚鳥靜樂。予將於此老我一生，與子野長作世外神交，分受林泉之樂，豈容子野獨享，且以此傲睨人也。顧闇生

相思○○

北雙調閨怨蟾宮

掩重門夜永沉沉，聽一派寒砧，怯一派寒砧。映窗楞月在庭心，篩一簇花陰，怕一簇花陰。抵牙兒慢思量，是一個知音，第一個知音。記他們喜孜孜，抽一隻鸞簪，贈一隻鸞簪。到如今有夢難尋，烘一會孤衾，擁一會孤衾。

前腔

亂紛紛花撲窗紗，驚一樹棲鴉，定一樹棲鴉。悶懨懨倚得身斜，覺一陣寒些，更一陣寒些。托瑤琴寫意兒，學一段梅花，彈一段梅花。聽鴈兒飛過也，這一隻呀呀，那一隻呀呀。擁衾兒呌聲天那，見一刻冤家，夢一刻冤家。

前腔

果然的夢見伊人，驚一陣風聲，惱一陣風聲。夢回來重剔殘燈，又一瓣花生，更一瓣花生。淚痕交衾和枕，這一片如氷，那一片如氷。俺知他他知俺，總一種傷情，恁一種傷情。既伊家知俺傷情，判一個殘生，儘一個殘生。

前腔

漸天明白發東窗，臥一半空床，剩一半空床。意昏迷眼愰心慌，叫一聲娘行，錯一聲娘行。惱心情抽身起，顛一領衣裳，倒一領衣裳。眼睛前身分上，那一件思量，這一件思量。怎能彀便見娘行，有一段凄凉，說一段凄凉。

煞尾

凄凉凄凉忒凄凉，教俺和誰講，便教就見娘。也勾不盡相思帳，多應是相思價兒今夜長。

宛轉之思，縷縷如訴。每讀一過，令人神魂徘徊。調卿評

爲顧寶雲作有跋〇〇〇

南中呂泣顔回

見面勝聞名，十郎一樣看承。郎之緣分，前生做下今生。花前月下，沒包彈一對人廝稱。覷寃家這樣銷魂，其間事怎得由人。

【夾批】〔見面〕二句：如此使事自好。（翻刻本缺刻首字，「此」訛刻作「地」）〔其間事〕句：妙。

前腔

鸞衾鴛枕有人温，端的是嬌花細柳、輕雨柔雲。孤燈背後，一絲誓血微腥。幽期密訂，這雙心兩耳親盟証。論奇逢賽過雲英，論知音説甚文君。

【夾批】〔一絲〕句：妙句。〔這雙心〕句：妙。〔論奇逢〕句：妙。〔論知音〕句：妙。

普天樂

任檀郎，心腸硬，沾着手，無乾淨。天生個天生個有福張生，偏招注有眼鶯鶯。真心至誠，多應是鴛鴦牒日下僉名。

【眉批】（「任檀郎」四句）韻絕。

【夾批】（天生個）句：妙。　（偏招注）句：妙。

古輪臺

歎酸丁，幾人能勾傍娉婷，尊前幸得偎紅袖，須教判命。一對蛾眉，已該應傾國傾城。況花韵鶯喉、香肌玉骨、微微眼角上頭情，怕的是回眸暗覷險些兒勾攝人魂。便做道今生今世、來生來世、生生世世，也願永隨君。推郎命，從今一定犯花星。

【校】「歎酸丁」，「丁」翻刻本訛刻作「下」（其中天圖本手寫改爲「丁」）。

【眉批】（「幾人」三句）酸丁口吻，然不得不酸矣。　（「便做道」四句）奇情妙致。（「奇」翻刻本訛刻作「寄」）

尾文

東風吹得楊花緊，意馬明朝報起程，待別却臨邛又入茂陵。

【校】「楊花」，「楊」抄本作「陽」。

顧寳雲生性多情，沾泥又起，琴心甫貼，復訂花盟。此番情案，幾令小玉占夢矣。予因以小詞投之，雖極言其花福之奇，實規之也。幸而白頭吟賦，司馬車回，然亦岌岌乎成薄倖人哉。自跋

雋美不可言，新思尖語，波委雲集。詞壇老宿，有袖手眼熱而已。但謂予薄倖，予則何敢。予爲沾泥絮久矣，正恐子野作天涯芳草耳。彦容評

相思○○

南南吕嬾画眉

暗燈微雨小窓紗，隔個簾兒一樹花，猛然身子覺寒些。把錦被烘烘者，怎麼錦被温香不見他。

【校】抄本調名誤爲「南南吕嫩画眉」。

【眉批】(「暗燈」三句)闃然愁歎,陡然上心,情景宛似。(「闃」翻刻本訛刻作「閒」)

【夾批】〔怎麽〕句:真堪想殺。

步步嬌

筆硯如今多拋捨,顛倒朝和夜。慌張飯與茶,勉强支吾,畢竟都鑑魌。若不早見伊家,怕僝軀怎更支吾也。

山坡羊

一星星記伊頑耍,一椿椿記伊甜話。分明的人在天涯,捻空的浪把他模寫。模寫他,依希似得他。思量一徧,又是糢糊者。幾度嗟呀,幾番驚詫。因他,眼睛兒常是花。爲他,唤人兒多半差。

【校】「椿椿」,原刻本此二字與「椿椿」差異較小,隱約之間極細微,二字中首字相對略爲清晰,部件「臼」之第一筆可見,第二字「臼」之第一筆似無。翻刻本、抄本均誤作「椿椿」。

【眉批】(「思量」二句)摹情真至。

江兒水

恨殺風前馬，心驚月底鴉。箅相逢應在芙蓉謝，到如今又早梅花大，怕差池更過清明届，斬眼芙蓉重謝。就此際相逢，怕憔悴潘郎頭白。

【眉批】（「箅相逢」以下四句）雋絶。

玉交枝

了緣填債，受寃家千般苦來。痴心信却書中話，浪驚疑鵲噪燈花。不堪春草鬧池蛙，怎禁寒食梨花謝。向雙星安排咒他，擁單衾安排夢他。

【眉批】（「向雙星」二句）要夢何須更咒，當終是夢多咒少。

【夾批】〔向雙星〕句：妙。〔擁單衾〕句：妙。

園林好

我記你曾投鳳釵，你怎忘了曾偷綉鞋。料得你綉鞋還在，你怎忍便丟開，你直恁做人歪。

【眉批】(「你怎忍」二句)妙致新思。

【夾批】〔你怎忘了〕句：妙。〔料得你〕句：更妙。

僥僥令

看看芳信假，點點淚痕加。海誓山盟渾當耍，怕有日神明計較他。

尾文

相思滋味如何也，似芳草無邊着柳花，看衣帶今朝又瘦些。

摹寫難摹之情，恍恍若画。正恐寫生家寫人皮毛，未能寫人肺腸耳。沈德生

贈薛小濤有序〇〇

夫艷魂不朳，每幻秀於蛾眉；情種無根，忽敷榮於綵筆。所以文人手澤，遇韵事而生花；從來錦陣鉛華，借才情而流艷。小濤氏，天付柔香，人稱雋品。標韵鮮明，似濯錦中流之錦；襟期皎潞，如娥眉半月之眉。依然名士風流，故是胆豪神

雋；無媿美人本色，堪稱骨細肌豐。洗箏笛耳而學琴，解傳幽怨；以草書法而作画，自寫春嬌。鶯喉象板，已絕唱於當筵；月韵花妖，直鍾奇於千石。蓋浣花溪畔有前因，偏生姓薛；想萬里橋邊曾寄跡，恰好名濤。雖則無雙，還堪作對云爾。乙丑春半，清明景和，偶携歌扇扇桃花，艷驚人面；共舉霞觴觴夜月，醉臥春魂。枕邊燈下，道人恐無此風情；眼際眉頭，吾輩終當爲情臥。若非艷句填情，誰信文心有錦？用是短章寄意，永令花事傳疑。長曲歌成，而三生案定矣。

【校】抄本以此序末尾之「曲歌成而三生案定矣」九字，作爲本篇標題。

【眉批】（「夫艷魂」四句）佳人才子，所以天生作對。（「如娥眉半月之眉」）形神俱似。

（「枕邊燈下」四句）流利風華，翩翩雋美。

【夾批】〔似濯錦〕句：映帶薛濤妙。

南商調長相思

殢風朝，悶雨宵，就不關情魂已勞，鏡中人面銷。怨花飄，尋夢遥，況見多嬌心轉焦，把一肩花擔挑。

【眉批】閒情縹緲，境外關心，寧必爲花憔悴。正所謂一往有深情也。（「正」翻刻本訛刻作「耳」）

二郎神

聞人道，你曾住成都萬里橋，把千古風流多占了。嬌紅韵粉，分明是一朶夭桃。却解語佯羞含淺笑，添多少酒懷詩料。人世少，是天上飛來，花月之妖。

【眉批】（「聞人道」）起句空遠高妙。

集賢賓

清明前後春正好，烟花欲妒春嬌。倒形得烟花慚媿了，况花老輸人年少。鞋弓襪小，伴着俺短衫烏帽。嬌嬝嬝，全不管窮酸餓眼偷瞧。

【夾批】〔況花老〕句：妙。〔鞋弓〕二句：何等風致。

黄鶯兒

象板叶鸞簫，臉霞生，一線潮，酒容歌貌天生妙。有緣怎逃，無福怎銷，想卑人花命該花報。雨雲朝，怕巫山夢裡，未必有這多嬌。

【夾批】〔有緣〕二句：善言花事。

猫兒墜

阮郎憔悴，早荒了舊情苗，歎滿眼狂花零亂了。而今重把艷魂招，人笑，人笑我花債多頭，老不相饒。

【眉批】（「阮郎」三句）風情逸致，恍然可想。

【夾批】〔人笑〕：妙。

尾文

惜花心性多縈惱，不供養奇擎不肯饒，怕這樣情痴就吾輩少。

【眉批】（「不供養」二句）韻絶。

絶世風流，心口雙韻。汪子野

【校】落款翻刻本僅有「汪子」二字，「野」字處空缺。

贈别和彦容作○○

南正宫錦纏道

慘西風、送行人蘋香水邊，一晌奈周旋。伴離觴些些野水荒烟，多只在三朝上就歸來也渾如幾年。恠的是順風兒緊扯伊船臨别又把衣牽，這斑斑的是緣何淚漣。要伊家把眼看，須記得區區爲恁，這盈盈望眼甚時乾。

【眉批】（「要伊家」三句）語淡情深。（此條《續修》本無）

玉芙蓉

相攜越可憐，頃刻人難見，歎明朝兩地又還各天。前宵燈下看挑綫，今夜床頭裹薄綿。伊言道，匆匆便還，願檀郎莫瘦了俊潘安。

【眉批】（「前宵」二句）秀韻襲人。

山桃犯

辜負了重陽宴，羞殺了黄花面。霎時離恨重重見，花鈿翠減留粧案，粉脂紅嫩餘香汗，破題兒今夜無眠。

尾文

只因悮識春風面，恰是前生夙世緣，這度分離好掛牽。

予與子野，同受知駱沆翁老師。始幸識荆，讀一家言稿，苧城詩社，以子野爲慧業文人也。繼得讀諸詩詞，雋韵幽情，遺世獨立，令人嘆服，以爲神仙中人。其傳諸宙合，壽之百禩，有必然而無疑者。區區以帖括名世，所以知子野者淺矣，

敢拈出以質之同志。褚公永評

情言娓娓，悽愴纏綿，直欲刺人心，墮人淚。使關、馬再生，猶未知孰爲瑜、亮也。唐叔揚評

子野先生，素與家君遊善。憶余垂髫時，猶得望見色笑。每讀新詞，輒知愛慕，繕寫數篇，秘爲帳中鴻寶。茲幸覩《花影》全編，如入五都市中，珍寶臚列，令人心醉目眩，口不能言。擬以錦囊襲之，異香薰之，盥手凝神而後讀，庶不負予曩日愛慕初心云爾。唐迪畏跋

柔韵秀熨，是詞林作家手。子念評

端陽○

南南吕懶画眉

饒君痛飲謝端陽，怕老大仍無一百觴，人生三萬六千塲。是日記風流帳，一度須教一度狂。

不是路

火醉榴房，况葵錦蒲香酒色黄。金卮漾，一杯斟到莫籌量。飲的强，屈平獨醒空寃枉，漁父餔糟落得枉。高懷爽，一杯乾了重斟上，大家拊掌，大家拊掌。

【校】「籌量」，「籌」翻刻本訛刻作「壽」。末八字重複者，抄本只抄有四字一遍。

皂角兒

對平池一面輕凉，趁潮平龍舟初上。看湖心紅袖翻慵，聽薰風朱絃嘹喨。若不是罰三杯、傾幾盞、賭猜拳、行酷令成何模樣。疎狂十載，風流幾場，直須向烟波萬里，叫問端詳。

【校】「成何模樣」，「成」翻刻本訛刻作「戚」字少中間一短横字形。

尾文

不然一度端陽枉，枉了須知没法償，你不飲教吾心上癢。

達生之言，更爾豪逸，庶洗出骨髓中寒酸學究氣。五如評

夏景閨詞有跋○○

南仙呂入雙調步步嬌

夢破秦樓簫聲咽，簾外如珪月。雕欄卍字斜，茉利初簪，點點堆堆雪。寶袜半痕遮，晚涼天一味兒渾嬌怯。

【眉批】（「寶袜」二句）淫艷。（此條《續修》本無）

山坡羊

度琵琶纔彈又歇，壓箜箏纔搊又劣。揷犀梳纔拈又慵，照菱花纔架又楞琤跌。趂流螢，新篁小徑斜。齊紈戲撲，扯淡還聊且。百合花殘，並頭蓮謝。咨嗟，如何信沒些。傷嗟，如何夢沒些。

【眉批】（「如何夢沒些」）夢也是好，真是情深。

江兒水

記得歡娛夜，凉堂浴罷者。掩青團共就荷亭月，那人兒親自低聲說，月盈虧我和你無圓缺，誰料冤家惡劣。月缺重圓，偏我你常常離别。

【校】「那人兒親自」，「親」抄本作「新」。末句抄本無「偏」字。

【眉批】（「那人兒」三句）直敘自妙，秀色可餐。

玉交枝

尋思痛切，歹心腸方纔覺些。鮫綃曾把盟言寫，一行行字脚兒斜。你當初哄我十分呆，我如今判個千般拙。我何曾半點心邪，你枉人心成何豪傑。

【夾批】（我如今）句：妙。

解三醒

不記得分疼襯熱，不記得翠擁紅遮，不記得紫薇花磴羅衣卸，不記得海神爺，下場頭看看沒半些，本分的歡娛逐旋賒。好虧心者。怎不把鞋跟跕着，脫下空靴。

【夾批】〔怎不把〕二句：宛然元詞。

川潑棹

偏是涼添夜，你醉平康競俠斜。枉教人短歎長嗟，枉教人短歎長嗟，慘斑斑腮邊淚血。儘包籠忍耐些，有蒼天知道些。

僥僥令

這恨難分說，全然好似呆。就是你鐵打心腸真是鐵，怕見了我恓惶也多斷絕。

尾文

風流過犯難容赦，奈前世緣牽又難放捨，只是等待歸來把他生痛決。

【眉批】〔「奈前世」二句〕韻絕。

粵自胡元北聲不勁，南音遂歌，諸名家誠不用沈約韵，亦未曾用中原韵，不過以聲音相近爲韵耳。自後生厭常喜新，而好爲苟難，乃極詆沈韵，而必宗中原。夫沈之被駁，以虞、元等韵也。一聲不諧，遺議千古。況中原韵廢四聲爲三聲，上去入顛倒錯亂至於如此，而猶可爲訓乎？五音出於五行，五行有金木水火，而土寄位焉。所以四時有春夏秋冬，而土季旺焉。然則五聲之爲四聲，自然之理也。廢而爲三，是爲何說乎？將四時亦缺一而可乎？且平、上、去、入，隨聲自叶，乃天籟之自然，如「天」、「腆」、「掭」、「鐵」，欲少一聲不得，欲多一聲亦不得。果如中原韵所云，將至「掭」字竟止矣，可乎，不可乎？甚矣中原韵之不韵也。要是胡元入主，北聲亂華，剛勁乖劣，幾不成響。周德清乃因其舛謬，著而爲書，令人知胡元某字，即中華某字，聲音雖有不同，而真是卒不可混。六經音義，由此終天不泯，此德清之苦心，當諒之聲响之外者也。安得不以意逆志，反以鴃舌爲師，而非毁先賢哉！故予嘗謂中原韵爲攘夷功臣，而亦爲賢智戎首。揭帖韵尤爲乖戾，予極恨其詭窒。右詞偶戲爲之，不過嚴于用韵，以苦難筆墨耳。敢不大伸正論，爲詞林護法也哉。自跋

【校】「而亦爲賢智戎首」，「戎」翻刻本訛刻作「戊」。

【眉批】（「然則五聲之爲四聲，……將四時亦缺一而可乎」）確論至言。（「令人知胡元某字，……而真是卒不可混」）尤爲徹底之論，真知德清苦心。（「苦心」二字唯獨《存目》本缺）

揭帖韵極難工，此却洒然，至於入情深至，構語秀特，尤見名士風流。子還評

癡憨嬌怯，宛爲佳人寫炤。擬其姿韻，所謂意似近而既遠，若將來而復旋者耶。韓有一評

感亡妓和闇生作有序跋○○

張九娘名冠烟花，些些多罷；顧三郎筆揮珠玉，字字可憐。說淒涼則生前夙後，惱心腸無可奈何；道儆悟則影外身中，這面目似曾相識。十年痴夢，總是無何有鄉；滿眼狂花，畢竟非安頓處。古今是一紙休書，諧老的夫妻還假；人世乃千塲戲本，裝成之脚色原非。閻王勾魂帖，來時躲在何處？太上陽生符，眼前活得甚人？今朝之愛種情苗，白日見鬼；後日之妖狐硬鹿，青塚良朋。請看紅粉如花，到底恩情在否？好覷綠雲埋土，如今寃債填無。盖惟其假合，所以真離，

若要破機關，休開情竇。用是續調於詞仙，庶使破情於夢蝶。

【校】「後日之妖狐硬鹿」，刻本均同（《續修》本此頁原缺），《散曲叢刊》原刊本亦同，唯《散曲叢刊》點校整理本作「駭鹿」，並注：「今校：『駭鹿』，原作『硬鹿』，不詞，據明末刊本改。」所謂「明末刊本」者不知所云。但與「散曲聚珍」本同，疑襲自此。

南商調二郎神

烟花夢，到今日因緣一旦空，粉債花魔閒打哄。從今以後，春花夜月秋桐。那個是當年人面孔，空剩粉遺香荒塚。風流種，分付與春老啼鵑，一陣東風。

集賢賓

排行姊妹悲遠送，須臾換白穿紅。但水次新添一個塚，早又被路人說動。描情画寵，黄泥裏些些何用。真沒用，一任那老鴉調弄。

【校】首字「排」，翻刻本訛刻作「持」。

黄鶯兒

縈網破窓紅，舊穿衫，衣架東，可憐猶是衣香重。容銷鏡銅，鞋空綉弓，梅花帳底人無夢。隔花叢，鸚哥喚你，不見你開籠。

【校】「鸚哥喚你」抄本作「鸚哥哄喚你」。末字抄本作「寵」。

猫兒墜

千年長夜，春夢了殘鐘，桃李無言歲歲風。牛羊踐踏要頑童，杉松，好一個膩粉濃香，斷送其中。

尾文

可憐一覺烟花夢，仔細思量何用，休把你愛子情苗心上種。

闇生詞云：「鸚哥不見，空架掛廂東」。予曰：「鸚哥喚你，不見你開籠。」此語更使人悽然也。九娘朱顔皓齒，花韵鶯喉，種種可憐，予一見銷魂，頗有倚玉之意。而幽期一悮，竟不重來。不一月，已爲商人婦，更朞月，而綠陰生子矣，且竟坐是

夙矣。紅顔薄命，可痛可惜。爲填誄詞，作他生緣耳。自記

花貌棘心，千古薄命。○闇生云「年來年去，白日老青銅」，子野云「千年長夜，春夢了殘鐘」，皆可憐句也。馬東籬「百歲光陰」應謝不敏。彦容評

雪詞○○

南黄鐘画眉序

水墨寫江天，繡閣紅爐尚寒淺。見梅梢綻玉，柳徑抛綿。徧人間淨掃紅塵，把世界別開生面。（合）眼前儘受瓊瑤供，戲荅與艷歌珠串。

【夾批】〔把世界〕句：奇句。〔戲荅與〕句：戲語亦妙。

前腔

薄暮北風顛，窓外群峰晚冝遠。見蒼茫萬樹，恍惚遥天。但漁蓑幾點模糊，更雁字半沉哀怨。（合前）

【眉批】（「但漁簑」二句）一幅奇画。

前腔

鸞鶴皓蹁躚，可是瑤池夜仙宴。忽燒銀徧野，種玉成田。白初粘草舍茆簷，紅不減梵王宮殿。（合前）

【夾批】（「忽燒」）句：奇。

前腔

忽舞到筵前，瑞木花殘散零亂。向釵頭拂落，又上爐烟。付詞人選韵閒評，倩紅袖淺斟低勸。（合前）

滴溜子

想幾處熏天翠温珠煖，更誰人遠戍衣單騎蹇。總入江天一片，高談抗冷氊，笑寒煖世間人面。且休分皂白，儘隨他冷淡因緣。

【眉批】（「想幾處」二句）世外閒人，冷□〔眼〕較毒。（倒數第三字不清晰，依稀可辨作「眼」；此條翻刻本脫漏缺失）

鮑老催

人疑是仙，瓊宮瑤宇移眼前，幽情冷趣容我偏。把瓊霙剪，教玉手煎，同雙柑薦。圍爐一曲團歌扇，何慚兒輩羊羔宴，陡詩骨逾雄健。

【眉批】（「圍爐」二句）何居之高而視之下。（此條翻刻本脫漏缺失）

滴滴金

紗窗夜掩寒尤顫，寶鴨香熏翠成篆。銀缸燼暗紅堪剪，只聽得似飛花、疑碎玉，鏖風夜戰，向梅邊竹外爭恩怨。我只把老衲閒心，和梅嚼嚥。

【校】「疑碎玉」，「疑」翻刻本訛刻作「凝」。「我只把老衲閒心」，「閒」翻刻本訛刻作「間」。

【眉批】（「我只把」二句）世境火焚，禪心氷冷。（此條《存目》本僅殘存有「焚」字之下半與「禪」字之上半）

【夾批】〔向梅邊〕句：妙句。

雙聲子

描不了描不了，八萬里長天絹。填不斷填不斷，七千里長江線。凝雲片凝雲片，催風箭催風箭，眼見得炎炎塵世，打滅空烟。

【眉批】（「描不了」四句）奇絕。（此條《存目》本無）

尾文

耐他徹骨寒如剪，容我安閒擁絮眠，怎消得煨芋清香草榻前。

【校】「容」字翻刻本刻殘。抄本前二句作：「耐他徹骨寒容如剪。我安閒擁絮眠。」且「容」字係補寫於「寒」字右下旁側。

【夾批】〔怎消得〕句：道人本色。

前半摹擬形容，傳神入妙，後幅更以閒心冷眼，調笑世人。此當作警悟觀，不應

以文字草草看過也。伯英評

風情和彥容作

南中呂駐雲飛

腼腆逡巡，慣向人前賣至誠。畧把欄杆凭，留下弓鞋印。親。道你是逢迎，又未知心性。且按納痴心，花下潛身等。一陣風篩花露冷，幾陣衣衫風露冷。

【眉批】（「畧把」二句）若遠若近，令人想殺。

【夾批】〔留下〕句：意欲何爲？〔一陣〕句：愛他風雪耐他寒。

前腔

等個黄昏，躲在沉香六角亭。大胆捱身進，他並不來瞅問。親。你是俏人人，該做些身分。着實偎他，畧畧蒙回應。道偏是寃家慌得緊，偏是酸丁饞得狠。

【眉批】（「大胆」二句）不做身分，决非美人，竟做身分，未必是美人。「該」字妙。

前腔

夜半三更，人在衾窩唤小名。夢裡輕輕應，所事頻頻問。親。兩意軟而温，枕頭作証。鶯耐春酣，柳耐風兒緊。真是蕭娘心性穩，還是蕭郎心地忍。

【校】「蕭娘」，「蕭」抄本作「簫」。

【眉批】（「人在」句）淫艷極矣。

前腔

悄悄寞寞，偷啓南軒小角門。送出蒼苔徑，犬吠花兒影。親。低囑兩三聲，心期重訂。句值千金，白地容支領。莫道書生是薄福人，豈敢蒙恩做薄倖人。

【夾批】（送出）二句：自是得情中景。（句值）二句：不須作券，自有心符。

沈青門《唾窗絨》率多此體。少白既已屬和，予復爲之效顰。今得子野作，如村

姑里婦見毛嬙西施，自覺掩袂無色，請一切抹殺。彦容評

摹寫曲盡，比《西廂》「月下佳期」折似猶有未到處。五如評

【校】落款「評」翻刻本訛刻作「訂」。

【手批】此等曲恐傷大雅，勿令聰俊子弟見之，芝橋筆。（此條爲選抄本篇末手批）

贈人有跋〇〇〇

南仙吕入雙調步步嬌

一自匆匆相逢後，配定鴛鴦偶。霞箋燈下修，倩做媒人，畧展偷花手。字字淚花浮，摺成方勝同心咒。

【校】抄本調名「入」字誤爲「人」。末句抄本無「成」字。

【夾批】〔倩做〕句：妙。　〔摺成〕句：妙。

山坡羊

盼藍橋瓊漿未篘，署河陽花星未偶，寡臨邛命抵楊花，病文園人比黄花瘦。要圖他鴛配共鸞儔，判教使盡，使盡機和彀。嬾向茶前，愁添酒後。難休，似引線風箏怎肯休，難丟，似上鈞魚兒怎肯丟。

【夾批】〔似引線〕句：妙。〔似上鈞〕句：妙。

五更轉

喜相逢、朱明候，載卿卿、一葉舟，相攜素手、素手當胷扣。只見清盼流波，輕顰低岫。一時間忙了心和口，幾回錯喚、錯喚名兒謬。當不起臂暈雙鬟，香沾羅袖。

【眉批】(「一時間」句)露出措大本色。

園林好

住蘭橈尋芳小洲，印弓鞋苔前半勾。早把香茵蹴皺，花落處露釵頭，花密處溜釵頭。

【眉批】（「印弓鞋」句）情景双妙。

江兒水

小步金蓮困，清歌玉版浮。軟嬌嬌楊柳和腰瘦，熱惺惺檀紐連心扣，淡晙晙秋水和眉皺，把俺骨髓春風熏透。兩袖雙籠，只覺臂環頻溜。

【眉批】（「軟嬌嬌」四句）真令人春風透骨。（「真」翻刻本訛刻作怪體字形）

玉交枝

秦樓楚岫，儘風流齊肩竝頭。枕前親解芙蓉扣，猛撩人被底鞋勾。夢回窗外兎痕收，微微香噴金猊獸。喜今宵書生志酬，怕今生娘恩未酬。

【眉批】（「夢回」二句）正恐書生消受不得。

玉胞肚

佳期迤逗，恰相逢驪歌馬頭。鴛鴦湖鸂鶒孤飛，姑蘇臺雲雨凝愁。只見遠山疊疊水悠悠，人在天涯無盡頭。

【眉批】（「鴛鴦」二句）離情惘惘。（「離」翻刻本訛刻作「天」）

玉山頹

分離未久，淚珠兒何曾暫休。好姻緣今在天涯，悪思量早向眉頭。般般僝僽，守幾個黄昏時候。白鷗飛抹處見伊舟，把離恨從前一筆勾。

【校】「何曾暫休」，「暫」抄本作「蹔」。「悪思量」，翻刻本訛刻作「思思量」。本句與上句爲對仗，第一字應對「好」，「思」字顯誤。「悪」同「惡」，是。《散曲叢刊》本作「苦」，不知何據。又「僝僽」翻刻本訛刻作「得愁」。

三學士

當日裡分飛渡頭，誰承望聚首樓頭。重將張敞眉親画，手把韓家玉再偷。鴛枕夢回初月上，人俱在，小雲兜。

【眉批】（「鴛枕」三句）十分受用，書生折福多矣。（「十」翻刻本訛刻作「卜」）

解三酲

忘不得燈前命酒，忘不得花底藏鈎，忘不得枕邊字字同心咒，忘不得惜嫩憐柔，忘不得殷勤親把香囊繡，忘不得含笑頻回扇底眸。些些有。把些些恩愛，記在心頭。

川撥棹

結得姻緣就，這門親直到頭。儘熬他別恨離愁，儘熬他別恨離愁，終有日蘭房画樓。軟心腸分外柔，慢工夫着意守。

【眉批】（「軟心腸」二句）偷香手段，如是如是。

嘉慶子

早見朶朶蓮花謝小洲，又見新笋成斑粉淚流，那人兒何處淹留。也應須粉怨紅愁，病染相思甚日瘳。一分兒眉上頭，十分兒心上頭。

僥僥令

青鸞應有匹，丹鳳豈無儔。我你海誓山盟須着手，堪笑那妒風流巧舌頭。

【校】末句翻刻本於「堪」字處空缺。

【眉批】（「堪笑」句）飽得自家君莫管。

尾文

從今耐着心兒守，直到成雙始罷休，不枉了一樣心腸兩處有。

予幼有所惑，相聞未見，便挑以小詞，不知作詞人爲何如面目也。越三日始往訪焉，正如滎陽生墜策時，相對恍然。更十餘日，乃以一葉載之，往來東西二佘及天馬、細林諸山中。未幾隨有金閶、檇李之別，莫樂之新知，翻成莫悲之生別。情至文生，不能已已，因綜其事，以長言寫之。雖詞不甚工，然情案不可不存也。自記

此非綺語，當是慧業。〇「軟嬌嬌楊柳和腰瘦」等句，正元詞所謂通身旖旎，徹膽風流也。比《西廂》「嚦嚦鶯聲花外囀」更爲警策。彥容評

此予少作也，但嫿中欠老耳。至其尖秀處，亦是不俗。又自記

集彦容舟中時蘇王二姬在坐有序〇〇

季春八日，風日和美。彦容乃折簡招賓，芳樽命妓。若蘇若王，皆松之冠也，彦容能使之來，且能使不去，其爲絃管尊罍生色多矣。是時雨過燕忙，芹肥水香，乃放舟中流，隨潮上下。每過樹則緑不見天，逢花則紅欲妒面。兼之遠山如眉，岸草若帶，池春甫萍，小風微波，而浴鷗出沒，如與人戲。此時之樂，不言可知也。未幾月上，詞客影亂，而琵琶按拍，猶未慵休，客有欲醒不能，辭醉不肯者。古稱佳人可以奪命，不已信乎。嗟夫！吾輩於白駒隙裏，偷取百年，如此勝會，自筭有幾？若不紀以筆墨，恐又作夢中花耳。聊寫數言，情境微露。正如画家粉本，畧得其梗槩也。癸丑季春十二日且閒亭識。

【校】抄本標題無「中」字。序末句之「二」字，翻刻本訛刻若兩個「一」字。

【眉批】（「每過樹」二句）語語秀艷，景物如画，直似唐人小賦。（首二字翻刻本空缺）

南商調金索掛梧桐

江潮雪赚堤，岸草烟鋪地。綠柳陰中，撐個船來至。詩筒和酒卮，更歌姬，浪用春光好似泥。好山留我從教住，啼鳥催人未許歸。春滋味，一觴飛罷一觴飛。只見酒暈蛾眉，酒汚羅衣，真寵柳驕花隊。

【夾批】〔綠柳〕句：光景絕妙。〔浪用〕句：奇句。

前腔

郎情色眼饞，妾貌花心忌。一對尊前，默默團歡喜。清歌隔水西，日低時，見烟裏山光晚更奇。船爲歌舞攢排處，岸是烟花簇就的。歸還未，前村樹裡酒旗低。索要爛醉如泥，再典春衣，共了理春生計。

【校】「索要爛醉如泥」，抄本無「爛」字。

【夾批】〔郎情〕句：奇妙語。〔清歌〕句：光景妙。

前腔

船如一葉飛，人似雙花倚。自不由人，醒也渾如醉。春香透玉肌，撲微微，畧嗅教人也是迷。支持郎眼千般嬙，更襯起春光一倍奇。如何詑，除非沉醉可酬伊。須知道醉聽新詞，醉擁名姬，就醉躲誰迴避。

【夾批】〔人似〕句：妙。〔如何詑〕：問得妙。

前腔

看看月上時，對港將船刺。再洗尊罍，供奉多能事。紛紛醉拂衣，鬪琴碁，楊柳梢頭月漸低。晚粧換了逾精細，酒韵生時半忸怩。迎如避，艷歌淺笑總相宜。只見客要辭歸，未肯辭歸，醉又到醒田地。

【夾批】〔對港〕句：有光景。〔酒韵〕句：寫出嫵媚。

秀艷如花，新裁似錦。摹情寫景，宛轉入玅，可謂極文人之致矣。君泰評

送闇生北遊有跋○○

南中吕好事近

烟柳拂旗亭，悠然遠水遙村。送君于此，看君别我登程。須聽我有空言贈你，字字如金。非關是離愁譜引，非關是尋常謏語活套叮嚀。

錦纏道

問君今、可曾經覆雨翻雲，青眼竟何曾。趂今番教人認得吾們，你須是扳丹桂步蟾宫便鴈塔題名。不然呵又何須萬里長征，我與你戴頭巾着藍衫的可休依本分。要鵬摶九萬程，方見得書生使性，不容他兄嫂笑蘇秦。

【眉批】（「我與你」句）滿肚皮不合時宜。（此條原刻本七字，《續修》本、天圖本亦同，哈佛本、《存目》本、鄭藏本僅有「不合」二字）

錦庭樂

料吾曹天生定，怎沒有功名分，平空地平空地宮錦垂身。宮花朵亂揷斜簪，厮驚呆路人，恰纔知燈窗下有個書生。

【眉批】（「平空地」句）文人負氣，却露出窮酸本色。

古輪臺

歎吾生，與君終歲學窮經，可堪潦倒紅塵裡，君才負屈、我命遭迍。儘人間，貧病曾經。自此高飛、一齊鳴躍，忽然頭角兩崢嶸，纔顯得芸窗同志畧酬些筆底烟雲。可知道時來福湊，三千里路，三年辛苦，還你有分明。君今去，大家領取看題名。

【眉批】（「自此高飛」三句）英鋭無前。（「英」字翻刻本殘缺上半）

尾文

一鞭殘照東風緊，將一幅新詞權當贐，一字字慇懃說向恁。

此予年少負氣時語也。是歲閶生登乙榜，予丁先子憂。歲戊午，閶生得雋，而予竟潦倒名場。垂十餘年，一事無成，二毛將變，雄心猛志，化爲槁木寒灰。且邇年多病，高臥山村，學出世法，漸覺功名富貴，誠哉浮雲。即山水花木，猶然色相。故予嘗有詩曰：「高人也是買山隱，自在山中不見山。」此語更在八尺竿頭矣。回思曩時，碌碌名場，是痴是夢，且作此壯語，怨天尤人，何卑陋至此！要是英氣未除，識解未圓耳。甲子長至偶記于夕香晨照。自跋

【校】「回思曩時」，「曩」字翻刻本訛刻作中間爲「公」之怪體字形。

【眉批】（「自在山中不見山」）識破機關，空色平等。（翻刻本「空」字處空缺；此條《存目》本無）

蒼勁豪肆，鋭氣刺人。張曙台

予初薙髮，與彥容、閶生、子野爲詩友。會捨身檇李，不恒過松。或比年歸省，第一問阿翁起居，便過從三君，限香覓句。初見子野英英遒上，意謂宰官後身，功名富貴人也。更兩年重來，而子野異矣，殆又烟霞泉石人也。別去五六年，予奔親喪而歸，而子野更異矣。山園花陣如雲，而子野常不知開落。時作玅詞雋句，

而脫稿便散逸，再誦不復得一字。乃知子野已在即離之間，殆直觀空超悟人也。嗚呼！一子野也，何前後敻絕如是？蓋性靈潁發，隨地認取，不待老而聞道耳。右詞殊非今日本色，如出二手。適赴闇生齋，披閱之次，不覺失笑，噴飯滿案。彌清師

秋閨〇〇〇

南商調二郎神

西風裡，這一對愁眉越慘悽，屈指光陰能有幾。與他別後，又早是木樨開矣。幾次曾將書寄伊，爲何的伊書不寄。朦朧地，可下得紅樓十里，有個人兒。

【夾批】〔這一對〕句：便已雋絕。〔與他〕二句：淡語傷神。

啄木兒

非伊歹，我命低，嫁做風流蕩子妻。他只管賣弄青春，却誰知我玉容憔悴。春山不似當時翠，秋波渾改前頭媚，怕這樣容光怎見伊。

【校】「他只管賣弄青春」，「弄」字翻刻本缺刻第一筆。

【眉批】（「非伊歹」五句）愁殺恨殺怨殺。（此條《存目》本無末字）

【夾批】〔非伊歹〕三句：怨人却自怨，正怨人之深。〔他只管〕句：言之可憐。〔怕這樣〕句：餘情眷眷。

三段子

當初問伊，這芳春如何別離。他的性痴，說今年多應未歸。恩情似海無窮際，可能瞧得能容易。帶上同心，也怎生忘記。

【眉批】（「他的性痴」二句）將信將疑，有責人忠厚之意。

【夾批】〔恩情〕二句：二語直刺人心，令人薄倖不得。

前腔

王孫路迷，老蘼蕪天涯馬蹄。金風又凄，刺鸞針闈中授衣。看看又做冬生計，寒衣好倩誰人遞。把眼底思量，做夢中歡會。

【校】「寒衣好倩誰人遞」抄本作「寒衣好倩誰人迎遞」。

滴溜子

此日裡此日裡愁伊恨伊，何日裡何日裡憐伊惜伊。共在夜香深處，西窗密語時，指着花枝教覷。花開出去，怎直到花老纔歸。

【校】「憐伊惜伊」，「惜」抄本作「借」。

【眉批】（「共在」三句）韵致横生。（此條《續修》本無）

尾文

佳期未審何時是，日日江頭盼望伊，只怕花老依然人未歸。

怨而不怒，哀而不傷，其《國風》之遺乎。公選評

別石城羅采南和彥容作有序〇〇〇

彥容素豪俠，不善飲而喜看人飲酒，不好色而喜遊戲聲妓，然未免一二染指者。近歲好道，幾乎木鷄。今年予又善病，半載不相見，謂彥容真沾泥絮矣。適金陵歸，出小詞相示，是又何爲者？吾擬覙之，但其詞麗婉絕倫。予既不忍不和，而使多作藥語，予又不得爲韵人，故依其聲和之，而寓吾意于末。或者檀板敲殘，兩耳熟聽，聽至卒章，忽進一步，一切色膽，其當下空花乎？雖然覙者百之一，順者十之九，未必無益，或正有損。人將曰「抱薪救火火益熾」，吾將曰「長君之惡其罪小」。

【眉批】文亦韵甚。（此條翻刻本脫漏缺失）（「人將曰」二句）韵絕。（此條《續修》本無）

南商調字字錦

勾消宿世緣，撞見風流臉，如何不愛他，宮扇和羞掩。可憐人曾見萬萬千千，千千個不似伊家可憐。誰知緣慳分淺，枕邊人兒水邊，方纔水邊，看看天際遠。把一對共巢鸞，做一對各天鴛，好個凄凉你俺，你還須念俺，你還須念俺。今宵那裡，山山水水、風風雨雨，況又是思思想想、愁愁悶悶，痴指望夢中相見。

【校】後一「你還須念俺」抄本作「你須念俺」。「今宵那裡」抄本作「你今宵那裡」。末句抄本無「中」字。

【眉批】（「勾消」四句）令人欲狂。（此條《續修》本無）

【夾批】〔如何〕句：妙。〔宫扇〕句：妙。〔千千個〕句：妙。〔好個〕句：妙。〔痴指望〕句：妙。（此條翻刻本脱漏缺失）

不是路

路遠天綿，漸不見人兒只見船。況船不見，他芳心一片在江南。是何年，翠幃香裡重酬願，錦繡叢中再揷肩。君休看，滿江烟水和離眼，怕倚欄一徧，憶人千徧。

【眉批】（「他芳心」句）别思恍然。（此條翻刻本脱漏缺失）

【夾批】〔況船〕句：妙。〔他芳心〕句：好句。

鵲踏枝

吾鄉遠日頭邊，吾鄉遠日頭邊，便有信也難傳，賓鴻也待明春轉。從今去從今去一日兒三年，真個是要見他也難，要夢他也難。臼耐蒼天，不行方便，偏生的風順開船。

【夾批】〔賓鴻〕句：妙。

尾文

郎才女貌人中選，配定前生夙世緣，只怕世上空花一斬眼。

宋元人填詞每用叠字，乃祖《文選》諸賦體也。李易安《聲聲慢》云：「尋尋覓覓，冷冷清清，悽悽慘慘戚戚。」《西廂記》云：「悄悄冥冥，潛潛等等。等待那齊齊整整。孃孃停停，姐姐鶯鶯。」趙明道云：「燕燕鶯鶯，花花草草。攘攘勞勞。多多少少。嬙嬙嬌嬌。亭亭孃孃。鸞鳳交。沒下梢。空躭了些是是非非，受了些煩煩惱惱」。又云：「他風風韵韵。艷艷妖妖。月月朝朝。雨雨云云。」喬夢符云：「鶯鶯燕燕春春。花花柳柳真真。事事風風韵韵。嬌嬌嫩嫩。停停當當人人。」徐甜齋云：「山山水水，詩詩酒酒，古古今今。」若此之類，不可盡述，然以填南曲更難。子野則云：「今宵那裏，山山水水，風風雨雨，况又是思思想想，愁愁悶悶。痴指望夢中相見。」俊舌巧心。宛似神工鬼斧，正《貴耳集》所謂公孫大娘舞劍手矣。彦容評

春閨月夜○○

南商調集賢賓

珠簾半捲窺月明，照珠箔銀屏。冷浸樓臺高下影，鞦韆院宇沉沉。鴉棲不定，怕要睡花心難穩。人寂靜，粉墻上一線痕生。

【眉批】（「冷浸」二句）直寫月神，當與「鞦韆院落」之句並傳不朽。

啄木兒

登樓望，傍砌行，恰是疎鐘第一更。倚欄杆學曲秦箏，猛照出隻身孤另。記當年曾把雙肩並，正花梢墻角蟾生暈，笑拔下金釵賭雨晴。

【校】「倚欄杆」，「杆」字翻刻本缺刻木字旁一豎筆畫之下半。

【眉批】（「猛照出」三句）情景雙妙。

黃鶯兒

音信未分明，說來的，欠個真，空教人向嫦娥問。問他幾聲，何曾應聲，多應合受凄涼運。笑痴心，嫦娥今夜，早也悔長生。

猫兒墜

晚粧初罷，和月坐彈琴，舊曲離鸞入手生。凄悽楚楚一聲聲，薄倖，怎的負此良宵，一刻千金。

黃鶯兒

小妹袖籠燈，喚燒香，禱月明，沉烟一縷迷花徑。輕輕訴聲，欲言又停，隄防小妹乖心性。沒心情，低頭無語，長歎兩三聲。

猫兒墜

隔花深處，小犬逗金鈴，吠過沉香六角亭。秋波斜泥認誰人，何曾，無過柳影花陰，露滴三更。

【夾批】〔何曾〕：妙。

尾文

還將舊事從頭省，曾在碧桃花下等，今夜花空篩月影。

【校】抄本調名作「尾聲」。第一字「還」，翻刻本訛刻作「遠」。

春月如珪，殘花委霰。金缸微明，綉戶半扃。當此凄其，能無悵惋！被詞仙一一譜出，宛似兒女語小牕中。幾令蘭畹不香，玉臺失艷，妙絕妙絕。彥容評

惜別和彥容作有序○○

彥容具吾輩眼力，其于水玉，眷戀可知，且水玉亦以茂陵屬彥容矣。不意爲有力

者先得，彦容爲之動心，形于言色。予謂大凡情事，不可不合，又不可不離。譬如豚羊之屬，日在口頭，幾于嚼蠟。何如江珧熊掌，不可致之物，常使人得之想中，爲無窮味也。乃綴小詞，極道想中味，曰「請君消受」。

【校】抄本「吾輩」作「我輩」，「茂陵」作「茂林」，「譬如」作「譬」，「蠟」誤作「臈」。

【眉批】（「常使人」二句）正深于情味者。（此條翻刻本脱漏缺失）

南仙吕入雙調步步嬌

眼際人兒分離了，這別如何好。恩情沒下梢，恁樣前程，夢裡誰知道。放了又心焦，猛擡頭總是相思料。

【夾批】（眼際）二句：大難爲情，只須一語寫出。

醉扶歸

生巴巴拆損姻緣號，眼睜睜攧翻彩鳳巢。情知你別後准思量，鎮爭如也不分離好。從今月夕與花朝，怕悲歡兩地空猜料。

皂羅袍

多只爲伊花貌，俏章臺做了，恨種愁苗。蕭郎從此路人瞧，小名把做真真呌。楚天雲外，秦樓自高，檀郎身畔，餘香又消，看看就裡無消耗。

【眉批】（「楚天」五句）真堪一慟而絕。

好姐姐

當初也愁便抛，就分離分離忒早。一場花事，頓做了水面瓢。痴心料，除非判𡟻期祆廟，或者乘機守渭橋。

【眉批】（「痴心」三句）寫出無可奈何，言情直恁深至。（翻刻本僅「出無可奈」、「言情直恁」八字）

【夾批】〔除非〕二句：如此使事，臭腐神奇。

香柳娘

記伊家去時，記伊家去時，簇花藤轎，粉腮珠淚紛紛掉。又牽衣幾遭，又牽衣幾遭，細語絮叨叨，定要郎知道。你從今去了，你從今去了，留下淚鮫綃，越看越煩惱。

【眉批】（「留下」二句）十分難看。（此條《存目》本、鄭藏本無）

【夾批】〔簇花〕句：轎亦關心。〔定要〕：二字妙。

尾文

朱門一閉青春老，看是分離又兩宵，今日明朝怎麽好。

【眉批】（「看是」二句）淡語令人黯然。（此條《存目》本、鄭藏本無）

情幽微，語尖秀，墨氣雲流，隨處散彩。德生評

贈人有序〇〇

花夢覺來無夢，心禪了處皆禪。忽然遇着旖旎，花乃眼前花耳。偶爾賣弄文字，

襌亦嘴頭襌乎。

【眉批】(「花夢」二句)不衫不履。(此條《存目》本無，鄭藏本僅有「不履」二淡字)

南南吕嬾画眉

尊前瞧見那寃家，頭一個風流定數他，水晶簪子插梅花。忒煞撩人價，斜刺裡剛剛覷着咱。

【眉批】(「水晶」句)風流雋美。(此條《存目》本、鄭藏本無)

賺

暈臉潮霞，就害奺相思有甚差。温甜話，端詳句句綻心花。可憐他，粧非脂粉嬌難画，韵做心腸性好挐。相逢乍，他徉羞不揣還相迓，掉他不下，閃他不下。

皂角兒

穿一雙花幇綉鞋，簇一團着人温麝。把風流盡數收來，颺愁煩耍人牽掛。我本是夢餘花、泥裡絮、病相如、慵内翰也有些魑魅。銀河咫尺，何年泛槎，肯許我桃花渡口，飯否胡麻。

尾文

道人也說風情話，豈是情痴未醒耶，便筭做情痴題寄者。

「道人也説風情話」，正王辰玉所謂「豪傑簿上寫相思，神仙眼裏滴紅血」也。從來有根器人，每於粉黛叢中，認取本來面目。不知者便以爲火宅矣。倉公記

韻人作俊語，自然字字韶令。若第强作解事，恐未免帶學究氣、文人氣耳。君深評

有寄○○

南仙呂桂枝香

支頤獨坐，支筇獨步，不晴不雨時光，不癢不疼情緒。你文君寡居，俺相如著書，奈滿地落花飛絮，況滿眼暮雲春樹。寄雙魚。你肯償花債真予美，俺不負心期是丈夫。

【眉批】（「你文君」二句）脱口便韵，言情恍然。

【夾批】(俺不負)句：是是。(後一「是」字，翻刻本刻爲表示重複之疊字符)

賺

也者之乎，難道中間一件無。且把痴人做，安排真正做兒夫。抱妍姝，綉幃錦帳重重護，解下香羅見白玉膚。親夫婦，揮毫自把催粧賦，俺此心纔足，此心纔足。

【校】「安排真正」，「真」抄本作「直」。

【眉批】(「且把」二句)令人心熱。

長拍

曾向燈花，曾向燈花，傾心暗許，從此花枝有主。設盟設誓，寫心言親記圖書，並不厭寒儒。怎使俺這幾日相思受苦，似口嚼黄連沒處吐，怕苦盡甘來還是虚。空教人打卦與占課，竟不知鴛鴦號牒裡命福何如。

【眉批】(「設盟設誓」六句)《西廂》云「真色人難學」，如此詞正所謂真色也。(「人」翻刻本訛刻作「月」；此條《存目》本無)

短拍

俺是文魔，俺是文魔，伊真花祖。得成雙是美玉沽諸，何用更踟躕。第一個痴人是汝，第二個痴人是我，怎生的花事模糊。

【校】末句「生」字抄本作「坐」。

【眉批】（「第一個」二句）自然入妙。（「自」翻刻本刻殘字形；此條《續修》本無）

尾聲

媒人也不得閒張主，自把衷腸自説與，待他日成雙做折証符。

【校】末句「日」字抄本作「月」。

直如白話。自評

【校】落款「評」翻刻本訛刻作「青」。

凡詞中用疊句，極不宜耳根。《桂枝香》本應用兩疊句，今予改爲二駢語，雖與舊譜似訛，然於音律實協，當不見詞於詞林也。卷中有《祝如姬》詞《越恁好》疊句，亦已改去。大荒中有修月户，予便爲人世間修詞手，不亦可乎。自記

幽期有跋〇〇〇

南南吕香遍滿

蟾勾趄影，花陰悄然門已扃，把指彈彈渾不應。弓身潛自聽，輕輕嗽一聲。回頭怕有人，閃過荼蘼徑。

【眉批】（「蟾勾」二句）宛然。

懶画眉

香風一陣觸人心，忽聽得東角門開猛一聲，看他剗襪下堦行。未敢高聲問，怕色眼昏花認錯人。

【眉批】「觸」、「猛」二字，寫出無限驚喜。（「驚」翻刻本訛刻作「京」）

二犯梧桐樹

嬌痴不肯行，蹩殺檀郎命。似朵仙花，到手還難近。殷勤陪笑深相倩，告訴娘行，可惜教人守二更。看他兩眼全迷暈，教道先行，怕前面人來不穩。

【眉批】（「殷勤」三句）寫出寒酸，正摩情入妙處。

浣溪沙

芭蕉做裀，書囊做枕，會風流一對知音。窮酸餓鬼貪春甚，把玉洞桃花味細尋。魂不定，只見那一雙兒花下影，看看髻亂釵横。

【眉批】（「把玉洞」句）一幅春圖。

劉潑帽

風情今夜纔親領，笑從來口說無憑。攧掀風裏楊花緊。口問心，莫不是神仙境。

【校】「神仙境」，「仙」翻刻本訛刻作「仙」。「境」抄本作「竟」。

【眉批】(「口問心」二句)自雋。

秋夜月

低低訴聲,是奴命應招恁。一自相逢憐奇俊,時時只怕無奴分。到今夜勾消,方纔是意穩。

【眉批】(「低低」四句)兩相密語,曲盡神情,而字字含秀色。

東甌令

合拜跪,告卿卿,可是伊家沒眼睛。花枝倒有卑人分,許我和香寢。安排一片至誠心,盡付海山盟。

金蓮子

轉花陰,弓鞋小不支花徑,行不動郎心憐甚。直送到轉廻廊,又惺惺絮語進朱門。

【眉批】(「轉花陰」三句)臨去秋波,令人牽罣欲夗。(此條翻刻本脱漏缺失)

門閉了仍孤另，空齋衾枕冷于氷，從教不睡到天明。

尾文

沈青門有「寶欄杆十二玉亭亭」之闋，適在泖上，客有酷稱其幽艷者。余不勝心熱，姑妄言之，不覺直欲奪沈之坐。時坐客十餘人，大聲呼玅，爭取予稿。予乃人書一通，猶是爭攘不已。有一友兼得四帋，有四人不得一焉。自記

麗情不難淫艷，而難於不俗。青門詞非不艷絕，而中間「親親氣命」等語，幾堪噦人矣。於此可知二詞優劣。公選評

摹寫曲盡，波瀾無窮，子野久已聞道，如此綺語，亦應懺悔。妙喻師

秋水庵花影集卷三終

秋水菴花影集卷四

華亭峯泖浪仙施紹莘子野甫著

樂府

冬閨○○○

南南吕十一聲

太師引　蠟梅花正襯簾兒外，折將來偷簪鬢釵。怎瞞得臺前明鏡，偏生照色減容衰。○瑣寒窓　歎看看瘦損，爲着誰來。從頭細數，郎心最歹。○三段子　記梨花小院湖山外，名香滿爇深深拜。曾把八字庚年，繫君衣帶。○東甌令　怎眼看紅粉久沉埋，下得不歸來。○三換頭　薄倖寃家，你自去思量該不該。○劉潑帽　奴判儘受凄涼債。○大聖樂　只問你衾閒錦浪誰能守，忍教我淚凍紅冰黯自揩。○解三醒　真無奈。○節節高　和伊只有虚名在。你瞧人一似破芒鞋，敢夢魂不到雙鴛帶。○三學士　空要我夜燈朝鏡懨懨害，常常好似痴呆。擬將連愛絲搊斷，待把同心帶解開。〇大迓鼓　索性丟他，休將記懷。〇尾聲　雖然眼下多尷尬，還只把真心痴待，待得他意轉心回他自來。

【校】「太師引」，「太」抄本作「大」。「劉潑帽」，「潑」字原刻、翻刻及《散曲叢刊》原刊本均誤作「撥」，抄本作「潑」，是。

【眉批】（太師引）韵絕。（此條《存目》本無，哈佛本、《存目》本、鄭藏本僅有「絕」字）（瑣寒窗）黯然自傷，亦悲亦恨。（「黯」翻刻本訛刻作「憶」；「悲」翻刻本刻爲「怨」，細審二句曲文並眉批句意，應合「悲」而不合「怨」）（東甌令）字字可憐。（大聖樂）聲聲自咽。（「聲聲」翻刻本改刻作簡寫體「声声」）（節節高）怨極矣。（尾聲）怨而不怒。（翻刻本刻作兩行，两字一行）

【夾批】〔歎看看〕二句：妙。〔從頭〕二句：妙。〔怎眼看〕二句：妙。〔薄倖〕二句：妙。

曲譜有《十樣錦》、《十二紅》，因創爲是譜，以補「十一」之缺，節雖短，然音調甚諧也。自記

子野能按譜，故能製調。風流跌宕，當代一人。昔涵虛子評元馬東籬詞如朝陽

鳴鳳，貫酸齋如天馬脱羈，荆幹臣如珠簾鸚鵡，秦竹村如孤雲野隺，子野兼之矣。〇余再評子野如金盤瀣露，又如峭壁蒼藤。至若獨奏宫商，刱起意格，則更如空中樓閣。彦容評

半吞半吐，如泣如愬。每讀一過，令人牽夢縈魂，徘徊不定。汪子野

村中端午〇〇

南仙吕桂枝香

端陽時候，熳風纔透，衫裁艾虎輕紗，杯泛菖蒲嫩酒。正黄梅雨時，黄梅雨時，見新笋竿竿疎秀，新燕雙雙輕瘦。沒些愁。拈將屈子翻詩案，問取榴花借酒籌。

前腔

端陽時候，吾儕依舊，桃符胡亂簪些，葵面依稀記否。想今年越痴，今年越痴，嗜酒劉郎年幼，耐病潘郎不瘦。且清謳。村中遊冶齊誇口，座上皤翁也點頭。

【校】「吾儕依舊」，「吾」抄本作「我」。

【眉批】(「村中」二句)儼然村社。(此條翻刻本刻作兩行，兩字一行，且「儼」字殘缺過半)

【夾批】〔嗜酒〕二句：奇絕韵絕。

前腔

端陽時候，小筵初就，大都詞客狂夫，沒個尊賓畏友。儘消除午時，消除午時，蒲酒人人在手，人影微微在酒。猛擡頭。依稀楚些傷心事，翻點綴吴儂結勝遊。

【夾批】〔大都〕二句：真是雅集。〔蒲酒〕二句：光景絕妙。

前腔

端陽時候，偶然攜友，無猜無忌無愁，能曲能詩能酒。看一杯兩杯，一杯兩杯，生在伯倫之後，量在老坡之右。恣遨遊。餔糟迂叟真吾友，獨醒痴人遜我儔。

【校】「老坡之右」，「右」翻刻本訛作「有」。此字應與前句「後」字對仗。

【眉批】（「生在」二句）奇語。（翻刻本兩字刻作兩行，且「奇」訛刻作怪體字形）

秀句如珠，高懷如畫。公選評

舟次贈雲兒〇〇

南商調二郎神

春雲卷，看冉冉飛來逐水仙，曾記襄王宮裡見。輕盈膩滑，最堪憐似玉如綿。忽一陣輕風生暴煖，早添上暈霞如線。情性軟，抵多少花間，嫩雨輕烟。

【校】第二句抄本無「看」字。「暈霞如線」，「線」抄本作「霰」。

集賢賓

珠簾不捲春夢遠，撩人燈下屏間。霧帳霞衣餘淚蘚，有多少煖恩柔怨。香添寶篆，早錦被浪花紅亂。重檢點，好記取八字庚年。

【眉批】（「霧帳」二句）柔艶。（「柔」翻刻本訛刻作「不」；此條《續修》本無）

黄鶯兒

端的是奇緣，謝娘行，肯見憐，野蜂也得偷花片。怕的是今宵枕邊，明朝路邊，路傍人彷佛簾中面。就鴈書傳，空題再拜，各自在遥天。

【眉批】（「怕的是」三句）大難爲情。

【夾批】〔空題〕句：何况無書。

猫兒墜

檀郎羅袖，親得藉香肩，常嗅餘香聊自遣。朝雲夢斷楚山前，人天，怕從此相思，天上人間。

【眉批】（「檀郎」三句）香銷奈何。

尾文

何因借得春風便，吹送春雲到枕邊，説與他委實相思難過遣。

【校】「吹送」，「吹」翻刻本訛作「咲」。

醉夗香魂，銷沉艷骨。風流藴藉，絶世無雙。君泰評

贈別沖如時予讀書泖上〇

南南吕梁州序

晚雲初霽，離樽初啓，與你班荆坐地。飛觴軟勸，願君痛飲三杯。須道三聲櫓裡，一片帆頭，隔了咱和你。明朝相憶也各沾衣，縱夢裡相逢總是離。如此別，平地裏，忽然你在天涯際。恨殺是，帶如水。

前腔

我爲伊今歲來茲，你抛吾又投何地。奈深情密欵，一時將去。況也吟詩白社，把酒南

樓，從此無賓主。男兒豈有淚灑臨岐，但不爲伊家更爲誰。相去地，三二里，也如隔在天涯際。個中恨，怕提起。

節節高

天教困腐儒，老征衣，阿兄着破頭巾矣。你從今去，努力些，休荒廢，終須有日騰雲起。那時纔認咱和你。但是從今若相思，要思量臨别叮嚀語。

尾文

伊家且自揮鞭去，寒溫茶飯要支持，待到端陽重會你。

淡而真，儉而老。嗚諧評

有懷○○

南商調黄鶯兒

獨坐小燈前，想人人，在那邊，依希天遠人還遠。愁和病煎，雲和雨緣，隔墻閃個芙蓉面。暗情牽，丟他不下，心上與眉尖。

前腔

只有影相憐，近三更，人未眠，與他分得相思半。藍橋玉仙，巫山夢緣，終須捨賜些方便。夜如年，今宵過也，明夜又怎流連。

前腔

再想一回看，那人人，實可憐，些些是俺親瞧見。雙彎忒尖，雙鬟略偏，連嬌帶嫩和愁怨。告蒼天，如成就也，情願把命兒拚。

【夾批】〔些些〕句：怎生忘記。

前腔

想下萬千千，問伊家，憐不憐，怕他們忒看相思賤。眉頭也攢，心頭也酸，當初悔識春風面。問蒼天，鴛鴦牒裡，端的有幾分緣。

秀逸不陳。 瑞齡評

决絶詞 有序跋〇〇〇

予舊有情緣，幾拚花命。不謂恩情，中道棄絶。深杳無垠，莫測侯門之海；棲遲難再，誰回陌上之車。想鸚鵡之在雕籠，時常話舊；歎丁香之圍綉幄，歲結愁新。入夢相逢，誰知逢處是別；驚鴻待信，翻嗟信裡堪疑。一襟血淚，空留下黑心之符；十院燈魂，終無望黃衣之力。蓋歡隨事去，春與人歸。但臨風而歎奈何，空銷魂惟別而已。只應義命自裁，切莫更尋舊夢；縱有因緣爲祟，也須直待來生。雖負心薄倖，似非烈丈夫所爲；而守禮閑情，豈作兒女子之態。用是屬句瀾翻，竊欲命名「决絶」。殆莫可誰何而爲是言，亦不能無恨而托綺語也。

南正宮普天樂

我才名，伊風韵，天付與，休謙遜。只爲我柳苦花辛，拖帶你香愁玉損。夫妻兩字，兀是名不順，使俺一對鴛鴦無投奔。你非干負義忘恩，俺非干拋脂戀粉，却緣何劈雨分雲。

【校】「拖帶你香愁玉損」，「損」翻刻本訛作「娟」。

【眉批】（「我才名」四句）韻絕。（此條原刻本之國圖本幾无，只隱約殘留一二筆劃，不可辨；翻刻本之哈佛本、鄭藏本均僅有「絕」字，《存目》本無此條；《續修》本此頁原缺不可校）

雁過聲

當初你肯我肯，就生炊終身顧跟。誰知一語風霜緊，怨誰人，恨誰人。這其間長短，再也休論。俺從頭自忖，青樓薄倖誰甘認，且休埋怨別人兒權自忍。

【眉批】（「當初」二句）正是怨恨無窮。（「正」翻刻本訛刻作「且」字形）

【夾批】（「且休」句：怨人恨人。

傾杯序

傷神，吐甘甜，食苦辛，脉脉自心頭印。想初見如氷，逐旋添温，到熱沸如盆，你便心允。這其間可有你的恩情，俺的辛勤，到如今你的眼前身畔是何人。

【校】末句「是何人」，「是」字翻刻本訛作「楚」。

【眉批】（「這其間」三句）細細數說，言至此怨氣冲天矣。

玉芙蓉

親他不可親，丟你心難忍，把前情想起耳聾眼昏。幾番拚死是心頭忿，尚勉强偷生爲舊日恩。前生債，今生事，翻指望後世因，笑姻緣倒仗那癸靈神。

【眉批】（「親他」四句）真情實境。（「真」翻刻本訛作「到」）（「笑姻緣」句）諧謔中有無窮怨恨。

小桃紅

收拾你殘脂粉，留下你金蓮寸。把花箋手蹟常描潤，向衣巾淚漬時瞧認，記生辰八字推花運，多只是扯淡殷勤。

【眉批】（「把花箋」二句）無聊之辭，正是情深之極。（「是」字翻刻本殘損上半）

尾文

告蒼天須幇襯，但願你鴛鴦睡穩，我甘認蕭郎是路人。

【眉批】（「但願」二句）越越毒恨矣。

吾人未免有情，誰能甘自菲薄。況誓海波乾，盟山石爛，彌天怨氣，亦復誰能堪此。雖然，發乎情，止乎禮義，此學究之言也，然於此可得補過法；緣至則合，緣盡則離，此因果之説也，然於此可得忍情法，豈應妄求無厭，爲風流罪人哉！予此番情案，悠悠成夢境矣。每一念至，氣盡魂離，而義命兩言，時舉爲藥。所不至於沉疴痼疾者，於此得力多也。小窓暇日，偶檢古詞，見《四時歡》一闋，乃按其譜律，特製右詞。誠思守禮閑情，竊欲因文見志云爾。後之覽者，勿以予爲薄倖人。若云薄倖，則當有分任其咎者矣。庚申月夕秋水庵重題。自跋

【校】「則當有分任其咎者矣」，「任」翻刻本訛刻若「在」。

【眉批】（「後之覽者」四句）畢竟怨人。（此條翻刻本脱漏缺失）

字字嘔心，當亦有心可嘔耳，子野信情種哉！彼云守禮，予曰多情。惟其情多，守禮益難。然則子野真可謂守禮君子矣。湛生評

樂府小令

南商調黄鶯兒

閨夜

燈影照流蘇，倚熏籠，不奈何，良宵一個凄凉坐。香消篆爐，茶氷玉壺，小屏風上西江路。睡痴魔，從他去後，夜夜夢關河。

閨夢

春睡曉鐘殘，惱春鶯，驚夢還，還將夢裡人低喚。從今見難，從今夢難，從今夢怕難於見。夢堪憐，如還夢也，判個日高眠。

【夾批】〔從今夢怕〕句：妙。

佳人睡着

身子忒苗條，醒回來，又睡去了，日高枝上鸚哥報。爐烟篆消，簾風韵高，嬌痴困得酣難覺。把人拋，翻身時節，雙手拆圍腰。

佳人睡醒

睡眼半矇矓，帳輕紗，翡翠籠，眼前失却鴛鴦夢。微痕線紅，纖腰困慵，問郎今日寒輕重。纏鞋弓，雙雙立地，一朶醉芙蓉。

【眉批】（「纏鞋弓」三句）寫出妖冶，的似情景。（此條《存目》本僅有「的」字）

雨景和閻生作

嫩雨濕肥田，暗雲堆，欲暮天，平迷四野聞人喚。西村旆懸，東天黨懸，漁歌哏網垂楊岸。木橋邊，敲門聲裡，簑笠遠歸船。

【校】「漁歌哴網」，「哴」翻刻本訛刻作「眼」，抄本亦誤。此字自應從日字旁，「㫰」，《康熙字典》：「郎宕切，音浪。暴也。」

【眉批】（「西村」以下六句）画不能到。（此條《存目》本無）

初夏

花事十分衰，莽鶯鶯，被燕燕猜，薰風依舊來的快。蒲花未開，苔花正開，荼蘼倒架無聊賴。採菜來，誰家士女，隻隻綉紅鞋。

【夾批】（蒲花）二句：秀甚。

清明郊行

風雨弄清明，燕啣花，人踏青，幾人判了春風命。花邊獨行，相逢面生，歌聲漸漸前村近。近荒墳，紙灰飛處，風帶杜鵑腥。

【夾批】（花邊）二句：新秀可餐。

記事

珊枕淚千行，不思郎，是恨郎，當初人在心兒上。心頭幾樁，尊前又幾樁，銀河咫尺如天樣。悶歸房，今宵夢裡，怕飛不到伊傍。

【校】兩處「幾樁」，「樁」翻刻本訛刻作「椿」。

即事

一朵病梨花，映芭蕉，隔綠紗，時聞嚦嚦春鶯話。問年兒纔破瓜，覷粧兒兩髻丫，教人怎肯干休罷。眼巴巴，瞧他不着，生怪柳風遮。

【眉批】（「問年兒」二句）酸氣滿帋。（此則《續修》本無）

【夾批】（「時聞」句：大聽不得。

春日花下憶石城董夜來

風雨替花愁，記如花，在翠樓，怕而今可比花枝瘦。曾見他蹴花茵的綉鈎，拂花梢的鳳頭，曾與他話别在中秋後。算重遊，今年八月，真個是三秋。

其二

花也爲吾愁，亂花飛，直上樓，蕭娘無信蕭郎瘦。端的有証盟言的月鈎，訴同心的話頭，敢他們下得無前後。憶同遊，三秋一别，日日是三秋。

南雙調清江引

夏夜

蟬弄一枝風，剔燈花，一寸紅，雀來窓下窺幽夢。乍解衣帶鬆，正散髮髩蓬，覺衣衫茉莉香微動。月朦朧，有人窓外，潛步綉鞋弓。

荷花

嬌痴向人多腼腆，欲奪芙蓉面。尖尖舌暗舒，窄窄鞋偷薦，芳心未明還半卷。

【眉批】四闋字字秀媚。（此條《續修》本無）

其二

水仙可憐潮嫩臉，姊妹偷攜伴。牽絲意緒多，落瓣衣裳換，晚粧出來全帶軟。

其三

雙雙並頭情忒煖，又一似相埋怨。偏容比目遊，只許鴛鴦伴，露珠的團圞也碎的罕。

其四

仙妃化身生小苑，未了塵凡願。探頭欲語誰，障葉還羞面，橫塘夜凉郎信遠。

【夾批】〔橫塘〕句：更有遠神。

別思

香兒半熏燈半滅，被冷和愁疊。情知夢裡逢，倒怕醒時別，只落得抵牙兒慢思量淚珠兒多是血。

【眉批】詞句長短參差，却自聲聲入律。而言情更率直真至，誠作家手也。（「聲聲」翻刻本改刻作簡寫體「声声」）

其二

他跟來不得從教別，白地輕抛捨。功名值幾些，恩愛無終歇，早知道這分離不如不去者。

【眉批】（「他跟來」句）情痴語。

其三

軒車建牙高跨馬，抵不直相思價。折得廣寒花，閒却鴛鴦牒，就做道甚痴騃也不應如是也。

【校】「折得廣寒花」，「折」抄本作「把」。

【眉批】(「就做道」句)此語誠然。

其四

恩情不教人當耍,這幾日何爲者。情知有歸去時,却現怕分離夜,且含着淚花兒把相思句兒胡亂寫。

南商調山坡羊

旅懷

意悭悭怕分離的相送,虚飄飄要相逢的痴夢。急煎煎筭不定的歸期,淚斑斑看不得的衣衫縫。怯曉鐘,更教人惱暮鐘。燈花暗卜,却被燈花哄。歡喜誰同,凄凉誰共。朦朦,拾相思在雲樹中。匆匆,記相思在詩句中。

【校】抄本無此首。

【眉批】(「急煎煎」二句)美秀温文,情真致逸。(此條《存目》本無)

南商調玉胞肚

有懷

暖風輕扇，艷驚人紅芳萬千。猛思量人在天涯，到如今沒紙鸞箋。當初曾記擁嬋娟，會向薔薇花下眠。

【眉批】（「艷驚人」句）流利似沈青門。（此條《存目》本無）

得信

傳來人信，算將來真耶未真。若伊家記得當初，却緣何做出如今。勸君憐取眼前人，莫又把新人做舊人。

小園

小亭低亞，眼前的詩耶画耶。白梅花襯扇窓兒，淡垂楊帶個栖鴉。天公偏稱野人家，寒似前宵略峭些。

【眉批】(「白梅花」二句)只是一味秀。

夏景

柳濃花顫,近亭軒涼嘶暮蟬。火燒頭雀啄榴房,水擎珠魚噴荷錢。開簾忽地見嬋娟,直放桐陰到枕邊。

【眉批】(「開簾」二句)誰摹到此?

贈楊姬和彦容作

全嬌絕嫩,一枝花胭脂淡匀。俊秋波簇着眉峰,俏櫻桃滲個牙痕。輕輕細語問郎君,開口能生滿坐春。

【校】「胭脂淡匀」,「匀」抄本作「勻」。

【夾批】(俏櫻桃)句:娟媢可想。

其二

問名和姓，莫非他是楊妃後身。看伊家這樣丰姿，該封做虢國夫人。今朝一會覷郎君，自此教郎難負恩。

夜泊懷人

情緣斷了，甘同陌路之蕭；信息傳來，又似章臺之柳。將信將疑，終須要信；半思半恨，畢竟堪思。孤舟風雨夜，隔岸有燈；殘夢睡醒間，半衾是淚。若無隻字言心，可乎？亟倩數行題悶，情也。

【眉批】序語出于至情，已堪一字一淚矣。

逢歡不喜，要消愁翻嫌酒巵。妙人兒掛在心頭，攄人言你會相思。教人爭不越心痴，況風雨孤燈又不寐時。

【夾批】〔攄人言〕句：口多微辭。

訪妓不遇

桃源無路，歎鶯雛難投鳳窠。夢朝雲應在巫陽，坐當壚可向成都。倩人寄信問如何，肯許梨花題句無。

南商調金索掛梧桐

夏懷

荷風蕩晚凉，新月如鈎樣。風月蕭疎，只是人惆悵。思量些個日久情長，總爲你風流縈斷腸。就閒經柳下聞蟬響，也忽想新妝入鬢傍。空悒怏，記當初攜手共尋芳。那時節月在東廊，轉在西廊，猛照出雲鬟樣。

【校】抄本無「轉在西廊」四字。

【眉批】（「那時節」四句）光景恍然。（此條《續修》本無）

【夾批】（「就閒經」）二句：閒裡關心，正是情痴之極。

將秋

梧桐葉未飄，枕簟凉先報。雨淡風疎，要送秋來到。輕凉這兩朝，勝前朝，漸漸秋思上綈袍。從前秋被蟬偷早，可此後秋深月更饒。杯須倒，料天將好景分付詩豪。聽連宵那個吹簫，何處砧敲，多半是秋聲了。

【校】「杯須倒」，「倒」抄本作「到」。

【眉批】句句將秋。

南正宫玉芙蓉

梳頭

斜啣半月梳，挑得雙雲路，解紅絨巧綰時樣青螺。新興不甚高和大，妝罷教郎看若何。郎言好，如今絕無，看騰騰一時間歡喜上雙蛾。

【校】「妝罷教郎」，「妝」抄本作「壯」。

【眉批】（「妝罷」四句）閨房燕昵，筆筆寫照。（後一「筆」字，翻刻本刻作有似「匕」形，應爲表示重複「筆」字之疊字符）

美人贈鞋和彦容作

曾經玉手拈，曾踏瑶池宴，使心機把一隻兒偷傳。交枝夜合鞋頭綻，小字殷勤綉一邊。郎親驗，燈前細看，他教我口兒兜緊莫胡言。

南仙吕桂枝香

春曉閨詞

簾燈殘月，簷風曉鐵，遼西遠夢歸來，杜宇樓前啼血。漸花陰上窗，花陰上窗，窗裡梳頭時節，窗外飛花如雪。鬧傷嗟。春又新辭樹，人還未到家。

【眉批】（「窗裡」二句）黯然銷魂。

【夾批】（「春又」句）：淡語亦自雋。

悼紫簫

紫簫，予侍兒也，事先生辛勤有年矣，一旦魂斷，悲從中來。

紫簫聲斷，鳳樓人遠，魂隨南國花香，血染老鵑啼怨。記當初倩伊，記當初倩伊，檢點小窓杯卷，供奉夜香庭院。竟何寃。天上人歸去，人間更歲年。

【夾批】〔人間〕句：哭殺人矣。

暫別書情

幾曾分拆，今宵分拆，也銷江賦離魂，也瘦沈腰衣帶。把燈兒再挑，把燈兒再挑，天明將快，犁星還在。沒安排。且去偎單枕，他應夢裡來。

【眉批】〔「也銷」二句〕兩「也」字妙。

【夾批】〔天明〕二句：宛然徘徊無聊之況。

其二

和衣兒坐，夢兒不做，清清守着燈兒，我與影兒兩個。把西窓半開，把西窓半開，只見月來雲破，又聽鷄鳴三度。酒醒呵。醉也愁人煞，醒時可奈何。

【眉批】（「和衣」四句）情景可憐。

南南吕六犯清音

夏閨

梁州序　倦抛針線，嬾拈簫管，一味軟疼柔怨。雕梁燕子，偏生恁地多言。○桂枝香　低聲似說芳春去，絮語應嘲翠黛殘。○排歌　縈飛絮，哭老鵑，惱人心性脫綿天。○傍粧臺　怎消得黄梅雨在芭蕉上，只落得粉淚痕交枕簟間。○皂羅袍　茫茫遠信，雲邊樹邊，懨懨病骨，香前酒前，常常綉帶移新眼。○黄鶯兒　暗愁煎，綺琴偷弄，翻曲記奇緣。

【眉批】（梁州序）秀艷無比。（此條《續修》本無）

南中呂駐雲飛

和梁少白唾窓絨十首

春恨

風捲楊花，點點飛來蘸綠紗。衣帶鬆來怕，得似前春麼。嗏。淚眼問東風，没些回話。教着鸚哥，也把東君罵，一半嗔他一半耍。

【校】標題首字「和」，翻刻本訛刻作「枯」；「也把東君罵」，「罵」翻刻本訛刻作「馬」。

【夾批】〔一半〕句：妙。

幽會

閬苑仙娃，俊眼偷斜性忒乖。不解將羞害，認定鞦韆外。諧。雙手捧將來，珍珠般待。替脱衫兒，急扯香羅帶，一半難鬆一半解。

邂逅

一向思來，誰道今朝驀地諧。轉過酴醾架，他在欄杆外。猜。髣髴是陽臺，堪憐堪愛。他買俺風流，還把風流賣，一半丟人一半采。

【夾批】〔一半〕句：一團妖媚。

奇遇

庭院深沉，陡見人人花下行。推筭桃花命，今夜方纔應。親。兩口貼朱唇，伊情直恁。花怕風顛，索性判花病，一半驚羞一半忍。

邀請

再不歸來，哄得人兒猜又猜。何處留歡愛，着我難躭待。乖。鸞鏡久塵埋，別來數載。寫下封書，細把伊心買，須要他一半疑心一半解。

【夾批】〔須要〕句：妙。

寄遠

製得新詞，倩個乖兒捎去伊。教他莫向人前遞，燈下纔偷覷。痴。兎穎掃烏絲，星星兒是。又吩咐魚鴻，須見面多多致，一半人傳一半紙。

【夾批】〔一半〕句：妙。

殘夢

梳樣兒蟾，恰照西窗水色簾。恍惚驚痴魘，胡把丫鬟喚。淹。轉輾兩三番，伊人不見。欲覺還迷，殘淚猶如線，一半沾衾一半臉。

【校】「水色簾」，「水」翻刻本訛刻作「火」。「殘淚猶如線」，「線」翻刻本訛刻似作「綫」字。「丫」抄本作「了」。

密約

出得幽齋，抹過重重幾座臺。把那良宵價，去買烟花債。猜。猛聽喚聲來，看時何在。隔扇門兒，說與門兒外，一半聽來一半揣。

【眉批】（「隔扇」三句）光景逼真。（此條翻刻本改刻於「猛聽」句旁作夾批）

曉妝

睡到醒時，日弄門前墻外枝。洗下胭脂膩，添上花鈿翠。痴。故意問郎知，比花枝記。郎却無言，竟折花枝比，一半嘲來一半喜。

【夾批】〔比花枝〕句：妙。〔郎却〕二句：妙。〔一半〕句：妙。

沉醉

酒暈潮紅，一臉風流轉轉濃。共倒玻璃甕，驚醒梨花夢。朦。帶綬鬢鬅鬆，嬌痴猶重。輕薄兒夫，燈下深摩弄，一半偎他一半哄。

閨恨

短命冤家，道是思他又恨他。甜話將人掛，謊到天來大。嗏。倒是不歸來，索須干罷。若是歸來，休道尋常駡，須扯定冤家下實打。

【眉批】(「倒是」二句)若真正不歸怎地。(此條翻刻本改刻於「倒是」二句旁作夾批)

風情

露水夫妻，夜去明來虧煞伊。潛在花棚底，閃在羅幃裡。痴。慌手摟腰肢，不言何事。我故意嗔他，他只顧嘻嘻地，自不由人不做喜。

其二

月在南枝，有個人人窓外時。潤破窓兒紙，通個名和字。痴。裡面那人兒，是他非是。怕不是他們，吽也還停止，的當將人盼望殺。

【眉批】(「怕不是」三句)饞鬼可憐亦可笑。(此條翻刻本改刻於上一首「自不由人不做喜」句之旁作夾批)

丢開

索性丢開，再不將他記上懷。怕有神明在，嗔我心腸歹。呆。那裡有神來，丢開何害。只看他們，抛我如塵芥，畢竟神明欠明白。

有懷

地北天南，獨自空山風雨龕。欲見無從面，待寄信無人便。淹。病骨瘦岩岩，飯荒茶厭。藥餌全抛，也不開書卷，納悶荆扉終日掩。

南仙吕月雲高

秋閨恨

月上梧桐樹，風凄鴛鳳被。揾得衫兒濕，獨坐孤燈背。昨夜無眠，今夜幾時睡。暗地裡將他罵，也罰不盡風流罪。雖則是年少郎家性格痴，仔細思量忒恁痴。

南仙吕入雙調鎖南枝

簾中人

門兒内，簾子邊，嬌娥悄然藏嫩臉。小脚兩尖尖，烏雲自剪剪。低微笑，腼腆言，閃將來，又不見。

【眉批】（「低微笑」四句）摹肖至此。（此條翻刻本脫漏缺失）

夜寒

隣鷄吽，促織鳴，青燈一箒寒背枕。明月映人心，西風尖得緊。身孤另，綿被輕，半邊温，半邊冷。

【眉批】（「明月」二句）凄凉難過。

宿村中有懷

風兒大，雨又狂，殘燈破壁薄帋窓。悶守過昏黄，一更更更漏響。凄凉景，說話長，待相逢，慢慢講。

旅次相思

行行去，過一程，思君此時門已扃。獨自步空庭，徘徊數花影。占風順，憶遠行，又嗔風，忒催去緊。

【眉批】十闋無一語不真，無一語不秀。（此條《存目》本無，其餘翻刻本缺「不秀」二字）

其二

行行去，過一山，思君此時將理鬢。人去奈愁煩，般般多是嬾。全無力，悶倚欄，不梳頭，到天晚。

其三

行行去，過一川，思君此時方晝眠。病骨未全痊，怎支筋力軟。况行人去，天水邊，瘦容顏，有誰看。

其四

行行去，過一村，思君此時愁日曛。紅日欲西淪，行人可安穩。君行後，妾掩顰，願今宵，夢兒准。

其五

行行去，過一城，思君此時將點燈。淚眼炫難明，焦心還自耿。空持酒，怕酒也氷，喚茶來，怕茶竟冷。

【校】「怕酒也氷」，「氷」翻刻本訛刻作「水」。末句抄本無「竟」字。

其六

看看是，第一更，思君此時看月明。茉莉暗香生，一枝伴人影。慵休揷，採帶莖，待郎歸，點香茗。

【校】「一枝伴人影」，「伴」翻刻本訛刻作「作」。

其七

看看是，二鼓天，思君此時猶未眠。幽恨寄氷弦，别愁還憑甚遣。歌郎曲，一兩篇，再沉吟，歌一遍。

其八

看看是，三個更，思君此時幽睡醒。斜月浸窓楞，枕頭半邊冷。人何處，方在城，怕我淒涼，他睡穩。

其九

看看是，四鼓餘，思君此時愁獨居。村寺曉鐘初，隔窓花上雨。分明是，夢見予，喚鴉鬟，猶是夢中語。

其十

看看是，五鼓交，思君此時憔悴倒。挨過此長宵，怕天明又怎生了。魂銷盡，無可銷，怎地向人言，只好向郎道。

南黄鐘画眉序

幽會

凉庭簟鋪設，香軟騰騰兩肌貼。見枕痕一線，髻鬆堆角。相看認夢裡儀容，折証數個中謀畧。牽衣無限鍾情淚，一點點要郎瞧着。

【校】「髻鬆堆角」，「堆」翻刻本訛刻作「推」。

南雙調對玉環帶過清江引

自述

酒聖花顛，已是掄魁選，曲祖詞仙，未便容褫貶。飲酒好花邊，妙辭揮墨蘚。做得詩篇，醉吟聊自遣，拾得花鈿，酒空還自典。花酒詩詞緣不淺，許下如來願。生生住酒泉，世世僉花縣，雪兒唱歌隨步輦。

【眉批】（「生生」三句）願力洪大，可謂三千八百矣。

其二

酒釅花濃，坐滿風流種，曲艷詞工，攙入名人詠。一曲一千鍾，醉教紅袖擁。酒寨花營，奪旗堪賈勇，曲派詞宗，寓言聊打哄。花酒詩詞常坐俑，罪過看看重。囊因麯糵空，浪把文章用，惺惺的性兒難懞懂。

【眉批】文章花酒之樂，令人妒殺，只難奪去。若高官財虜，恐爲漁人一網打去矣。

北黄鐘水仙子

幽居

天公還我好生涯，無是無非隱在家。看門前五柳看看大，掩柴扉推出繁華。屋三間，書一榻，或寫字，和臨画。覷功名眼底花，趂閑時且喫杯茶。

其二

偷閑葺個小書齋，香茗團頭做一家。但時時詩酒添新債，忒清幽曲水籬笆。無絃琴，水墨画，秔秫計，漁樵話。除此外總浮華，問先生換與他麽。

【校】「秔秫計」，「秔」抄本作「粇」。按「秔」、「粇」均爲「粳」之異體。

秋水庵花影集卷四終

秋水菴花影集卷五

華亭峯泖浪仙施紹莘子野甫著

詩餘

夢江南

秋思

人何處，人在碧雲樓。雨鴈帶愁橫浦樹，風花驚夢撲簾鈎。應是倦梳頭。

【眉批】小詞不難麗而難新，不難宛而難尖，如此宛麗而更有如此之尖新，即置之《花間集》，尚須遜其風華耳。（「間」翻刻本訛刻作「同」）

【夾批】〔雨鴈〕二句：二語深得叠字法，遂成妙句。

其二

人何處，人在蓼花汀。水國夜霜衣霧薄，畫樓朝鏡臉潮生。應是黛愁横。

【夾批】〔畫樓〕句：澄鮮秀逸。

其三

人何處，人在水雲天。輕雨等烟籠舊事，暮山如夢隔前緣。應是裛紅綿。

【夾批】〔暮山〕句：妙句。

其四

人何處，人在夜香亭。茉莉暗香纏秀髮，砑羅文袋捉新螢。應是臥深更。

【夾批】〔茉莉〕句：字字鮮美。

其五

人何處，人在月明村。小犬吠花嗔影亂，鴉鬟驚魘背燈昏。應是正離魂。

【夾批】〔鴉鬟〕句：曾經人道否？

其六

人何處，人在小書齋。對鏡不言彈粉淚，啓窓扶嬾晒紅鞋。應是沒安排。

【夾批】〔啓窓〕句：寫出無聊。

其七

人何處，人在碧紗窓。金鴨篆銷香透骨，繡衾紅貼夢跟郎。應是怯更長。

【夾批】〔繡衾〕句：香艷極矣。

其八

人何處，人在白雪龕。供佛泥人燒栢子，换粧教婢貼宜男。應是繡經函。

其九

人何處，人在藕花居。小榻對風香到枕，亂花平岸色連裾。應是颺羅襦。

其十

人何處，人在暮烟中。樹裡人家秋色鬧，水邊橘子夜燈紅。應是被初烘。

【夾批】〔樹裡〕句：一幅奇画。

舟中夜別

人去也，人去画船空。短夢時偏千里雨，五更頭忽一江風。獨自整熏籠。

其二

人去也，人去楚天遙。遠樹與雲粘極浦，小船如鴨浴寒潮。滿目是魂消。

【校】「浦」，翻刻本訛刻作「甫」。

【夾批】〔粘〕：字法妙。〔小船〕句：生新句。

其三

人去也，人去墨花鮮。別淚秖餘箋上竹，同心惟有画中蘭。憶着幾回看。

【校】抄本此首作「其四」，下一首作「其三」。

【夾批】〔別淚〕句：巧思。

其四

人去也，人去綉衾寒。餘淚枕冰光宛宛，贈香心字曲團團。擁足度更寒。

【夾批】〔餘淚〕句：常語翻出新聲。

其五

人去也，人去酒初醒。記夢不明添懊惱，譜愁成曲倍生新。煞鬧別離魂。

【夾批】〔記夢〕句：真語。

其六

人去也，人去贈香羅。密語付來知鄭重，用心收得費摩挲。爭奈別情何。

【夾批】〔密語〕句：真真。

其七

人去也，人去恰晨鐘。滿路有霜侵骨冷，上船衝霧減燈紅。景在別離中。

【夾批】〔減〕：「減」字妙。

其八

人去也，人去忽天明。恍惚夜來非夢境，淒涼今日似他生。實實愴人情。

【夾批】〔淒涼〕句：新妙。

長相思

秋夜

秋夜長。秋夜長。梧雨龕燈薄紙窗。打窗銀杏黃。〇好思量。莫思量。是這花陰是這廊。那時曾見娘。

【夾批】〔是這〕句：淡語却無限思量。

閨夜

雨鐘長。雨花狂。一盞青燈守等郎。脱鞋纔上床。〇火搖缸。影搖窗。郎不回來今夜長。一條鴛被香。

【夾批】〔一盞〕二句：情景宛然。〔郎不〕二句：淫艷至此。

旅懷

晚雲低。晚鐘稀。此際相思有淚垂。知他知不知。〇夢魂迷。夢纔歸。小巷寒砧茅店鷄。此時燈暗時。

其二

晚粧時。晚酣時。這叚風流知對誰。知誰又對伊。○惱心期。筭心期。獨擁寒衾炙

麝臍。燭花殘一枝。

【夾批】〔獨擁〕二句：寫出無聊。

「時」字詞和闇生作

知君時。慕君時。君在人前問我時。尋君不遇時。○感君時。謝君時。珍重尊前看

我時。剛才見面時。

【夾批】〔剛才〕句：怳見驚喜。

其二

憐君時。惜君時。君在東窗浣面時。樓頭滅燭時。○别君時。憶君時。空有書來人

遠時。無書有夢時。

【夾批】〔空有〕句：妙。〔無書〕句：更妙。

閨意

惱春寒。怕春寒。覺道春衫件件單。春寒人未還。○去時難。見時難。只有春衫處處斑。春衫不耐看。

夜泊

夜杯寒。夜衾寒。篷牖風尖鼻孔酸。夜長眠未安。○倚欄杆。淚欄杆。蠟燭花開更欲闌。孤舟蘆絮灘。

客中秋思

秋山青。秋水平。秋水秋山繞廢城。秋花發古汀。○秋蟲鳴。秋露横。淡淡秋雲兩髩生。秋聲客耳聽。

【眉批】（「秋水秋山」）二句：秀逸。（此條《續修》本無）

昭君怨

即景

欲雨却晴天氣。柳絮模糊雪霽。一點杏紅紗。隔籬笆。○淡淡夕陽春樹。鶯囀送春名句。何處喫新茶。就藤花。

【眉批】摹景妙在「一點」二字。「隔」字有遠情，「就」字有近趣。

【手批】（「淡淡」二句）□彩。（此條爲抄本天頭手批，抄本並對「淡淡」二句加圈）

生查子

風情

斗帳護春寒，歡喜留郎住。燭影上牙床，深夜燈窓語。○還不信郎心，絮絮將郎數。故意發嬌嗔，一臉風流怒。

【校】「斗帳」，「斗」字翻刻本刻缺上端部分而近「十」。

【夾批】〔燭影〕二句：不知云何。〔故意〕句：形容曲盡。

點絳唇

雨景

輕雨如絲，小桃收艷深烟裡。平蕪如地。一片芊綿翠。〇隔水高樓，樓上人餘醉。醒猶睡。極凄涼處。門掩芭蕉暮。

【眉批】（「隔水」三句）宛然雨況。妙在「醒猶睡」三字。（此條《存目》本無，「字」翻刻本訛刻作「宮」）

【夾批】〔平蕪〕二句：不粘「雨」，却摹出雨景。

泖橋次眉公韵

寺枕荒塘，時時雪浪吞僧屋。橋頭路曲。廢井當枯木。○如此幽閑，恰好閑人宿。窓敲竹。酒醒茶熟。天水鸜哥綠。

【夾批】〔時時〕句：奇句。〔天水〕句：新妙。

小園

半畝荒園，一分梅樹三分竹。行吟住宿。只許先生獨。○有客來時，就草排碁局。烹茶熟。不辭忙碌。掘筍燒青玉。

【眉批】風致欲仙。

其二

三面臨流，一方補空教栽竹。橋南路北。時有鷗兒宿。○學圃先生，坐老三間屋。西窓讀。月明如束。隣樹週廻綠。

【校】「坐老三間屋」，「三」翻刻本訛刻若兩個「一」字。

【夾批】〔月明〕句：真境奇語。

堤柳

金縷絲絲，𦆯烟簇雨㕚兒聚。沒人瞧覷。擲向章臺路。◯一度東風，一度橋邊絮。粘詩句。翻來覆去。總是離愁處。

【眉批】人情直似淡烟輕絮。

江上晚歸得「影」字和闇生作

蘋蓼灘頭，鷺鷥脚踏孤霞影。晚風差定，一隻船兒穩。◯轉過溪灣，好幅輞川景。村烟暝。不愁迷徑。記得門前井。

【夾批】〔鷺鷥〕句：仙句。　〔記得〕句：眼前句。

其二

虹掛船梢，一勾新月魚吞影。晚鴉棲盡。枯樹祠前暝。○歸扣籬笆，兩扇柴門靜。山妻應。烹葵煮茗。飯熟久相等。

【夾批】〔晚鴉〕二句：宛然晚景。〔山妻應〕二句：田家風致如画。

【手批】（「虹掛」二句）虹在東掛梢，則船向西，正合第□〔後〕「影」字。（此條爲抄本天頭手批）

春閨

春雨調酥，半簾香艷和烟舞。暗風朱戶。閟裡扶頭坐。○無可消除，只有題詩句。傷心處。烟波霧雨。一聲西過櫓。

【夾批】〔烟波〕二句：淡語遠情。

題雪圖

水墨江天，濛濛野色微微樹。儘堪尋句。風雪溪橋路。○一點人行，正在模糊處。衝寒去。打頭狂絮。人遠天涯暮。

【校】「風雪溪橋路」，「橋」翻刻本訛刻作「撟」。

【眉批】（「一點」二句）情景雙絕。（此條《續修》本無）

有懷

雨帶微潮，粘天遠樹齊如草。烟波渺渺。一點孤舟小。◯雲繞荒灣，夢繞吳山表。推窗曉。萩蘆花裊。冉冉愁難了。

【夾批】〔推窗曉〕：三字光景可想。

如夢令

掃地

日約樓陰整整。風煖烟消人靜。早起未梳頭，閑掃小園芳徑。清淨。清淨。只剩數枝花影。

【眉批】予嘗愛古詞「踏不折一枝梅影」之句，此語可以配享。

【夾批】〔日約〕句：得景

愁

只是亂花芳樹。不見此愁來路。靜裡自思量，覺道眼前無數。捱過。捱過。今夜月昏風大。

【眉批】（「捱過」三句）怎捱得過。

【夾批】〔靜裡〕二句：真真。

雨夜醉中作

偏是雨簾風被。罨盞燈花一穗。倒個小玻瓈，消得幾分憔悴。沉醉。沉醉。聊且和衣兒睡。

偶懷

回首不禁腸斷。人在翠樓天半。走遍小廻廊，收去夕陽一叚。推算。推算。只合今宵夢、見、。

【眉批】（「走遍」句）徘徊無聊之景恍然。（翻刻本缺刻「景恍然」三字）

雪齋小集話舊次閽生韵

記得陽關三疊。猶是清秋薄熱。相見又分離，早也冬殘時節。難撇。難撇。撇下一年風月。

其二

今夜月窺簾縫。不見翠蛾陪奉。燈影兩三人，秋味蓴鱸堪共。說夢。說夢。說道去年情重。

【夾批】〔燈影〕句：光景妙。

記得

記得年時相見。他在夜香深院。說道爲相思，瘦損十分難看。親驗。親驗。鬆了裙腰一半。

其二

記得年時夢見。他在露荷庭院。摘下並頭蓮，笑語檀郎教看。不驗。不驗。分拆近經年半。

【眉批】（「不驗」三句）占夢亦奇。（「占」翻刻本訛刻作「古」）

同朗公夜話和彦容作

有客儒冠覆頂。和尚衲衣一領。說到淡然時，燈爐茗温香盡。清冷。清冷。月定碧梧篩影。

【眉批】眼前禪理，不須深言。

其二

打散眼魔昏暈。重剔燈兒分韵。自洗甆中茶，驗取封題龍井。湯滾。湯滾。窓外鶴來窺聽。

其三

共在西堂竹裡。正是維摩病起。坐久悄無言，對盞孤燈而已。如是。如是。打破語言文字。

【夾批】〔坐久〕二句：禪。〔打破〕句：却又説破。

其四

漠漠小窗烟霧。爽氣教人休臥。苔面落花多，指點月來雲破。罪過。罪過。驚醒梵天龍部。

【夾批】〔苔面〕二句：正是現前指點。〔罪過〕三句：奇妙。

浣溪沙

閏中月夜

如鏡窺粧逗小樓。真珠簾外半痕收。倒簪花影上人頭。○品得秦箏初度曲。花前和露耍韆鞦。柳絲濃翠拂鞋鈎。

【校】「倒簪花影」，「倒」抄本作「到」。

【夾批】〔倒簪〕句：此景從無人模得。〔柳絲〕句：光景妙。

閨思

格子紅牙處處斜。一簾輕暈海棠花。有人花下獨嗟呀。〇立得繡鞋弓半濕，摘將花插鬢邊鴉。心情不似舊時些。

【眉批】（「立得」二句）無聊展轉，不言神傷。

其二

雨過雲頭出淡虹。小桃收淚見東風。花間忽記舊行蹤。〇有夢也如風滚絮，望人須似鳥窺籠。一年春意又匆匆。

【眉批】（「有夢」二句）摹神語。

【夾批】〔小桃〕句：新句。〔花間〕句：陡然上心。

春景

百舌聲聲鬧入來。破簾隙處影窺堦。玉枰紅子鬪金釵。〇閒更行行行更住，自南樓上到西臺。東風一院晚花開。

【眉批】（「破簾」句）將「隙」字襯「窺」字，得景。

【夾批】〔東風〕句：濃艷。

村中初夏

恰好温和晒麥天。村墟一簇焙茶烟。老人簷下拆裘綿。〇蔞秀野田紅潑潑，菜肥籬落綠娟娟。瘦鞋纖步拾花鈿。

【眉批】（「蔞秀」二句）妙在「娟娟」、「潑潑」四字。

【夾批】〔老人〕句：宛然村叟。

送春寄恨

雨過荼蘼破粉痕。枝頭梅子又青青。小樓躭病送春人。○自揣吾生緣底事，眼前隨分有銷魂。可憐生性太多情。

【眉批】（「自揣」三句）真多情人語。（「真」字翻刻本漫漶不可辨識）

其二

一片猩紅剛秀萎。綠楊芳草赤藍橋。可能偏是不魂消。○薄倖歹名甘認了，風流新債不相饒。怎生扶醉度今宵。

【眉批】（「薄倖」二句）風流罪過，業債如山，正是文人本色。

其三

杜若芳洲淡淡烟。一番花事又今年。燕悲春盡亦呢喃。○燭影搖紅裁密信，綺琴翻曲記奇緣。惱人心性脫綿天。

【眉批】（「燭影」二句）麗句妍情。

【夾批】〔燕悲〕句：何况人耶？

其四

鶯老心慵不耐啼。燕雛毛濕或危栖。小窓香盡日西時。○因改舊詩重感夢，偶看芳草忽相思。此生無計奈情痴。

【眉批】（「因改」三句）過來人語，字字情真。

【夾批】〔或危栖〕：「或」字妙。〔因改〕句：無限縈纏。

艷詞

手揭簾衣漾曉風。小缸餘燦画屏中。有人羞倩拾鞋弓。○眉學蛾粧黄嫩點，鬟偷鴉潤緑新籠。耐人瞧覷面微紅。

【夾批】〔有人〕句：妖媚之態恍然。〔耐人〕句：美人遺照。

其二

侵早東風刮地吹。小庭纖步怯羅衣。袖籠茉莉撚香歸。◯故撇檀郎閒處立，戲教鸚鵡拍籠催。應人呼喚出來遲。

【眉批】（「應人」句）百般做作。（此條《續修》本無）

其三

手折花枝玉笋寒。半簪儂鬢半郎冠。一雙和笑鏡中看。◯波眼泥人隨分有，袖香如霧暗漫漫。檀郎生受不寒酸。

【夾批】〔半簪〕句：甚於画眉。〔檀郎〕句：正恐露出酸態。

其四

衫子偏教窄窄裁。一搦兒大茜紅鞋。吹彈得破粉香腮。◯酷慕時新初換髻，自憐薄命近修齋。淡然風韻撲人來。

【夾批】〔吹彈〕句：我見猶憐。〔自憐〕句：柔怨風雅，真是美人。（「雅」翻刻本訛刻作「难」）

其五

瞥見春愁不可消。分明全是一團嬌。軟人心性減粗豪。○骨裡有香無可嗅，偶然微語不關挑。蕭郎無奈只心焦。

【夾批】〔骨裡〕句：画出美人神髓。

雨夜有懷

半是花聲半雨聲。夜分淅瀝打窓楞。薄衾單枕一人聽。○密約不明渾夢境，佳期多半待來生。凄涼情況似孤燈。

【夾批】〔薄衾〕句：怕聽不得。〔凄涼〕句：摹神語。

其二

捫着衾窩舊贈香。可憐幽馥在空床。照人垂淚燭煌煌。○强起披衣猶帶睡，太無聊賴靸鞋幇。半扶殘醉好思量。

【夾批】〔照人〕句：可憐

其三

愁臥寒氷六尺藤。嬾添温水一枝瓶。亂鷄啼雨要天明。◯等得夢來仍夢别，甫能驚覺又殘燈。西江别路繞圍屏。

【夾批】〔等得〕句：一句萬轉，直寫思境之變。

其四

燈暗銀篝灺玉蟲。閣鈴簷鐸破村鐘。四邊愁陣煞鏖攻。◯宿雨枕前渾眼淚，落花窓外總頣紅。美人遲暮一宵中。

【眉批】（「宿雨」二句）無情花雨，却生出「美人遲暮」，可謂無限關心，一往有深情矣。

【夾批】〔四邊〕句：險語。

寫所見

浪漱莎根綠半蒿。蓼花潑潑上浮橋。橋頭高閣靠春嬌。◯漸入綠楊看不見，却牽烟線暗偷瞧。酒旗風漾總魂銷。

【眉批】（上片）直敘亦是画。（下片）令人魂銷魄奪，所云「不教人見轉風流」也。

菩薩蠻

春景

龍鱗漸老池頭竹。兩兩文禽相對浴。扶病到池頭。水閑花自流。◯朱戶深深鎖。鶯燕多飛去。寂靜小園亭。竹搖池水平。

【眉批】寫出園林靜景。

咏茉莉和彥容作

薰風夜釀枝頭白。冰魂帶露和烟泣。寂寞一枝香。困花今夜長。◯佳人侵早起。浣面温湯水。倩入鬟邊鴉。一頭和露花。

【夾批】〔困花〕句：《花間集》語。〔浣面〕句：文情淫麗。〔一頭〕句：妙。

和彦容留别雲姬

相思恰好纔相見。西風又是張離宴。羅帕鬱金香。是君親贈郎。○燈背人雙囑。領取人孤獨。今夜月糢糊。憶君君奈何。

代雲答

淺斟低唱陽關徹。有心怎好和郎説。記取雨絲絲。是郎初别時。○今夜屏山枕。愁在和奴寢。奴自合愁哉。怕郎愁也來。

【夾批】〔記取〕二句：不記情而記雨，正是情。〔奴自〕句：韵絶。

和閬生「娘」字詞

不爭一步東西各。一雙淥老偷瞧着。風遞口脂香。隔船遥認娘。○春愁無處所。小漲鴛鴦浦。日暮越愁郎。燈光影裡娘。

【夾批】〔風遞〕句：口脂亦認得，妙，妙。〔春愁〕句：逼真宋人語。〔燈光〕句：更難為情。

其二

春江渡口春風惡。春寒生處春衫薄。画舫隱垂楊。偷窺一線娘。〇羅裙微濺水。一片歸帆起。從此措蕭郎。幾時重見娘。

【夾批】〔偷窺〕句：妙境尖思。〔幾時〕句：語淡情長。

毘陵歸路紀懷

船頭一點粘無錫。錫山當艙渾如墨。何處是蘇州。蘇州更樹頭。〇計程今夜宿。應在寒山北。鐘杳隔江雲。愁眠愁殺人。

【眉批】（上片）恍然望中之□〔景〕。（此條《續修》本、《存目》本無，哈佛本僅「然望中之」四字，但極清晰，鄭藏本較淡，僅可辨「然」、「之」二字）

【夾批】〔粘無錫〕：「粘」字妙。〔愁眠〕句：唐人妙句。

其二

前山遠更嵐光黑。前程近更鄉心急。冉冉水流花。可能先到家。○記得來時語。一線牽柔緒。身在野雲邊。心歸綉幙間。

【校】末字抄本作「閒」。

雨中憶張冲如有序

天啓改元，正月五日，得冲如靖州家報，極言風土之惡，有「中秋有月，重陽無菊」之語，惋嘆者久之。明日入西佘，中途風雨猛惡，因思冲如對此，當更愴悒。舟中枯坐，無可告語，因捉筆記之，乃《菩薩蠻》本調也。

一封書信千金等。開緘試問江山景。荒縣亂山窩。重陽菊也無。○中秋空有月。只照人離別。况此雨連綿。烟昏月黑天。

春閨

春深加倍心情惡。慵歌嬾笑梳粧薄。深自掩窗紗。怕人言落花。◯夢回剛拭淚。偷立鞦韆背。風起落花飛。不知雙淚垂。

【眉批】（「深自」二句）落花言亦是怕，可謂情深之極。（此條《續修》本無，哈佛本、《存目》本、鄭藏本作「花言亦是可謂情深□」，且末字殘損而僅剩一二筆畫）

【夾批】〔怕人〕句：妙。〔不知〕句：黯然魂消。

夜閨

一燈徹夜陪孤寢。好香煖浸鴛鴦枕。殘月小窗楞。花枝與夢橫。◯半床衾似鐵。正是人愁絕。淚眼不分明。燈花罨盞昏。

【眉批】（上片）温、柳得意語。（此條《續修》本無，哈佛本、《存目》本、鄭藏本缺「温」）

【夾批】〔燈花〕句：妙。

玉聯環

春望閒情

東風陌上吹香雨。採桑嬌女。亞枝密葉溜釵珠。微笑語，携筐去。○拍板誰歌金縷。別離何處。倩人說與落花餘。去不得，還應住。

【夾批】〔微笑語〕二句：光景。〔去不得〕二句：境外情深。

憶秦娥

春思

欄杆曲。竹浸一池春水綠。春水綠。消閑碁子，破愁雙陸。○花逋酒負何時贖。多情反被情拘束。情拘束。不堪重見，燕飛華屋。

【夾批】〔多情〕句：直。

觀芙蓉感舊次閬生韵

芙蓉早。梳烟掠水粧初曉。粧初曉。一叢痴艷，雨宜風好。○舊時游侶知多少。花今依舊人今老。人今老。問花曾記，幾人去了。

寒夜

添悽寞。梅花月下微微落。微微落。西簷頭上，一聲風鐸。○驚栖庭樹啾啾雀。霜花侵綴簾衣薄。簾衣薄。夜深香靜，背燈人覺。

【眉批】（「西簷」二句）宛然獨眠孤館。

村中

驚冬暮。西風寒思生村塢。生村塢。茅簷日煖，補衣團坐。○村西橋接村東路。橋頭酒店臨船步。臨船步。喫茶人散，賣魚娘過。

風情

尋密約。沉香亭外迴廊角。迴廊角。笑中微意，被伊猜着。○黄金脱贈盤龍鐲。含情送出鞦韆索。鞦韆索。記奴腰樣，爲郎如削。

其二

尋密約。點頭花下千金諾。千金諾。雲襟雨思，被鶯瞧着。○嬌慵擡起雙鬟落。欲挽鞋失教郎索。教郎索。感郎珍重，替儂挽却。

【眉批】（「欲挽」四句）寫出妖嬙。（翻刻本將此條改刻於分片符○之旁作夾批）

即事

人歸去。綺窓朱戸人何處。人何處。雨梨烟柳，露桃風絮。○可憐一霎風流齣。傷心芳草墳頭路。墳頭路。明年打點，爲伊標墓。

【夾批】（明年）二句：真堪哭殺。

懷王脩微

脩微，籍中名士也，色藝雙絕，尤長于詩詞。適從性夙齋聞其人，見其《憶秦娥》一章，有「多情月，偷雲出照無情別」之句，風流醞藉，不減李清照。明日入東佘，見修微於眉公山莊之喜庵，方據案作字，逸韻可掬。相與談笑者久之，日西別去，此情依依。因用其調，填詞記之。他時相見，拈出作一話頭耳。庚申冬至前四日花影齋識。

聞人說。風標詩句皆奇絕。真奇絕。墨香詞藻，髩雲肌雪。○多情偏詠多情月。儂今豈是無情別。多情別。雁飛如字，暮江空濶。

咏雪

真奇絕。仙娥剪下瓊花葉。瓊花葉。曉山疑絮，暮山疑月。○依依偏向梅邊歇。輕輕還向釵頭貼。釵頭貼。最憐纖手，掃烹時節。

其二

真奇絕，瓊刀剪碎冰綃裂。冰綃裂，江天水墨，釣船明滅。○煖烘雙袖黄金熱。高歌自賞陽春闋。陽春闋。看人成敗，狻猊裝捻。

朝中措

春遊

春風一棹水爲家。遊思滿天涯。就此村中沽酒，看看岸上桃花。○旗槍試茗，輸贏鬪草，滑淨穿紗。動輒幾行佳句，自云不負韶華。

【眉批】（「就此」二句）興味可想。（此條《續修》本無，《存目》本不清，僅略有痕跡）

減字木蘭花

芳草「芳草」，予妾名

天涯芳草。幽徑偷藏深杳杳。摘得歸來。不入尋常歌舞臺。○供香煮茗。點綴詩人情裡景。刺繡縫衣。絕是貧家曉事姬。

三月晦日

綿拋楊柳。九十春光今九九。早脱春衫。十分紅芳今十三。○高歌一曲。却扣池頭新番竹。一曲高歌。送却春歸可奈何。

其二

送春佳句。盡在落花鶯語處。拾向奚囊。無數春光字裡藏。○惜春無睡。纔到曉鐘春便去。春去波波。且共今宵擁被窩。

贈别

寒烟衰草。草外烟中天更杳。人去天邊。正在寒烟衰草間。○一襟别淚。付與伊人將了去。憔悴人呵。其奈寒烟衰草何。

【眉批】（上片）不言愁，愁已無限。（此條《存目》本僅有「已」字）

謁金門

春盡

春歸去。如夢一庭空絮。墻裡鞦韆人笑語。撩亂花飛處。〇無計可留春住。只有斷腸詩句。萬種消魂多寄與。芳草斜陽樹。

【眉批】(「萬種」二句)遠情微韵。(此條《續修》本無)

清平樂

梅

寒添未甚。養得瓊花嫩。漠漠幾枝全瘦損。别是一家風韵。〇凄其斷送冰魂。溪橋緊閉朱門。况也沒人看取,一輪月竟黄昏。

【夾批】(竟黄昏):「竟」字妙。

雪

兒童撲絮。只道留教住。撲便不來來便去。住則又無些個。○風吹點點蒼苔。雲昏片片亭臺。試上碧樓回首，瓊瑤推向人來。

深秋病起巽玄大師偕包稺先見訪山齋同賦

風微雨潤。潦倒重陽信。帶得三分花酒病。病也有些風韵。○堦前雲補蒼苔。故人踏破雲來。笑語西軒小飲，園丁恰報花開。

夜坐

清宵獨坐。漸漸初更過。煨芋撥開井糞火。量腹加餐個。○月明竹掃昏黄。一爐香伴雲房。睡去渾無夢也，覺來是個空床。

【校】上片末句原刻本、翻刻本、抄本均作五字，按格律少一字。然下二首此處亦作五字句，或均爲誤填。民國趙尊嶽「惜陰堂叢書」《明詞彙刊》則作六字「量腹加餐幾個」。

【眉批】（「睡去」二句）當已聞道。（此條《續修》本、《存目》本無，哈佛本、鄭藏本首字殘損，僅剩下半

「田」字）

其二

青雲險路。何似今宵坐。眼不張開將息數。忽見于中我。○人間臭腐紛紛。燒丹也費精神。但向房中睡也，明朝日晏開門。

送春

東風無力。不上繁華陌。褪了花腮紅粉色。堤柳絲垂白。○莫教杯裡乾遲。若教提起堪悲。多了一番春去，少他一遍來時。

画堂春

閨思

上簾日色捲簾花。雕欄一曲紅斜。晚鶯啼樹隔窓紗。寒又添些。○猶憶去年舊事，泥人未許離家。共分龍腦試新茶。今在天涯。

【眉批】（「共分」二句）秀甚。（此條《續修》本無）

春閨

煖風才炙柳鵞黄。霎時洗出風光。小池肥膩燕爭糧。打落紗窗。○香了一絲烟去，花濃幾樹春忙。共攜纖玉步庭芳。窄窄鞋幫。

【眉批】（「香了」二句）妙句。（此條《續修》本無）

浪淘沙

壬子至夜有感

今夜小寒風。律改黄鍾。滿堂人面笑談中。忽憶去年懷舊處，燭影摇紅。○心事奈匆匆。暮鼓晨鐘。看看心力負天公。就是去年光景也，未與今同。辛亥至夜有《燭影摇紅》詞。

【校】「律改黄鍾」，「鍾」抄本作「鐘」，與下「晨鐘」之韻字重複，應誤。

【眉批】（「忽憶」）無限感歎。（此條《續修》本無）

春愁

一盞小玻璨。烘煖蛾眉。纔將愁浣遣教回。底被東風醒酒面，漸漸還來。○心上轉徘徊。酸過青梅。思量無計可支持。只是春來多飲酒，醒則題詩。

有懷

休去倚欄杆。人在天南。雲山隔斷一絲牽。不信情痴痴甚也，或是因緣。○提起便心酸。只把眉攢。皮毛忽地似禁寒。這是因何緣故也，况是慵餐。

【夾批】〔休去〕句：起妙。〔皮毛〕句：摹神。

西佘山居

早起便看山。暮也看山。前山重叠後山彎。更有一峯奇秀也，直近欄杆。○巖外杏花殘。翠裡紅斑。山頭無雨亦常烟。白鳥飛來點破也，在有無間。

【眉批】（「更有」二句）画所不到。

晚景和沈德生作

半髀短鬢兒。鬖髩絲絲。西堂出浴掩裙時。茉莉半開香雪嫩，和露簪之。◯映月點胭脂。羅袂涼颸。鷄頭閒剥舉霜匙。素手玉簫吹甚曲，郎製新詞。

【眉批】（「西堂」三句）淫艷無比。　（「鷄頭」三句）誰知此樂。

其二

曉事廿齡姬。花是烟非。與郎看月話盈虧。欲問紫姑從乞巧，摘草爲乩。◯語久漸風凄。瘦鉄頻嘶。六銖輕薄顫冰肌。郎解取涼兼熨煖，不用添衣。

桃園憶故人

曉粧

輕紅淺白深青地。風煖香消門閉。曉日滿簾花氣。枝梟鸚哥避。◯金盆輕洗胭脂膩。手挽一枝雲髮。背面側身撩袂。全露如霜臂。

【眉批】（「手挽」三句）梳頭遺照。（此條《續修》本無）

木蘭花

半老佳人

鬟鬟已褪心猶暖。對鏡枉嗔粧束淺。小時心性且收來，着意看郎嗔喜臉。○歌樓轉拍聲初緩。舞袖過時衫較短。有些往事在心頭，悶則紫簫吹一遍。

【夾批】〔着意〕句：可憐。〔悶則〕句：可憐。

小鬟

小鬟未解佯嬌靦。可惜教人容易見。朝來南陌踏青陽，不用齊紈深障面。○初成兩髻新雲短。貪耍穿花來去便。腥紅鞋踏画橋椿，素手遠牽風柳線。

【校】「腥紅鞋踏画橋椿」，「腥」抄本作「醒」；「椿」翻刻本訛刻作「椿」，此處與下句「線」字對，自應爲「樁」。

【眉批】（「初成」二句）寫出嬌痴，形神欲肖。

【夾批】〔可惜〕句：窮酸寡醋。

鷓鴣天

冬閨

約笑團歡簇火爐。共爭烘凍画雙蛾。梅花折下平分插，綵勝裝成各賽多。○匀粉罷，點唇初。呵冰纖指奈寒何。西窗縫裡風來緊，金剪裁綾特地糊。

夏閨

緊閉重門茉莉香。薄雲和月淡鵝黄。賭裝蟢子占新寵，閑趂螢燈取嫩凉。○登小閣，轉迴廊。忽驚紅燭馬嘶忙。盡停窗下匀眉手，扶取門前劇醉郎。

【眉批】（上片）淫艷繁華，宛然在目。（「淫」翻刻本訛刻作「汪」）

玉樓春

閨意

芳心付與春收拾。春似伊心輕棄擲。門前寒透小蠻愁，檢點腰兒無氣力。○剗襪下階花露濕。鸚鵡呼人教小立。無聊且就問鸚哥，薄倖兒夫曾否識。

【眉批】（「無聊」二句）無中生有，無限閒情。

【夾批】〔檢點〕句：秀。

憶舊

年時曾宿花間霧。容我温柔鄉裡住。滿眶秋水漾微波，一線櫻桃聞細語。○而今密約成孤負。滿地落花春又去。回頭多在夢魂中，陡上心來成警句。

【眉批】（「滿眶」二句）我見猶憐。

閨思

重重樓閣扃朱戶。路草萋萋春水渡。樓爲今夜獨眠樓，路是去年離別路。◯江南風景悲遲暮。密約不來緣底悞。不來何必暫時來，便去豈堪長是去。

【夾批】〔樓爲〕二句：不須說破，只如此正妙。

春閨

平明一陣斜風雨。蘸地珠簾深幾許。花拚薄命損朱顔，燕訴新愁作胡語。◯遊絲蕩漾春容與。蝶試黄衣魂栩栩。滿床飛絮拂還來，脉脉却隨輕夢去。

【校】「珠簾」，《瑤華集》作「朱簾」；「花拚」二句，《瑤華集》作：「花拚薄命謝娘嬌，燕訴新愁閩客語。」

【眉批】（「花拚」二句）新妙語。

【夾批】〔脉脉〕句：妙。

秋閨

空庭一葉傳秋警。滿地蛩聲團廢井。半勾涼月逗風簾，直進羅幃窺鳳枕。◯粉花曉撲紅綿冷。撚斷口脂香一寸。開鉼新試木樨油，鏡裡雙鬟雲倒影。

【校】「開鉼新試木樨油」抄本作「開鉼新試文樨油」。

【眉批】（「開鉼」二句）香艷極矣。

【夾批】〔滿地〕句：妙。〔羅幃〕句：窺人甚底。

虞美人

春閨

一簾花影驚風碎。惱得醒還醉。捲簾歸燕早黃昏。況是濕雲如夢雨如塵。◯當初的是恩情甚。信也須難信。此情若是果然真。不枉別來終日鎖眉痕。

有懷

夕陽紅抹花飛急。獨自長廊立。當初親記與卿卿。袖攜花下語惺惺。並肩行。◯邇來只合長占夢。不准曾何用。綉鞋一隻是誰傳。空教珍重一年年。色新鮮。

【校】「當初親記」，「親」抄本作「新」。

【眉批】(「綉鞋」三句)常語翻出新境，妙絕。

南鄉子

舟中雨景

無可辨人烟。樹裡帘竿是處尖。雨勢又狂風又大，侵船。過盡雲溪不記灣。◯潮長暗連天。十里蘆花雪未闌。幾個白鷗飛去也，悠然。一領漁簑黯淡間。

【眉批】(「幾個」三句)真可謂詩中有画。

醉紅粧

美人

那人年紀問如何。正雙鬟，恰好梳。一波秋暈喜斜睃。團扇裡，映雙蛾。○半弓小脚倩人扶。難撐架，沒支吾。嫁與檀郎應折福。敢容易，做兒夫。

【夾批】〔一波〕句：寫出娟態。〔敢容易〕二句：妙。

踏莎行

閨情

悶炙龍膏，困殘山枕。也曾歡笑今孤冷。當初不解怕分離，直到分離方悔省。○客裡音書，去冬題印。可憐書到清明近。清明縱使有書來，可知還是端陽信。

初冬彥容、闇生、孺容、君泰、元結見訪山齋留宿和彥容作

門在橋邊，路横谿口。一彎山色濃于柳。高齋纔供小春茶，空庖猶剩重陽酒。○留客西窓，水芹畦韭。清歡不俗真吾友。分題險韵出新裁，圍碁勝局爭先手。

【校】抄本標題作「宿和彥容作」。

其二

儘汝淹留，山蔬粗有。床頭斗酒藏之久。天公况有好風光，西臺淡月剛初九。○戲折黄花，嫁于紅友。與君一笑逢開口。眼前行樂是昇平，而今世事君知否。

鵲橋仙

七夕

教鬟俟月，呼童捲幕。茉莉暗香無數。穿針樓上笑聲喧，多半怯、薄衣微露。○先生醉矣，便尋眠去。明日葛中重漉。人間夜夜有佳期，較勝得、天孫些個。

小重山

茶

龍腦輕和輾玉塵。瀹來浮琥珀，照人明。酒酣虧殺數杯傾。心腹口，瞥覺一時清。◯天付與閑身。品香和品味，費心情。喜逢穀雨趁新晴。松火焙，親手上磁瓶。

臨江仙

茉莉

晚換新粧憐殺汝，粉香滴滴分明。欹欹亞亞或平平。數枝斜露泣，和月在涼庭。◯點向佳人青兩鬢，一團雪暈微生。在人頭上更亭亭。水晶簪子插，斜傍玉釵橫。

【眉批】（下片）宛然婀娜。（此條《續修》本無）

行香子

記別

點點眉山。冉冉雲鬟。儘心中、眼裡腮間。孤身遠去，綉閣深關。況清秋，蘋思晚，稻聲乾。○破題今夜，燈孤篆冷，被窩單、半枕偏閒。何曾睡穩，只是身翻。算相思處，百十樣，萬千般。

【夾批】〔況清秋〕三句：妙句。〔何曾〕二句：妙。

蝶戀花

夏閨

陣陣薰風熏繡幕。睡到醒時，日下荷亭脚。脂粉慵施施也薄。今朝又遜三分昨。○修篁簾外枯新籜。靜糝花陰，困得猧兒着。倚悶手彈無信鵲。石榴驚得紛紛落。

【夾批】〔靜糝〕二句：摹景幽細。

途中有寄

雨横風狂春信早。苦雨愁風，只使行人惱。春水接天天杳杳。茫茫多是行人道。〇人到毘陵新月小。約定歸期，漸漸差池了。待到歸時春已老。可憐又是吟芳草。

夜思

別後十朝風雨九。殢雨慵風，音信何時有。柳帶堪思扳折手。歸期不信叮嚀口。〇又是上弦新月瘦。一個人兒，絮被無多厚。況有釅愁勝薄酒。自占殘夢愁時候。

【眉批】（「況有」二句）真愁殺人。

【夾批】〔柳帶〕二句：妙句。

青玉案

述懷

好花好酒知多少。經幾遍、春風鬧。被我閒人收拾到。清溪一棹。香茵一覺。這味誰知道。○天公自古無分曉。學做痴聾偏是好。問道誰人忙得了。長安街上，烏頭成皓。餓眼看人飽。

【眉批】（「長安」三句）看此應瞿外醒矣。

其二

幾乎忘了春之杪。虧殺有、荼蘼報。快把椰杯花下倒。切須沉醉，休教醒了。生怕春風笑。○逢花便拗斜簪帽。隨分奇花和賤草。鸞鳳鶬鶊多是鳥。高低休論，是非休誚。爭甚閒公道。

【眉批】（下片）此小詞中《齊物論》也。

天仙子

寒夜閱張三影句因得十影

瘦竹自搖清夜影。煖睡覺來窓鼠影。起和殘月小徘徊，獨鶴影。似人影。飛雁劈空分地影。〇灩灩半池雲皺影。靜靜一痕簷角影。隔簾霜滑顫風枝，落葉影。動燈影。部伍不齊簷馬影。

【夾批】〔飛鴈〕句：奇句。〔落葉〕二句：句有神。

江城子

秋夜爲觀荷待月之酌

襪鞋之外即芙蓉。故衣鬆。綠裳濃。是誰與語，腼腆面兒紅。姊妹竝頭喬做甚，全不管，惱吾儂。〇教人一飲定千鍾。忽聞鐘。月當空。似將殘宴，搬入水晶宮。驀地一番荷氣馥，風過了，有無中。

【校】「忽聞鐘月當空」六字，抄本作「忽聞月當空」五字。

【眉批】（「姊妹」三句）姿韵横生。（此條《續修》本無）

游句曲

三年三度上三峯。杖孤筇。正東風。野草鋪花，白裡忽嫣紅。雲外道人行脚倦，肩卸鉢，倚孤松。○支持身到半空中。路如弓。樹如龍。石洞雲岩，到處設行宫。忽地不知凡骨换，呼吸氣，與天通。

旅夜

一塲花夢又匆匆。滿江紅。掛孤蓬。野水荒山，一叚暮烟濃。南徃北來西去也，歸未得，老遊踪。○疾風狂雨浪驚空。對燈籠。况殘鐘。記得年時，歡喜画屏中。底事今宵憔悴也，偏不許，那人同。

春遊

杏花零落水平堤。麥初齊。菜初肥。柳岸微颸，蝴蝶點春衣。行過池頭花徑窄，驀逗却，燕兒泥。○竹園深處鵓鳩啼。小橋西。日頭低。淡淡春山，曲曲画蛾眉。是幅美人遺照也，怎攜得，袖兒歸。

【眉批】（「是幅」三句）生出波瀾自妙。

咏花

蕋珠宮裡掌花仙。爲塵緣。債須填。命帶花星，日費買花錢。檢校人間脂粉籍，親受記，玉皇前。○惜花功行滿三千。賞花鮮。護花蔫。花落花開，盡使得吾憐。懺悔衆花寃業了，同歸去，大羅天。

【眉批】（下片）花債多頭，願力弘大。

漁父

白蘋水蘸蓼花風。暮烟中。一漁翁。一領青蓑，襯一樹丹楓。收網棹歌歸去晚，風恰順，好揚篷。○不將魚送費迎逢。饌親供。儘從容。稺子山妻，醉面各微紅。明日生涯渾未定，看風色，任西東。

【校】「好揚篷」，「揚」抄本誤作「楊」。「任西東」抄本誤爲「任東西」。

【眉批】（下片）快活無邊。（此條《續修》本無）

【夾批】〔「一領」〕二句：摹景妙絶。

西江月

夏景

萬緑垂陰做幄，小堂鋪簟如冰。霜刀切玉藕堆銀。茶臼搗龍成餅。○輕燕啄花歸早，涼蟬帶柳啼新。手携小扇上溪亭。脱帽科頭且飲。

【校】「手携小扇」，「手」翻刻本訛刻作「乎」（其中鄭藏本手寫改爲「手」）。

月

窓下蛾眉鬬巧，臺前鸞鏡齊輝。照來院落影微微。不穩百花嬌睡。○可有南樓詩句，誰挑閣夜香灰。西廂紅杏出墻時。一簇絳籠歸處。

【眉批】（「可有」二句）全不寒酸。

風

淡淡欹雲送雨，低低弄柳攧花。輕吹寒氣透窗紗。不道捲簾人怕。○睍得一梳雲冷，儘飄永日香斜。裊殘鉄馬動棲鴉。總入重門深夜。

【校】「睍得」，「睍」翻刻本訛刻作「眼」。

感舊

漸漸流光換也，些些髭鬢添時。當初判做一番痴。痴到而今何似。○不悔怎生不悔，不思終費尋思。今朝且莫更攢眉。越越不勝愁矣。

其二

煖鴨麝臍炙處，小荷燈穗開時。手中非復舊瓊卮。猶是當初酒味。○往事心頭還繫，儘判也不尋思。尋思更是了無期。記倒不如不記。

【夾批】〔猶是〕句：別有閒情。〔記倒〕句：情深之言。

憶舊

好月朦朧過了，奇花容易開殘。不堪又是倚欄杆。何況酒醒人散。○曾記燈前刺繡，有時窗裡梳鬟。當初不道有多般。到此思量無限。

【眉批】（上片）無限感愴。（下片）真情實境。

其二

又是花飛似雪，玉樓人去三年。你無一字寄蠻箋。我也塵生筆硯。○見則斷無今後，思來煞有從前。也判忘記省愁煩。其奈眼睛曾見。

【眉批】（下片）真。（此條《續修》本無）

【夾批】〔花飛似雪〕：一語已堪痛哭。

初夏

茉莉看看肥大，荼蘼漸漸斕姍。日長枕簟困懨懨。人在紗窗起宴。○消暑倩他紈扇，迎梅儘費爐烟。靜看故故拂垂簾。新乳一巢三燕。

警悟

個個難拋紫綬，人人怕老頭巾。與誰兩個掙輸贏。恁地不知安分。○卜筭從來不准，憑天自有前程。筭來懵懂勝聰明。落得無愁無悶。

【眉批】（下片）至言。（此條《續修》本無）

【夾批】〔與誰〕句：此語可省。

憶朗公歸山

供佛燈前放榻，炙香爐畔烹茶。忽思人去及梅花。幾度霜天雪夜。○記得那人說道，水雲深處爲家。推窗極目望歸霞。約摸結廬其下。

青衫濕

雨夜

孤燈燈畔孤燈影，燈影照窗紗。一陣輕敲，有時重打，雨在籬笆。○竹門對水，茅齋半漏，冷靜人家。蒼頭乞糴，荆妻問米，一會嗟呀。

【眉批】（下片）爲措大寫照，幾乎頰上三毛矣。

醉春風

閨曉

剛見梅花嫩。又早清明近。門前作怪五更風，劣一陣。勒月疎雲，打窗微雨，暗燈殘暈。○那有蕭郎信。只有蕭娘病。曉粧慵得不梳頭，擡着悶。錯惦衣單，浪嗔香惱，跌菱花鏡。

【眉批】（「勒月」三句）寫景寫情，俱入妙境。（翻刻本僅「景寫情俱妙境」六字，缺刻一字）

江城梅花引

閨情

風風雨雨要清明。惱心情。沒心情。滿眼韶光，悶悶憶芳塵。信道沒情還道有，怕胡認，任奴嗔，枉你心。○久矣久矣到如今。信不真。夢不成。畢竟畢竟心地忍，忘我叮嚀。抛我金爐，寒鴨坐孤燈。萬一後來重見恁，羞殺也，羞見伊，恁樣人。

【夾批】〔怕胡認〕三句：妙。〔羞殺也〕三句：妙。

滿江紅

旅況

雨飯風衣，已冬殘、猶是行客。雲水暗、晚風剛順，晚潮尤逆。樹裡漁家遮又出，天南烟火斜還直。看前頭、水鸛立如人，蒹葭白。○窮鄉路，轉荒僻。幾十里，無人跡。但亂鴉枯樹，慘吾行色。惡浪幾堆驚櫓失，前山一片當船黑。歎年來、南北與東西，身如織。

【眉批】（下片）寫得慘然。（此條《續修》本無）

旅中七夕

忙裡征夫，幾乎忘、今夕何夕。驚人道、昨宵初六，今宵初七。節序可憐梭樣擲，秋風又早催行客。歎故鄉、今夜宴高堂，人遥憶。○功名事，心猶赤。風流事，頭猶黑。又何妨胡亂，徃南征北。書劍十分全氣色，烟雲況走詞人筆。且掀髯、一笑向黃姑，觴浮白。

遊虞山

竹杖芒鞋，或時行、或時休立。雲磴表、有峯如劍，有亭如笠。染得輕紗偷樹色，汲來泉水分山液。問先生、于此欲如何，堪家得。○北望海，西醆日。南近水，東背邑。更小橋籬落，道家禪室。樵豎摘桃岩上喫，幽禽驚語松間出。看野花、密處似人踪，麞麚跡。

君山吊古

海柱江門，鰲背上、一卷之石。縹渺外、亂帆高下，亂鷗浮沒。浪勢遠衝風倒立，波光浩蕩天相蝕。却等閒、容我一喞杯，澆胸臆。○傷楚事，空陳跡。斷碑記，無人識。但老鴉枯樹，破家亡國。舊日高墳今已棘，當初盜國空爲賊。倒供人、一醉一題詩，稱豪逸。

【眉批】（「但老鴉」六句）笑殺痴兒。（此條翻刻本脱漏缺失）

山中夜思

風雨沉綿，空山裡、暗香昏燭。多只是、焦桐禁指，綉衾拳足。淚雨直堪浮枕去，夢痴猶是和伊宿。却起來、只有影隨身，鼾童僕。○敲陣馬，池南屋。驚栖鳥，橋西竹。更燈蛾窓鼠，攪人尤毒。嗔鴈過樓偏訴怨，愁鷄到曉其聲喔。想空閨、於此好思量，眉頭蹙。

【校】「嗔鴈過樓」，「嗔」翻刻本訛刻作「真」。

【眉批】無限纏綿，下筆秀勁，可稱字字新穎。（此條《存目》本無，《續修》本、哈佛本、鄭藏本「下」字均殘損，僅剩右側横、点二筆，鄭藏本多漫漶）

千秋歲引

秋夜

小巷繁砧，窮宵闕酌。風老霜花伴淒寞。哀鳴鴈說遼陽事，驚栖鵲話黄姑約。睡回來，酒醒了，燈煤落。◯一半是人將意縛。一半是儂將情愽。總是温柔鄉路惡。當初謂到而今好，而今悔不當初莫。十年心，十年事，消磨却。

【眉批】（下片）無限感歎。（此條《續修》本、《存目》本無）

【夾批】〔哀鳴〕二句：新妙。

壽奕山韓太翁九十

五柳先生，四休居士。覷得功名淡於水。爲貧而仕閩與浙，處處春風綻桃李。歸去來，塵網外，烟霞裡。◯築室搆堂樸而已。炊菰煮菜飽而已。九十年來但知止。清閑無事身常健，斑衣滿眼怡孫子。就神仙，也不過，如斯耳。

疎簾淡月

送朱現明歸蜀

如昆勝友。奈鄉思催人，輕教分手。况是霜天，冷透客衣時候。征帆一片和雲驟。霎時間、并州非舊。從今西去，相逢未卜，共添眉皺。○君記取、休教回首。歎舊事縈心，一些難又。恨水愁山，萬里要君消受。晚鴻叫落巫峰月，更孤舟、亂猿啼後。思君此際，還將淚灑，別時衫袖。

梅

先春漏洩。早開近東墻，一堆香雪。判冒寒威，那肯逐時温熱。只容玉手和霜折。還未許、春鶯饒舌。一片冰心，是誰知道，夜深寒月。○歎隴上、音塵還絕。更樓閣深沉，笛聲吹鐵。香沁詩脾，此味好難分說。幽魂不共東風歇。還有個、薦羨時節。冰肌孤倚，小窗低弄，費人吟閱。

【校】「判冒寒威」，「冒」翻刻本訛刻作「温」，此字當仄，顯誤。

臘梅和彥容作

竊梅聲價。更別樣喬粧，未春先嫁。一種孤芳，占斷霜天雪夜。可憐桃李東風謝。得如他、歲寒心麼。薰透簾衣，暗撩粧閣，伴人煨麝。◯膽瓶水、侍兒寒瀉。還斜插一枝，碎金低亞。重惜寒香，移入深深樓榭。幾番薄醉微吟罷。惱香魂、逼禁無那。曉粧開處，看人笑插，玉搔頭下。

【夾批】〔惱香魂〕句：多情人語。〔曉粧〕三句：韻絕。

洞仙歌

壽順江舅翁七十雙壽

憑誰獻壽。正小春時候。天遣陽和爲君透。向草堂羅拜，笑折梅花簪白首。粧點仙翁古秀。◯雙星天上偶。謫到人間，共解還丹總無漏。偕老田園，恣游衍、水竹畦花，味清真、圃蔬籬荳。喜今年、七十正平頭，況同月同年，古來稀有。

【夾批】〔笑折〕二句：情景妙絕。〔恣遊〕二句：田園真樂。

華胥引

記夢

分明幽夢，霧鬟雲裳，隔窓細語。十二樓中，三千島外、難獨處。恨上下人天，東西吾汝。乘鳳歸來，嶽尖五點堪數。◯驚起沉吟，覺微微、淚花似雨。玉妃仙去。怎生行雲過楚。可惜華胥驚破，爨烟纔舉。情海無邊，世間何限塵土。

滿庭芳

夏景

樹染橙香。花燃榴火，池頭蓮盖初張。槐陰半畝，引起竹床凉。門靜閑花自落，小園中、點數新篁。凭欄久，閑調鸜鵒，摘葉戲螗螂。◯日長。真似歲，輕施氷簟，破夢西堂。正王瓜供饌，菰米輸粮。且喜黄梅過也，建蘭開、𡾟岕茶香。東齋晚，一壺村酒，月在松窓。

【校】首句「染」字翻刻本訛刻作「下」。

又，清王昶所編《明詞綜》錄有本詞，題「初夏」，文字不同，然王昶多擅自改辭，姑記之：
樹染橙香。花燃榴火，曲池蓮蓋初張。槐陰半畝，引起竹床凉。門靜閑花自落，小園中、無數新篁。
凭欄久，閑調鸚鵡，摘葉戲螗螂。◯日長。真似歲，輕施氷簟，閑夢羲皇。正孤蟬吟樹，乳燕依梁。
且喜黄梅過也，建蘭開、巗岕茶香。東齋晚，一壺村酒，新月上松窓。

閨曉

璧月還斜，金荷餘燦，微微淡日纔烘。春窓睡曉，花露濕東風。慣使小鬟能事，早移放、
鸚鵡雕籠。欄杆下，輕描淡洗，一陣細香濃。◯隔窓人叫道，夜來些個，記否吾儂。可
憐微笑者，一臉潮紅。便去尋芳鬭草，俊金蓮、繡着雙弓。盈盈在，梨花雪裡，柳絮
烟中。

【校】首字抄本作「壁」。

【眉批】（「可憐」二句）□極。（此條翻刻本脫漏缺失）

其二

柔夢縈魂，淫香浸骨，半痕潮日簾櫳。嬌慵扶起，帶睡剗鞋弓。檀鈕全鬆未扣，影微微、一線酥胸。烏雲側，淡霞斜泛，印枕暈兒紅。◯鴉頭傳報入，海棠開了，春鬧花濃。疾忙梳洗者，就看池東。獺髓殘膏細劈，向金爐、密粉先烘。斜窺鏡，画眉時樣，籠鬢尤工。

【夾批】〔柔夢〕二句：妙句。〔影微微〕句：妙。

夜泊書懷

蘋水浮天，雲谿抹雁，斜陽古渡荒灣。村醪獨醉，鄉思睡漫漫。此意無人會得，自思量、儘似痴頑。傷心處，一江如帶，人在渺茫間。◯來時親記得，偷窺門縫，隱約眉山。情知離別者，强作歡顏。又是昨宵今夜，想鮫綃、淚粉應斑。待歸去，西窓燈下，細數親看。

【校】「人在渺茫間」，抄本無「在」字。「來時親記得」，「親」抄本作「新」。「隱約眉山」，「隱」抄本作「陰」。

【夾批】〔偷窺〕二句：宛然。

鳳凰臺上憶吹簫

閨意

竹卸龍鱗，蕉分鳳尾，小窓一味清幽。憑幾番午夢，斷送閒愁。眼見荼蘼開了，彈指裡、花事多休。初醒酒，柳陰陰下，多少凝眸。○悠悠。不堪回首，覺眼前心上，都到眉頭。歎行人去也，何處偏舟。只有雙雙燕子，好伴我、鎮日高樓。還應是，一彎新月，兩地如鈎。

燭影摇紅

辛亥至夜懷舊和彦容作

燭影摇紅，寒梢薄暈風微弄。匆匆斷送一年忙，律改葭灰動。此夜有人堪共。歎今夜、些些如夢。此情無奈，此怨誰傳，此時霜重。○釃酒無功，遣愁消恨全何用。當時曾與泛霞觴，剩個留春甕。和月折梅清供。却髩鬑、衣香微送。相思紅豆，蠲憒青箱，一時多種。

望海潮

早春即事

梅魂剛返，柳思才蕩，輕藍薄粉池塘。整頓幅巾，安排藤杖，春遊已費商量。又挑動詩腸。擬燒燈賽月，刻燭催觴。烟暮風朝，總教花月襯文章。○東軒密帳明窗。有流蘇帶綬，錦瑟絃張。椒酒剩杯，釵旛壓鬢，黃金小鴨添香。私祝賀檀郎。願年年綠鬢，酒聖花狂。儂儘甘心，典籌分燭夜深忙。

【校】抄本此首漏抄調名。

【眉批】（下片）自寫真樂，令人妒殺。（此條《續修》本無，哈佛本、《存目》本、鄭藏本「自」、「人」二字均殘損不可辨，「令」字殘損而尚可辨）

醉蓬萊

祝彦容九月初度

問秋光何似。菊蕋分齡，桂花生子。初度年年，喜相逢于此。自此村中，歲時高會，漸數君年紀。共祝茅齋，一觴春酒，野人之禮。○屈指生涯，填詞問句，品茗評香，呌兄呼你。暇則圍碁，亦猶賢乎已。歲歲如斯，私心料得，也不虧君矣。況有奇逢，這回生日，天公晴美。

【校】「私心料得」，抄本無「私」字。

念奴嬌

春初

煨芽淡日。更做暖東風，欺氷春色。窓影蕭疎，正一枝、勝雪梅花新拆。院院謳歌，家家簫管，已是春消息。韶光纔轉，惱人早眠不得。○休怨薄倖東君，今日重來了，報知端的。朱戶深深，暗地裏、一種温柔偷入。困住佳人，腰肢渾覺道，無些氣力。柳金將綻，撩人依舊南陌。

【校】「勝雪梅花新拆」，「拆」抄本作「折」。

早春送望子、閬生游武林次彥容韻

烟堤初曉，看正對船頭，半輪紅日。送子遠行何所贈，一味可人春色。蘇小門前，西泠橋畔，天把韶華擲。儘君消受，穩風人坐飛鷁。○記否酒泛山頭，露橫江面，就月曾移席。比翼而今已分拆，悵望夢中油壁。聞說當初，馬蹄行處，添個墳栽柏。君如吊取，落花猶似人跡。

【校】「比翼而今已分拆」，「拆」抄本作「折」。

壽項少瓶先生

霞觴初泛，共折花爲壽，亂簪華髮。記得當年提寶劍，直宿禁闈丹闕。姓字書屏，功名篆鼎，勇退輕殊業。青山白水，贈君閒裡風月。○有時策蹇支筇，尋芳選艷，杏臉鶯兒舌。但按笙簫花竹譜，不省悟真圖說。白地仙人，自然耆艾，全福真奇絕。拜揚休美，爲翁歌載一闋。

【校】「拜揚休美」，「揚」抄本誤爲「楊」。

七夕壽顧振吾鰥居七十

鵲橋初駕，爲笑問黄姑，天孫何處。獨處閒居，却悟得、天下何思何慮。經誦乘三，香消時六，靜裡朱顔駐。古稀年紀，恰如三四十許。○膝下令子承歡，有時扶杖，履稻風花雨。種菊栽松閒事業，小小雲房竹塢。煮石吞霞，炊粱夢蝶，結個清閒果。儘君消受，世人未可與語。

【眉批】詣壽詞俱洒脱有致，尤他人所難。（首字「詣」原刻本略漫漶，細辨字形略近「詣」，「詣壽」爲成詞，應是；此條《存目》本無，《續修》本、哈佛本首字所刻字形略近「語」，然無「語壽詞」之稱）

金菊對芙蓉

壽顧紹庭六十九月初度

桂老筍香，菊肥陶徑，秋光又到山家。鎮生涯瀟洒，忘了年華。機心猶是驚初度，一家婦子爭誇。草堂之上，相攜拜佛，摘果供茶。○也不服餌丹砂。尋常衣飯，隨分還他。但清風明月，受用豪奢。小年纔是週花甲，料從今、海屋籌加。年年到此，鴈來時候，杯泛流霞。

綺羅香

雨景

細不如絲，輕偏扺絮。池館樓臺烟霧。漸漸老梅，青減黃添無數。侵綺席、濕帶歌霏，上翠袖、冷和人舞。最難描、一種凄凉，今宵酒醒打窓處。○平平潮長晚急，一水人雙隔，沉沉綠樹。泣柳泫花，如此画橋南浦。幾個笠、收網人歸，一肩簑、賣花人去。是誰向、暗室昏燈，短香消半炷。

【眉批】（下片）景中有情，其神自遠。（此條《存目》本無，《續修》本、哈佛本、鄭藏本缺「神」字）

雨淋鈴

風雨

吹吹還列。更微雨洒，篩篩還歇。家家戶閉烟生，低楊渡口，翠和鶯折。靠着欄杆不語，但千里如咽。帆一片、近矣還遙，極浦迷迷鳥飛絕。〇香爐狂草烟初結。更濕膩、一陣絃聲劣。今宵憔悴人呵，窓竇裡、有風無月。人在天南，況有鴛衾鳳枕抛撇。待勉强、合眼看看，又被敲聲鉄。

【校】首句「列」字抄本作「冽」。「近矣還遙」，「近」翻刻本訛刻作「久」。

【眉批】此篇摹情寫景，曲盡形容，字字入妙。（此條《存目》本無）

拜星月慢

閨月

香了寒金，燈昏小盞，月被花篩竹戴。搊水擎來，看丫鬟驚恠。把釵記，不覺移來寸寸，照出影和人拜。露釀霜花，上西風裙帶。◯又添些、一刻千金債。忖心頭、有個人人在。細數月缺分離，又早團圞快。惱心期、漸被鱗鴻賣。當年記、他在欄杆外。曾看我、晚換濃粧，有些些憐愛。

【校】「看丫鬟驚恠」，「丫」抄本誤作「了」。

【夾批】〔月被〕句：奇語。　〔細數〕二句：真境語。

薄倖

記恨

如何薄倖。有耳朵、些些作証。記午夜、春烘帳煖，明月照人如鏡。說許多、宿世今生，一絲誓血親曾迸。算今歲庚申，當年庚戌，十一年頭俄頃。◯自越水、吴山隔，便人遠天遥心近。恨雙鴛剩帶，小箋餘翰，怎能忘記常思省。但添悽哽。况吟時酒夜，亂花疎竹圍愁境。起來尋夢，道是是人是影。

【夾批】〔如何〕三句：如此起，自妙。〔亂花〕句：奇。〔道是〕句：妙。

春從天上來

除夕

簇錦開筵。喜早遇春初，猶是冬殘。捨他不得，重與留連。椒酒滿泛如泉。更燒天華燭，共送臘、爆竹庭前。看家家，盡椒花吐艷，彩勝鮮妍。◯明朝改年换歲，又共説元宵，過了依然。暗運如流，人情似火，只管歲歲年年。鎮何如殘歲，清淡味、且自盤桓。休落盞，曉鐘纔動，年紀平添。

【校】「椒酒滿泛如泉」，抄本無「酒」字。

【眉批】（上片）人情實是如此。（此條《續修》本無，哈佛本、《存目》本、鄭藏本僅「情實是如」四字）

絳都春

蠟梅窓月

窓兒低小。怕帘薄花濃，香薰人惱。蠟蒂弄寒，細蕋含金偷春早。靠簾枝上多開了。要索取、人看歡笑。近來久矣休杯盞，也爲伊重倒。◯花貌。依前好。挿來瓶裡，伴個去年人老。夜半吟行，好句評花花無語，月閒花淡人空遶。竟花影、長廊自掃。此時此意何如，有花知道。

【校】「月閒花淡人空遶」，「閒」翻刻本訛刻作「間」；又，此句末字抄本誤爲「遠」。

【眉批】（下片）寫出閒淡情景，字字摹神。（翻刻本僅「景字字摹神」五字，缺刻其餘）

戚氏

冬日感懷

峭寒生。畧畧風捲雪零零。鷙鳥添威，嬾猧貪睡氣呵氷。颼颼響庭筠。啾啾寒雀嚼花鳴。雲頭冷思添黑，並沒一個路人行。苦茗轉澁，甜香又惱，寶欄嬾靠還凭。見疎梅向我，情根恨瓣，待問分明。◯心上幾許難平。書劍久矣，十五到如今。文章裡、要三分命，拗命何人。覷青衿。有些甚好，幾人着破，老此浮名。葛巾野服，草衲芒鞋，筭來終久長情。◯討得年來去，每逢冬盡，一遍心驚。空有雄心浩氣，歎凄涼、青鬢已星星。爭教拘管琴心，抛閒花命，些些總無分。捻腰兒、瘦比東陽沈。筭往事、無可重尋。擬從今。打起精神。再不隨、苦海變清渾。脚頭須硬，胷藏萬古，眼有雙睛。

【校】「書劍久矣」，抄本無「矣」字。

【眉批】（「文章裡」二句）識得恁破。（「空有雄心」三句）可憐。（此條翻刻本脫漏缺失）（「再不隨」四句）隨分做底事，脚頭不可不硬，胸襟眼界不可不濶，此英雄本色也。（「事」翻刻本訛刻作「專」）

秋水菴花影集卷五終

附錄

《秋水庵花影集》版本辨異

時潤民

一　緣起

晚明時期華亭(今上海松江)施紹莘著有《秋水庵花影集》五卷,曲學大家任中敏先生在其所編著《散曲叢刊》中的《〈花影集〉提要》稱譽道:「施氏散曲乃昆腔後一大家,明人散曲中之大成者。」二〇一七年初,鍾錦先生約請陝西詩詞學會理事劉澤宇點校整理此書,擬收入華東師範大學出版社「明代別集叢刊」系列叢書中出版,並於二〇一八年初收到完成整理初稿。

後續在對整理稿進行預審時發現,整理稿係以《續修四庫全書》所收録之中國科學院圖書館藏本爲底本。不過《續修》爲將原書二葉合拼爲一頁後單色影印,導致原書中所含天頭眉批文字有不少難以辨識。而民國時期刊行之任中敏先生編著《散曲叢刊》並上海古籍出版社二十世紀八十年代末出版之「散曲聚珍」叢書中雖都含《秋水庵花影集》一種,却亦未對眉批、夾批文字做整理與刊印。整理稿受工作時間、精力所限,尤其是文字辨識難度較高及缺乏既往資料可資參考之影響,同樣未涉及眉批、夾批内容,未免有「遺珠」之憾。

繼而檢索資料獲知，二〇一七年八月哈佛大學哈佛燕京圖書館宣布其所藏中文善本特藏數字化工程完成，公開供免費使用，正含著錄爲「明崇禎」本《秋水庵花影集》五卷。查閱全書書影後發現，此哈佛藏本與《續修》所影印之中科院藏本爲同版，且數字化書影爲全彩掃描，天頭眉批文字清晰，爲補錄原書眉批、夾批提供可能和極大便利。旋即與整理者商議，重新對整理稿進行校對與補錄批語。後在斷續歷時兩年多過程中，彙集原書現今獲見之多本進行全面參校、核訂，並對原書版本形成以下一些新認識。

二　概述

校訂與補錄工作中使用到的諸本，據目前對各本的認知，略依其成書、刊刻及刷印時間先後，分列如下：（一）中國國家數字圖書館收錄原民國國立北平圖書館甲庫所藏善本明抄本微縮膠卷影像（係由美國國會圖書館於二十世紀四十年代拍攝，原書現藏中國臺北「故宮博物院」）；（二）中國臺北「中央圖書館」之「古籍與特藏文獻資源」中收錄其所藏明末刊本全書書影；（三）中國國家數字圖書館收錄中國國家圖書館所藏明末刊本全書書影；（四）《續修四庫全書》第一七三九册「集部・曲類」影印中國科學院圖書館藏本（著錄爲「明末刻本」）全書書影；（五）中國國家數字圖書館收錄天津圖書館藏本（著錄爲「明末刻本」）全書書影（存三卷）；（六）美國哈佛大學哈佛燕京圖書館藏本（著録爲「明崇禎」本）全書書影；（七）《四庫全書存目叢書》第四二二册「集部·詞曲類」影印北京大學圖書館藏本（著録爲「明末刻本」）全書書影；（八）中國國家數字圖書館收録中國國家圖書館所藏清博古堂乾隆十七年（一七五二）刻本全書書影；（九）任訥編著《散曲叢刊》一九三〇年上海中華書局排印本；（一〇）《散曲叢刊》二〇一三年鳳凰出版社標點整理本；（一一）日本京都大學藏《秋水菴花影集選》抄本。

上述前八種本子的鈐印概要情况爲：（一）簡稱明抄本，有「國立北平圖書館藏」印；（二）簡稱臺北本，有「匯古齋」、「國立中央圖書館收藏」、「藕香水榭」、「長洲趙鈞家藏」諸印；（三）簡稱國圖本，有「楊尚相印」、「霜嶽」、「尚相」、「燮安」、「願讀人間未見書」、「夢不離竹徑花塢之旁」、「羲皇以上人物嵇阮兄弟之間」、「北京圖書館藏」諸印；（四）簡稱《續修》本，有「中國科學院圖書館藏印」；（五）簡稱天圖本，有「直隸檢查」、「金粟山房」、「鑄莽培仁」、「天津圖書館藏書之章」、「香簡艸堂」、「天津圖書館藏」、「乙巳遊泮丙午賢書丁未進士」諸印；（六）簡稱哈佛本，有「哈佛大學漢和圖書館珍藏印」；（七）簡稱《存目》本，影印之書影未見藏印；（八）簡稱鄭藏本，有「北京圖書館藏」、「長樂鄭振鐸西諦藏書」、「長樂鄭氏藏書之印」，原爲鄭振鐸藏書，在其身後由家屬遵其遺願捐獻於原北京圖書館。

其中除各圖書館藏印外有私人藏印者爲臺北本、國圖本、天圖本、鄭藏本，國圖本諸印查無線索，鄭藏本見前述。臺北本或爲清長洲人趙鈞舊藏，趙氏字晋卿，同治三年（一八六四）舉人，官江寧教諭，與修《蘇州府志》，善弈棋。（《（民國）吳縣志》卷六十八上「列传六」）民國間林葆恒輯《詞綜補遺》卷七十七錄其詞作一首。但不知此本上另一「藕香水榭」印，是否亦爲趙氏私印。至於天圖本則略作申說，現大致可考定其原藏者應爲清後期之張培仁。張氏字少伯，號子蓮，賀縣（今廣西賀州）人。道光二十七年（一八四七）進士，曾任湖南善化知縣，加同知銜。生平事跡見《（光緒）賀縣志》及《（光緒）湖南通志》卷一百二十三。（《續修四庫全書總目提要・子部》）考曾國藩同治八年九月十四日致張氏信札，抬頭稱其爲「紫蓮老父台大人閣下」，故「子蓮」應又作「紫蓮」。（《曾國藩全集・書信之九》）其著作有《金粟山房詩草》（道光刻本）及《金粟山房文集》、《靜娱山房筆記》、《妙香室叢話》（均爲同治刻本）等。父張騏，字伯冶，號賓崖，別號金粟山人，曾官廣西縣丞，能繪事，擅山水、人物、花卉，得惲壽平法，亦善楷書。母錢守璞（即錢璞），繪畫得改琦傳，擅花卉。（《中國近現代人物名號大辭典（續編）》）而據張培仁《妙香室叢話》卷十「陳海霞師」條云：「予自先君子癸卯年見背之後，年甫十六，家貧不能讀書。」所指癸卯爲道光二十三年。又《（民國）賀縣志》卷三「政治部・選舉」記載有：「張培仁，道光二十六年丙午科第三十六名舉人。」張騏於道光二十三年卒於廣西，錢守璞因貧不能回籍，攜子留居，並於道光二十六年前寄籍賀縣。（以上參見林京海《清代廣西繪畫繫年・道光二十三年》）張培仁於中舉之後次年道光二十七年考中丁未科進士（《明清進士題名錄》），符合「乙巳遊泮丙午賢書丁未進士」印文中所謂丙午舉人（即「賢書」）、丁未進士之描述。且據其自述道光癸卯時「年甫十六」，以虛歲計，則其生年應上推十五年，爲道光八年（一八二八），道光乙巳（一八四五）時爲虛歲十八，當於此年考中秀才，推測因三年之中三科連第，故而有此印章之刻。至於天圖本上之「香簡艸堂」印，或係張培仁曾用之另一書齋名，但不可考。

三　明末原刻本、清乾隆翻刻本之辨正

對上述諸刻本進行核對比勘後可發現，臺北本與國圖本應爲同版刷印之本，《續修》本、天圖本、哈佛本、《存目》本、鄭藏本也應爲同版刷印之本，且與臺北本、國圖本略有差異。二版分卷一致，内容幾近全同而僅有細節差異，首有陳繼儒、顧乃大、顧胤光、沈士麟序及峯泖浪仙自序，序後爲《秋水庵花影集雜紀》，再後爲目錄，卷一至卷四葉十四收散曲套數，卷四葉十五以下收散曲小令，卷五收詩餘。卷首部分之内容，臺北本缺《雜紀》，《續修》本缺顧乃大序。天圖本因止存卷首至卷三而缺卷四、卷五，目錄亦僅存卷一至卷三條目，卷三條目結束之目錄葉十一右半葉末行原有「卷四」二字，連同左半葉並被割去，末行被改換入原目錄末之「秋水庵花影集目錄終」一行文字，意圖僞裝成是書僅三卷之假象。至於二版之卷一到卷五中細節差異，詳見下具體辨異環節所述。而二版版式亦全同，均爲每半葉八行，行二十字，無行格，四周單邊，白口，無魚尾，版心最上方記書名簡稱「花影集」，中間記卷第（如「卷一」），下方記葉次，卷一至卷四葉十四下書口左半葉記套數之題名簡稱與葉次（如「春遊一」），卷四葉十五以下之下書口左半葉記「小令」與葉次（如「小令一」），卷

五下書口左半葉記「詩餘」與葉次（如「詩餘一」），另有部分補版記「又」、「又有」、「補」與葉次，序首葉下書口右半葉記刻工「金泰卿寫刊」，卷一首葉下書口右半葉記「金泰卿寫」。

然而上述二版之七本，各館著錄信息判斷之年代却頗爲混亂。臺北本著錄爲明末刊本，中國國家數字圖書館網站則將國圖本、鄭藏本俱著錄爲博古堂清乾隆十七年（一七五二）本，《續修》影印中科院本標署爲明末刊本，天圖本著錄爲明刻本，《哈佛善本書志》中則著錄哈佛本具體年代詳細至明崇禎刻本，《存目》影印北大本標署爲明末刻本。關於此書刻本之版本研究，前有馮艷《〈秋水庵花影集〉的成書及版本考論》（《許昌學院學報》二〇〇七年第三期）一文專論，其所述與判斷，部分內容具有參考價值，然亦有與實際不符之錯誤認識，而訛誤最甚者，乃其文中將博古堂清乾隆十七年刻本誤判爲明版重刷本，頗有致人愈加困惑難明之誤導。下據各本對勘情況先做大致厘清，並訂正各館著錄之疏誤。

上述七本中，現書影可見唯一具有牌記者爲鄭藏本，其扉頁上，右側署「華亭施子野著」，正中題書名「花影集」，左下方題「博古堂藏板」。此本著錄於鄭振鐸《西諦所藏散曲目錄》卷三葉十五下、《西諦書目》卷五葉六〇下，編號八八四六，著錄年代爲「清乾隆十七年壬申博古堂刊本」。馮艷一文云：「關於《秋水庵花影集》的刻本，現存可知的只有明末初刻本，至今尚未有新的《秋水庵花影集》刻本被發現。《秋水庵花影集》的明代初刻本原件雖不太容易見到，但《續修四庫全書》和《四庫全書存目叢書》中都有據明刻本影印的《秋水庵花影集》，因而我們很容易見到《秋水庵花影集》

明代刻本的全貌。《秋水庵花影集》初刻本的刻版在成書之後被博古堂收藏，清乾隆年間，博古堂據所藏刻版又重新印製了一批《秋水庵花影集》，重印的《秋水庵花影集》的扉頁上方題『乾隆壬申年重鐫』，左下方和右側分别題『博古堂藏板』、『華亭施子野著』，正中題寫書名『花影集』。」這段表述存在的問題，首先在於將《續修》與《存目》的標署即認定爲準確無誤，其次亦未能理解清楚「重鐫」的含義實爲重刻，而非重印，故誤以爲博古堂收得此版後又重印。鄭藏本與馮文所述的博古堂本的扉頁區别在於鄭藏本不見「乾隆壬申年重鐫」字樣，但不知馮文所述之本係何處收藏者。然鄭藏本與臺北本、國圖本屬不同之版是確鑿無疑的。馬興榮等主編《中國詞學大辭典》「秋水庵花影詞」條目下記：「有《秋水庵花影集》五卷，明秋水庵藏版。」而現今確實可見具有「秋水庵藏版」標署之本於網間，孔夫子舊書網「古籍草堂」曾於二〇一九年十二月十五日售出一册《秋水庵花影集》（存卷首、卷一），扉頁上方題署「秋水庵藏版」，牌記右側題「雲間施子野先生著」，正中題「花影集」，左下方題「書林孫敬南行」。考古籍版刻中署名孫敬南者，有清盧元昌注《杜詩闡》三十三卷，康熙二十五年（一六八六）刻本，扉頁題署「書林孫敬南梓行」（見《清代版刻牌記圖録》；《北京師範大學圖書館古籍善本書目》亦著録有是書康熙間刻本，署「書林孫敬南梓行」），首頁則題署「書林王萬育、孫敬南梓行」（見臺灣大通書局《杜詩叢刊》影印本）。又有《左傳分國纂略》十六卷「清康熙書林孫敬南刻本」（《四庫未收書輯刊・目録索引・春秋類》）。可知孫敬南應爲活躍於清康熙年間尤其是前中期之出版人。此一署「秋水庵藏版」扉頁之本，經辨可知爲臺北本、國圖本同版之本，且與署

「博古堂藏板」扉頁之本比較，牌記字體之年代更早（此承天一閣博物院古籍地方文獻研究所主任李開升先生指教），結合查得之孫敬南行跡主要在康熙前期，距乾隆十七年有六七十年間隔，故可初步判定臺北本、國圖本之版，其刻印應在另一版之前。進而再辨二版刻工之差異，雖字體接近，但差異仍較明顯，尤其是不與臺北本、國圖本同版的另一版，刻字筆畫較粗，更爲僵硬，字形亦較鬆散（此亦承李開升先生指教），故可最終判斷臺北本、國圖本之版爲原刻之版，而另一版即乾隆博古堂本之版，爲字體上極力模仿原刻之翻刻版。因原刻版現今可見具有「秋水庵藏板」扉頁之本，而「秋水庵」即施紹莘居所名，又有康熙前期「書林孫敬南行」之標署，故最終可斷定，此版即《秋水庵花影集》明末初刻之版，至易代後康熙年間，復由孫敬南借得施氏後人藏板再行刷印過，是爲後刷重印本。翻刻版雖與原刻相像，所有内容均行仿照，甚至將原版刻工署名「金泰卿寫刊」、「金泰卿寫」一併翻刻（此種情况頗不多見），但乾隆十七年上距明末畢竟有一百多年時間，刻工習慣已然有所改變，模仿殊爲不易（或存在拆散原刻印本後直接以其書葉上板翻刻之可能性，但無法確認），而最終之結果亦是貌似接近而細辨則仍存差距（上所述翻刻本諸特點，亦承李開升先生指教）。

綜上，現可厘定諸館著録信息之正誤。臺北本著録信息無誤，中國國家數字圖書館著録國圖本與鄭藏本則係混用同一信息，即「博古堂清乾隆十七年」，其餘之《續修》影印中科院藏本、天圖本、哈佛本及《存目》影印北大本，則均誤將乾隆博古堂翻刻本判作明末原刻本。其中，國圖本與鄭藏本雖現同藏於中國國家圖書館，具有相互比對參考之條件，其著録却仍混同，或即因翻刻與原刻二版版式一致、字體相像，内容又幾近全同而僅存細節差異之故； 二版板框大小亦近同，臺北本著錄爲高十九點一厘米、寬十三厘米，而《續修》收錄中科院藏本著錄爲高十九點四厘米、寬十三點三厘米，哈佛本著錄爲高十九點三厘米、寬十二點四厘米（疑爲十三點四厘米之誤），此種近似相同的情况下，若非細致勘辨字體與内容文字之中的細節差異則易導致混淆。 至於其餘各館僅藏翻刻本，一則無原刻本可資比對，二則或因無鄭藏本所具之扉頁信息，故誤。 而馮艷一文則是將原刻與翻刻完全混爲一談，既不知有乾隆翻刻版，視二版爲同一，又將博古堂「重鎸」誤解爲重印，惑亂、誤導了對重印本的認識，遮蔽了真正之孫敬南後刷重印本，可謂「乃不知有漢，無論魏晋」矣。 實則早於二十世紀末出版之《湖南省古籍善本書目》，即已明確著錄湖南圖書館藏《秋水庵花影集》明末刻本與清乾隆十七年博古堂刻本各一。 現今厘定二版，始可進一步討論各刷印本之特徵與差異。

四 原刻刷印二本與翻刻刷印諸本之差異

首先來看原刻之臺北本與國圖本。 雖各自存在一些天頭眉批文字刷印模糊且互異之處，但從總體上而言，臺北本刷印清晰度遠高於國圖本，同時從部分眉批文字完整程度也透露出臺北本刷印時板片完好程度應遠好於國圖本刷印時之板片情况。 這方面典型乃卷二《妾初度偶言》套數末附「自跋」天頭上一段篇幅較長的眉批：「『天生我才必有用』，亦在用其才耳。 乃知不能膏雨天下者，定不能桔槔灌園，能桔槔灌園，當亦能膏雨天下。古來巢、許、沮、溺識得此意，所以窮耕没世，視天下如敝屣也，非輕天下也，其視窮耕無異於治天下也。」此段眉批位置分兩部分，第一部分爲自開始至「當亦能膏雨天」，在卷二葉六十六左半葉左邊板框上方，剩餘第二部分位於卷二葉六十七右半葉右邊板框上方，臺北本字字清晰，國圖本的文字則呈現出左右越靠近板框邊緣、上方越靠近頁面上端則文字漫漶程度越嚴重的清晰度遞減情况。當然，也不排除因爲天頭刻字靠近板片邊緣而本身在刷印時即受墨不多的可能。但這種情况並非偶見，而是國圖本一個整體性的問題，較多板框邊緣眉批文字均有不同程度的漫漶乃至失去，若將這些都歸結爲乃刷印時受墨不多所導致，似太牽强。此外，更有板片中間眉批文字的殘缺，更能進一步説明問題。如卷二《贈石城董夜來》後附「夜來東中語」上方眉批「秀甚」，臺北本「秀」字雖有變形但仍存，國圖本「秀」字殘缺不可見；又同卷《送春》套數首調《北南吕一枝花》眉批「秀麗絶倫」，臺北本極爲清晰，國圖本「秀麗」二字已無，「絶倫」二字極淡且漫漶；卷三《贈人》套數序上眉批「不衫不履」，臺北本清晰，國圖本則幾不可見；卷四《決絶詞》套數首調《南正宫普天樂》眉批「絶」，國圖本幾不可見，只隱約殘留一二筆畫，無法辨識爲何字；卷五《菩薩蠻·昆陵歸路紀懷》眉批「恍然望中之□[景]」，臺北本「恍」字清晰，末字殘留有較多痕跡，國圖本「恍」字已漫漶，末字幾無。以上這些眉批，均非靠近板框邊緣上方，而是位於板片相對靠近中間的位置，且國圖本除去這些漫漶或不可見者之外的其他文字，又均較爲清晰，所以應不能歸結爲刷印過程中存在問題。其次，眉批外，正文中也存在較爲明顯的例子，如卷一開篇《春遊述懷》套數中《滚綉毬》「一陣價香風肥膩」句之「一」字，臺北本此字雖刷印較淺淡，但仍存，國圖本上則此處已全無刷印痕跡，可見國圖本刷印時板片上此字應已損失。因而，基於一定數量的此類證據，可以推斷，原刻二本中臺北本的刷印時間應早於國圖本。

由上所述及的幾個例子，還可再引申推測出翻刻本在翻刻過程中遺漏、錯刻眉批文字的可能原因。卷二《妾初度偶言》的長眉批，在翻刻本中，已截然斷爲兩段，即卷二葉六十六左半葉左邊板框上方天頭處，翻刻本僅刻有「天生我才必有用亦在用其才耳乃知不能膏雨天下者定不能」，缺失原刻本最後三行之「桔槔灌園能桔槔灌園當亦能膏雨天」十五字，卷二葉六十七右半葉右邊板框上方天頭處，翻刻本僅刻有「意所以窮耕没世視天下如敝屣也非輕天下也其視窮耕無異於治天下也」，缺失原刻本前二行之「下古來巢許沮溺識得此」十字，也即這段眉批在翻刻本上分裂爲兩葉上兩段不銜接的内容。若無原刻本參考，可以説這兩段分裂的眉批在語義上也是勉强可獨立而通的，但也不可避免顯得頗有些古怪。但針對這一情形，却恰好可以提出一個翻刻本如是漏刻中間二十五字的可能原因，即當時刻工在翻刻時所依據的本子，極有可能就是一個類似國圖本的、天頭眉批文字已經漫漶和殘缺的原刻刷印本。

這不是偶然之例，而是翻刻本上常見的情形，即以上所述及的其餘各處眉批再來考查下。眉批「秀甚」，臺北本二字俱存，國圖本缺「秀」字，翻刻本二字全無；眉批「秀麗絶倫」，臺北本四字全存，國圖本僅存後二字且極淡而漫漶，翻刻本則四字俱不見蹤影；眉批「恍然望中之□［景］」，臺北本六字俱存，國圖本首字漫漶、末字幾無，翻刻本則僅刻「然望中之」四字。至於另外兩處眉批「不衫不履」和「絕」，情況看似複雜，國圖本幾不可見，而翻刻本存，或可解釋爲翻刻時所依據之本，其刷印時間晚於臺北本而又早於國圖本，又經百餘年歲月而致其天頭眉批文字存留狀况呈現出相較國圖本而言，一部分清晰而另一部分又漫漶的情形，翻刻時對於可以辨認者進行了翻刻，對於難以辨識清楚的未做翻刻。綜合來看，以這種邏輯思路來推測翻刻本眉批文字存在漏錯的原因，是可以說通且較合理的。

再接上而對翻刻與原刻存在的差異細節做一些分類和比勘。將各本一一詳細校對後，可初步歸納出以下一些翻刻與原刻在内容及文字細節上相異的類型。

（一）翻刻有脱漏内容者。其中散曲套數内容缺漏一葉，即卷三《和彦容重會西湖佟姬留別之作》套數，原刻中各調依序分別爲《南南吕宜春令》、《太師引》、《瑣窗寒》、《三段子》、《東甌令》、《三換頭》、《劉潑帽》、《大聖樂》、《解三醒》、《節節高》、《三學士》、《大迓鼓》、《撲燈蛾》及《尾文》。而翻刻本缺失了其中的《解三醒》、《節節高》、《三學士》、《大迓鼓》四首作品以及《撲燈蛾》一首的調名「撲燈蛾」三字，這些即原刻版卷三葉十八的全葉内容。因卷三葉十七至《大聖樂》結束，翻刻版的下一葉版心雖鐫葉次「十八」，但其上所刻者則是同卷較後《七夕後二日祝如姬初度》套數自標題起直至其中《越恁好》一首調名爲止之一葉（此葉内容即後之卷三葉三十四内容，兩葉内容重複），此爲翻刻版中最大、最重要之錯訛。不過，這一錯訛恐怕並非在當時就没有被意識到或被人注意到，因爲諸翻刻本中，天圖本即抽去了這一刻錯的葉十八，葉十七後緊接者爲葉十九，同樣，《存目》影印北大本亦無葉十八，而於葉十九天頭上手寫有「上缺一頁」字樣。另，翻刻脱漏整條眉批與夾批的情況十分嚴重，共計脱漏眉批達一百二十四條（其中卷一中五條，卷二中一百零四條，卷三中十條，卷四中二條，卷五中三條），脱漏夾批五十五條（其中卷二中五十三條，卷三中二條），絶大多數都在卷二之中。

（二）翻刻正文内容較原刻有錯漏者七十多處。其中多數應屬形近而訛，下舉例典型者。如卷二《桃花》套數中《尾文》第二句原刻爲「權聊且眼前隨喜」，翻刻版「權」作「懽」，句意自應以「權」爲是（《存目》本亦以手寫方式描改爲「權」），並可援後之卷三《送張沖如遊靖州》套數中《江兒水》「告君家此去權聊且」句爲内證。又如卷二《懷舊》套數末所附之顧闇生評語文字「如一幅新翻機錦，自然文綵煥然，不須更付染人也」，翻刻版「機錦」作「八錦」，前既曰「翻」，所謂「翻機錦」者常見，而罕有曰「翻八錦」者，推測此處或是先誤刻爲了「機」之同音字「几」，而「几錦」意思絶不可通，察覺後才最終又改刻爲「八」。再如《送張沖如遊靖州》套數中《沽美酒》「況斜陽、隱暮霞」句，翻刻訛「況」作「光」，然則後既道出「斜陽」，前就不當再冠以「光」字，有冗複之嫌不論，意亦不通。

（三）翻刻眉批文字較原刻有缺訛者七十多處。其情形亦可細分爲幾類，下舉例典型者。缺刻文字者，如卷一《春遊述懷》套數中《二煞》眉批，原刻「擔花臥月，不肯讓人」八字，翻刻本中最全之《續修》本、天圖本也僅有「擔化臥月不」五字；另如上已述及之卷二《妾初度偶言》長眉批，翻刻缺五行二十五字而斷爲兩葉上兩段。訛刻文字者，如卷一《歌風》套數中《東甌令》眉批，原刻「而吾輩擔風弄月，人亦可知矣」，翻刻訛爲「而吾輩歸良並月入亦可知矣」；又同卷《花生日祝花》套數中《前腔（南商調黄鶯兒）》（把酒祝花神，願開時，對韵人）眉批，原刻「花本因人成勝祝，花還自祝，正善於祝花者」，翻刻竟訛爲「死水因人成一子花梁曰舌奐善於祝」，皆訛刻而致文意全不可解者。至於字形相近而訛誤者所在多見，更不論矣。

（四）翻刻夾批文字較原刻有缺訛者十多處。多數爲缺漏文字，典型者如卷二《漁父》套數《南仙吕桂枝香》夾批，原刻「恍然漁燈夜泊」，翻刻「燈」字處空缺。因夾批文字較小，屬板片上較易損缺者，此類缺漏可能乃因翻刻所據之原刻本上文字已淺淡漫漶而不可辨認。

（五）翻刻將原刻文字錯刻爲怪異形態，或原字中部分偏旁與筆畫，或形近但字形明顯不中正者四十多處。此類情況的産生原因，推測應爲翻刻所據之本上原字雖仍存，但字體已變形、殘損爲怪異形態，或僅殘留部分偏旁與筆畫，或筆畫已變形而反更似其他形近之字。典型者如卷一《山園自述》後所附尾評之署名「沈竹里」，翻刻將「里」字刻爲「田」字形，且收縮於一字空間之上半，應是翻刻所據本此字已殘損而僅剩上半；卷二《金陵懷古》序上眉批「筆削已定」，「定」字翻刻有若「完」字，應是翻刻所據本此字下方筆畫已有變形。

此外，還有翻刻眉批雖改字而却意亦可通，但終以原刻爲更合理、更佳者。如卷四開篇《冬閨》套數首調《南南吕十一聲》眉批「黯然自傷，亦悲亦恨」，翻刻作「憶然自傷，亦怨亦恨」，除「黯」訛作「憶」之外，第二處不同爲「悲」與「怨」之別，須更審句意。眉批所針對之曲文爲：「歎看看瘦損，爲着誰來。從頭細數，郎心最歹。」此即所謂「黯然」者。後二句確合「恨」，而前二句則更應合「悲」而不合「怨」，故以原刻「悲」爲是。

有翻刻用俗寫、簡寫字代替原刻正體字者。如翻刻偶見以「閞」替換原刻「關」。《康熙字典》解釋「閞」：「披耕切，音怦。闔扉聲。本作閛。」「閞」與「關」没有互通關係，也非「關」之異體字，應是翻刻的當時，存在「閞」爲「關」之簡寫、俗寫的現實情況。類似者還有幾例，此不贅述。另又如卷四開篇《冬閨》套數首調《南南吕十一聲》眉批倒數第三條「聲聲自咽」，前二字翻刻作簡寫體「声声」。這類情況或是翻刻的時代特徵之表現。

有翻刻將原刻眉批形式更改者，具體有將一行改刻兩行、將原眉批改刻爲夾批等情況。如卷四開篇《冬閨》套數首調《南南吕十一聲》眉批末條「怨而不怒」，原刻一行，翻刻改爲兩字一行，分兩行。同卷《南中吕駐雲飛·和梁少白唾窓絨十首·密約》「猛聽唤聲來」一句上方天頭原刻有眉批「光景逼真」，翻刻改刻爲句旁夾批。後同調「風情」二首，原刻第二首末二行天頭眉批「饞鬼可憐亦可笑」，翻刻將之改刻於第一首末句「自不由人不做喜」之旁作夾批。這種情況，或是因發覺眉批未刻而後再行補救，另補刻爲了夾批。

有翻刻缺刻文字筆畫者。如卷三《悼亡妓爲彦容作》套數後所附《自記》中「予嘗欲作小詞合吊之」一句，諸翻刻本「小」字均缺左側一點，應是翻刻板片上即缺刻此筆。

由以上可見，翻刻雖然版式全同原刻，字體亦極力模仿而與原刻相近，但其實際質量則遠遜於原刻，不但脱漏大量的整條眉批、夾批，亦存在較多訛刻、缺刻之處，涉及原書正文、眉批、夾批等各方面内容，甚而導致有不少文字令人難以理解意思。過去因對此版認識不足，乃至以爲即明末原刻，但以此版之質量，反觀卷首《秋水庵花影集雜紀》中所述「近來剞劂日繁，亥豕魯魚，正復不少，茲刻一一細校，點畫無訛」，可説是完全不相符合，誤人太甚。

但是，因明末原刻距今更久，且經歷明清易代，其刷印本存世自然較翻刻本爲少，翻刻復又經《存目》與《續修》兩種大型古籍影印叢書收録而誤署爲明末本，當今讀者、研究者認識《秋水庵花影集》之面目，無疑多是從翻刻本得來，加之翻刻與原刻較爲相像，故而仍還有進一步研究諸翻刻本並辨析各本特徵之必要。尤其是可以通過諸本細節特點，約略辨析諸本之刷印先後順序。以下根據現今可見、易見之幾部主要翻刻本，即《續修》本、天圖本、哈佛本、《存目》本、鄭藏本所體現出之各自面貌，再作深入闡辨。

五　翻刻諸本之刷印特徵與順序

通過細致比勘，大致可推定翻刻諸本刷印排序爲：一《續修》本，二天圖本，三哈佛本，四《存目》本，五鄭藏本。在此五本中，《續修》本較充分地體現出係其中最早刷印本的特徵。具體之證據例如：卷三開篇《送張沖如遊靖州》套數中《折桂令》眉批，天圖本、哈佛本、鄭藏本均作「虹霓百」

（《存目》本可見三字，「霓百」二字清晰，「虹」字處有拖拽墨痕而難辨識），《續修》本文字完整作「真是虹霓百丈」，與原刻本同。又同卷《送閻生北遊》套數中《錦纏道》眉批，哈佛本、《存目》本、鄭藏本均僅有「不合」二字（其中《存目》本「不」字較淡），《續修》本、天圖本則作「滿肚皮不合時宜」，與原刻本同。《續修》本此二條天頭眉批與原刻相同，存留完整，是可判斷此本爲諸翻刻刷印本中最早刷印者的較爲明顯而充分的證據。對此能進行佐證的還有幾處文字筆畫存留面貌的細節，如卷三《夜窓話舊》套數中《前腔（南仙吕八聲甘州）》眉批「信史直書」之「直」字，此字不知是翻刻時即已刻爲殘損字形，抑或是後來刷印過程中板片殘損，《續修》本、天圖本、哈佛本、鄭藏本均缺左側下半並框中三横筆畫，但末筆之長横，《續修》本相對天圖本、哈佛本、鄭藏本左側殘留下來更多（雖已向左上方有變形傾斜），也透露此本是更早刷印之本，蓋其時板片上此横尚接近完整。（《存目》本作「信史有書」，但可見「有」字左半筆畫較細，似手寫痕跡，應是將「直」字殘餘部分描改，人爲添寫作「有」字。）此外，卷五《疎簾淡月・送朱現明歸蜀》中「況是霜天」句「況」字，《續修》本完好，哈佛本、鄭藏本均已殘損左側點提二筆（天圖本無卷五；《存目》本雖亦存二點筆畫，但細辨其位置、長度、傾斜度與《續修》本均有差異，可能仍爲手寫添加，故不計入參考序列），這也是《續修》本刷印更早的一個旁證。

不過《續修》本雖應係翻刻五本最早刷印者，但也存在缺葉嚴重之遺憾，《續修》已標注此本有「原缺」之葉，但還有未標注出者，其缺葉總計有：卷首之顧乃大序一篇二葉；卷二標注「原缺」的葉五十五至五十八，及葉八十四，未標而實缺的有葉二十七至二十九，葉四十七至四十九，葉六十三至六十四，及葉八十九；卷三標注「原缺」的葉十一至十二，葉二十一至二十二，未標而實缺的葉四十二至四十三；卷四標注「原缺」的葉十一至十三。

另外，《續修》本還有一個情況須予以說明和分析。即存在天圖本、哈佛本、《存目》本、鄭藏本俱有之眉批，却不見於《續修》本的情況，且數量還頗不少。其中一部分《存目》本雖亦無，但就性質而言，應與《續修》本相同，以下即作分析。經統計，此種《續修》本上完全缺失之眉批計有：卷二中三條，卷三中八條，卷四中五條，卷五中二十一條。其中六條《存目》本亦無。這一問題看似令人費解，既然《續修》本可判斷是五本翻刻中最早刷印者，則何以又會出現這種情形？是否當時底本在刷印過程中漏刷了筒葉天頭這些眉批？以此解釋偶見現象尚且勉强，何况此類情况還較多。最爲合理的解釋應是，《續修》在影印過程中掃描底本的相關筒葉時脱漏了這些眉批，或在拼版時不慎裁切掉了這些眉批。古籍刷印即使漏刷天頭文字，也應是同一筒葉天頭文字都漏刷，但《續修》本上眉批，存卷五《浣溪沙・送春寄恨・其四》的「過來人語，字字情真」，却又缺失《浣溪沙・艷詞・其二》的「百般做作」，而這兩條眉批位於原書同一筒葉上，刷印出來不應有此却無彼。現代掃描影印則多數情况下不拆去古籍裝訂線，掃描的是訂裝後攤開之頁面（《續修》和《存目》即如此），於是會導致並非一個筒葉之上，而是訂裝後攤開之左右兩面上的天頭眉批皆掃描未及，或拼版時被裁切割去。故《續修》本與《存目》本缺失眉批，應非底本之問題，影印本上這種情形不能作爲判斷底本刷印時間的證據。

再回到翻刻諸本的順序判斷，僅次於《續修》本而位居諸翻刻本刷印時間順序第二的，應爲天圖本。具體證據例如：卷三《雪詞》套數中《前腔（南黄鐘画眉序）》（薄暮北風顛）眉批「一幅奇画」之「一」，《續修》本筆畫工整平直，於諸翻刻本中最爲清晰，天圖本次之，左側略向上傾斜，筆畫中間有斷開，哈佛本、鄭藏本則左側向上歪斜幅度較大，筆畫變形且程度一致。（《存目》本「一」字雖亦完整，然與《續修》本形態不一致，不平直而有傾斜，似手描，不計入參考序列。）類似的情況，還有同卷《清明感桃》套數小序天頭眉批，原刻「正尔情深」，翻刻「正」字作「公」（其中《存目》本無此條，應爲影印過程中脱漏），此處作「公」字於意顯然不通，但只有《續修》本「公」字完整且甚清晰，天圖本則次之，上端左側稍顯不清晰，哈佛本、鄭藏本則「公」字上端均已略有殘損並程度一致。諸如此類。

天圖本缺憾在於僅存卷首至卷三，但其中保存有數條墨筆批語題識，從上已考證之此本藏印與原藏者的情況看，這部分手批之作者，極有可能即原藏者張培仁。批語内容不但有對原書作品之評價，更有針對卷一《泖上新居》套數所附顧彦容跋語後的批語云：「此園之各景不啻仙居矣！吾意施君家必大富，始能辦此，他且不論，即以此園之亭榭計，已非十萬金不成，况奉養之資，聲妓之樂乎！」準確指出了施紹莘在明末的家境與生活大富而優逸，故《四庫全書總目提要》説其作品「大抵皆紅愁緑慘之詞，所謂亡國之音哀以思也」，實不成立。

至於哈佛本、《存目》本、鄭藏本的先後刷印順序，無論是將此三本放置於與《續修》本、天圖本一起進行比較、辨析的證據鏈中來考察，還是將此三本進行互相比較（《續修》本存在上已説明之缺葉及缺失眉批情況，天圖本則有缺卷，故均不宜單獨與此三本進行兩兩比較），均可作出判斷。具體如：卷二開篇《金陵懷古》套數中《錦衣香》眉批「寫得昭代神氣奕奕」之「昭」，《續修》本、天圖本均完整，哈佛本、《存目》本、鄭藏本則右上部「刀」之右半已近於失去；尾評「彦容評」眉批「評語鑿鑿」，《續修》本、天圖本、哈佛本三本均完整清晰，《存目》本則「評」字漫漶而剩餘三字較清晰，鄭藏本「評」字已殘損模糊較多、剩餘三字亦漫漶。又同卷《重陽恨》套數首調《南南吕香遍滿》「恍立在身前後」之「前」，《續修》本與天圖本均完整，而哈佛本、《存目》本、鄭藏本俱殘損不見起二筆之點撇筆畫。卷三《贈人》套數序上眉批「不衫不履」，其中「衫」字《續修》本較清晰，天圖本則衣字旁已殘缺第一筆而呈現爲「不」字，哈佛本又更損第二筆横筆，鄭藏本僅存後二字「不履」且較淡。（天圖本第一個「不」字較淡而難辨，應係刷印問題；《存目》本無此條，或即影印過程中致脱漏。）卷四《決絕詞》套數《尾文》眉批「越越毒恨矣」之首字「越」，哈佛本雖殘損「走」字偏旁左半，剩餘部分仍清晰可辨，《存目》本、鄭藏本則整字已模糊難辨。同卷樂府小令《南商調清江引・荷花》眉批「四闋字字秀媚」，哈佛本與《存目》本六字均清晰，鄭藏本首字「四」、末字「媚」均漫漶。同卷《南商調山坡羊・旅懷》眉批「美秀温文，情真致逸」，《續修》本字均清晰，哈佛本「美」字模糊，「真」字未刷出，「致」字略模糊但仍可辨，「逸」字清晰，鄭藏本「美」、「真」二字均模糊，「致」字幾近全失，「逸」字殘損難辨。（《存目》本無此條，或即影印過程中致脱漏。）下之《南商調玉胞肚・有懷》眉批「流利似沈青門」，

《續修》本字極清晰，哈佛本「流」字略殘損模糊，但仍可辨識，「門」字上半模糊，鄭藏本則「流」字已難識讀，「門」字只存左側一豎及右側最下端提勾部分一點殘跡。（《存目》本無此條，或即影印過程中致脫漏。）同卷後《南商調玉胞肚・夏景》眉批「誰摹到此」，《續修》本上四字均清晰，哈佛本「誰」字略殘損模糊，《存目》本次之，「誰」、「此」均有殘損模糊，鄭藏本則只剩「到此」二字且有殘損。

鄭藏本應係五本翻刻中之最晚刷印者，此從卷三兩處其餘四本均同而鄭藏本獨異的特徵還可作進一步論證。《懷舊重和彥容作》套數中《尾文》眉批「善於自解，然亦太不讓人矣」，鄭藏本「矣」字已幾不可見，其餘四本則均清晰；《贈嫩兒》套數中《前腔（南南呂嬾画眉）》（驀然分明兩情牽）眉批「黯然愁絕」，翻刻「黯」作「宛」，「宛」字唯有鄭藏本已顯漫漶，並隱約有向變形損壞發展之趨勢，其餘四本則均清晰。另，鄭藏本雖較晚刷印，但存在手寫訂正翻刻文字訛錯之情形：卷二《與妓話舊感贈》套數首調《南雙呂入雙調步步嬌》「當初見你時」之「初」，翻刻作「力」，鄭藏本以手寫添筆訂正（《存目》本亦同以手寫添改爲「初」）；卷五詩餘《西江月・夏景》「手攜小扇上溪亭」，「手」翻刻作「乎」，鄭藏本亦手寫描改訂正。

相較《續修》本、天圖本、鄭藏本之各有細節可表，哈佛本則可稱最普通，全本無任何缺葉、手批、寫改之處，僅卷五之葉五四與葉五五裝訂順序顛倒，但也最乾淨地保留下翻刻面目。而與之形成反差者則爲《存目》本。

《存目》本除上文提及之各細節特點外，另還存在幾個值得一提的問題。首先是刷印有兩處離奇錯訛。此本的卷一葉十九上半部分爲葉二十的上半，而下半部分爲葉十九的下半，葉二十上半部分爲葉十九的上半，而下半部分爲葉二十的下半。這兩葉刷印互相錯入一半，並有大幅手寫修改，將錯入部分圈塗後改寫爲正確之内容，或是手改者閲讀時注意到而做出訂正。其次此本文字有一處頗顯得蹊蹺，卷二開篇《金陵懷古》套數中《鬪黑麻》「只見如夢前朝，在淮水東邊月裡」一句，「夢前」二字其他翻刻四本均存，此本於此二字處却是空缺的（且旁側還另手寫一殘字，似「夢」字之上半），此一曲文之後又有手批一條：「此『朝』字讀作『朝代』之朝。」此空缺二字令人頗疑乃避忌而爲。若曰二字原即未刷印出，似較牽强，更可能是後來剜去。蓋題中懷古之地既然乃明朝之故都金陵，文辭又云「如夢前朝」，或恐干文字獄也，故削去「夢前」以避禍。而既然出現這一情况，不妨推測其剜改發生時間或是在乾隆朝十七年後之文字獄盛行期。

另上文已及，《存目》本與《續修》本相同，亦存在天頭眉批缺漏現象。不過《存目》本缺失之眉批，有兩處或許不能簡單歸結爲是影印過程中脱漏所致。第一處爲卷一開篇《春遊述懷》套數中《耍孩兒》的眉批「自此至卒章，話語達生，句句逸致，名士風流於焉在矣」，此眉批末字「矣」，是與之前文字相分隔開的（之前文字均位於卷一葉四左側板框上方天頭），而位於後一筒葉（即卷一葉五）上方天頭。其他翻刻四本即《續修》本、天圖本、哈佛本、鄭藏本均失去此字，《存目》本却獨存，且非手寫添加，其可能的解釋才應是漏刷，即其他四本均在刷印時未加注意而漏刷此字。相對應的，《存目》本也有其他四本均存而其上獨缺之眉批文字，如卷三《夏景閨詞》套數末「自跋」中眉批「尤爲徹底之論，真知德清苦心」，「苦心」二字居末行，在板框左上方邊緣，或亦漏刷。第二處爲卷一《花生日祝花》套數中《尾文》眉批「花之毛遂」，《存目》本無而其餘四本均有，此條非靠近板框上方邊緣者，且此半葉上另一條眉批《存目》本不缺，故似非影印過程中脫漏所致。

上列舉翻刻諸本特徵，多爲翻刻不精之表徵，然原刻亦自偶有疏漏處。如卷三《和彥容重會西湖佟姬留別之作》套數首調《南南呂宜春令》「到今日枕頭春夢」句夾批，原刻亦僅有一「韻」字，翻刻同，前應有缺字，但不可知。至於另有訛字、疑字，宜當更參別本以校。

六　明抄本特點與抄錄時間之分析

是書明清間除刻本外，另僅有明抄本一種，中國國家數字圖書館收錄，行款格式著錄爲半葉九行，行二十一字，但觀其書影則爲原民國國立北平圖書館甲庫善本之微縮胶卷影像。平圖甲庫圖書之原書，今寄存於臺北「故宮博物院」，大陸則僅有「二戰」後王重民先生自美攜歸之胶卷兩套（一在國圖，一在南京圖書館），係二十世紀四十年代由美國國會圖書館攝製。又有寄存臺北後新攝微片，今由臺北「中央圖書館」代管，則明確著錄此本爲「明菉筠軒烏絲欄鈔本」。中國國家數字圖書館收錄之此本舊版胶卷影像，因年代久遠而不甚清晰，尤其圖像之四周黯淡，幾不可辨，但中心區域仍可識讀。下據大致核校之內容，略述其細節特點與價值。

今可見此抄本内容存是書卷首陳繼儒、顧乃大、顧胤光三序，而無後之沈士麟序及峯泖浪仙自序，亦無序後《秋水庵花影集雜紀》與目録；卷一至卷五所抄散曲套數、小令及詩餘與原刻同（僅卷四散曲小令缺《南商調山坡羊·旅懷》一首），但是不含原刻中眉批、夾批與圈點，而原刻所含之大量散曲套數序跋及篇後題識、評語、附録等亦幾近全無，僅抄録卷一開篇套數《春遊述懷》序（文字有節省，並於序末標有「節録」二字），卷三開篇《送張沖如遊靖州》套數篇末「自跋」之内容（但移其位置於題下，署名爲「送張沖如遊靖州序」，並於末尾標有「故跋」二字，且文字内容與原刻稍有出入），卷三《春閨月夜》套數末尾「彦容評」之内容，同卷《惜别和彦容作》之序，及卷四《舟次贈雲兒》套數末所附「君泰評」之内容，共計僅五處。其餘抄本文字與原刻有差異者不論。不過，抄本對於套數序跋及題識、評語、附録幾乎不作抄録，應是本意如此，蓋因抄本卷一開篇《春遊述懷》標題上方天頭處，依稀可辨寫有「後序跋不盡謄」數字，很可能乃是爲節省時間，故只録散曲、詩餘文字之主體。

上提及之馮艷文章，對此抄本亦有介紹，云：「王重民先生的《中國善本書提要》著録有《秋水庵花影集》明抄本的情况，抄本中有『陳繼儒序』、『顧乃大序』、『顧胤光序』。與現存明代刻本相比，抄本中没有沈士麟的序和施紹莘的自序，可知這種明抄本應該就是施紹莘親手編訂並付於沈士麟作序的那種初成本。」這一觀點應該説有一定道理，所涉之施紹莘編訂並付沈士麟作序一事，見沈序：「乙丑之秋，……子野將予水湄，……已而閲予行裝，見予諸行卷，因曰：『吾亦有數首，欲乞子一言以行於世。』開緘出之，則《花影集》也。」馮文據書中作品涉及之年份，考證是書約編成於明天啓五年乙丑（一六二五）春末至秋之間，至於偶見序跋、題識、附錄中有逾越此一時間之記錄者，則均位於原刻之補版葉面上，應是後來增補雕版者。其考證與結論正確，此不多述。不過要說正因此本没有沈序，就斷定是施紹莘付與沈氏以求序之本，證據尚嫌單薄。即使考慮到抄本幾乎不錄序跋、題識之特點，或正因付沈作序時僅需提供作品文本，而不須抄掇其餘，也只能說在邏輯上自洽，可作參考，但非絶對。

雖然抄本未必如馮文認定的，即施紹莘交付沈士麟作序之本。但對抄本的一些文字細節進行考察，似乎的確能夠支持這樣一個判斷——抄本之抄錄時間，有很大可能是在原刻之前。一般而言，抄本之抄寫，總帶有抄手個人之特點，尤其按常理，對並非珍稀版本的原始底本進行抄寫，在異體字與字形上之體現，應當是與刻本有所區別，不太會完全一致。無論抄以流播，還是抄以自藏觀覽，似乎都没有必要甚至精確到在異體字與字形上與刻本一模一樣。但這一明抄本却在幾乎所有異體字與字形呈現上，都與原刻一致，且其中一些字，原刻如果前後處理爲不一致之異體或字形，抄本也作相同處理。其中典型者如卷二《舟居旅懷》套數中《前腔（南仙吕入雙調惜奴嬌）》（如痴，鎮日凭欄）中「判死」之「死」，原刻中凡「死」字幾乎全作異體「⿰夕人」，但此處却作「死」，抄本也同作「死」。更進一步，還有一種極端情形。卷三《相思》套數中《前腔（北雙調閨怨蟾宫）》（亂紛紛花撲窗紗）「驚一樹棲鴉」，無論原刻、翻刻，凡「樹」字幾乎均作異體「樹」，只極個別情況作「樹」，此處即是，或是因下一句文字又爲「定一樹棲鴉」之故，便將上一句的字刻作通行體的「樹」，抄本卻仍遵從絕大多數而作「樹」。又譬如「倚」、「寄」等字之抄寫，原刻「奇」字本身大多數情況下作「竒」，但「寄」、「倚」等含有「奇」之字，此一部分有時作「竒」，有時作「奇」，而抄本則幾乎全作「竒」，體現出一定的强制統一性。可以說，原刻反倒更像是具有一般抄本的「不完全一致」情形，從某種角度說，也即原刻像是照著抄本大部分文字特徵來刻，而又有一定差異或者說調整的。不妨再舉一例抄本與原刻所不同之異體字，即卷四《北黄鐘水仙子・幽居・其二》中「秔秫計，漁樵話」之「秔」，原刻與翻刻均同，唯抄本作「粇」。「秔」古義僅同「粳」，而「粇」古義可同「糠」、「粳」二字，此處自應爲同「粳」之義，「粳秫」係成詞，原刻此處選用與後之「秫」偏旁同爲「禾」旁，且無歧解義的古僅同「粳」之「秔」字，某種意義上可謂是更加精准，而抄本用「粇」，相對而言沒有這樣精確。若抄本時間在原刻之後，那麽在抄錄此字時，既然原刻「秔」字更精准，何不照抄，反而要換抄作「粇」字？當然，一個更爲根本的問題在於，無論是在原刻之明末時期，還是翻刻之清代，若一書已有時間較近的刻本流傳行世，則又是何人出於何種目的，有何必要再耗費較多的時間與人力，去抄錄這樣一個僅包含施氏的詞曲作品本身，而捨去與之所緊密相關之大量序跋、題識、附錄的「殘本」？這是不符合情理的。

但因抄本中部分文字，表現出與刻本同誤，或似爲據刻本抄錄而又致誤的現象，所以又頗具迷惑性。卷二《旅懷》套數中《前腔（沽美酒）》（風兒急）「想前暮私情一兩椿」句，另卷三《相思》套數中《山坡羊》中起二句：「一星星記伊頑要，一椿椿記伊甜話。」其中之三個「椿」字，原刻「臼」的部分，都不易與「日」作區分，差異不明顯，隱約之間極細微。尤其「一椿椿」之第一個「椿」，原刻相對略清晰，「臼」之第一筆可見，但第二字則「臼」之第一筆似無。翻刻三字均較明顯誤爲「椿」，抄本也有兩字同誤。又卷四樂府小令《南商調黄鶯兒・雨景和闇生作》「漁歌眼網垂楊岸」之「眼」，翻刻作「眼」，抄本亦作「眼」。此字顯然應爲從日字旁之「㫰」，《康熙字典》：「郎宕切，音浪。暴也。」乃打魚曬網之意。這些抄本誤處，因爲同於翻刻，故造成了抄本之抄寫似在原刻之後甚至是翻刻之後的一種假象。此外還存在一些原刻與翻刻皆相同，抄本則獨有的錯訛和特殊處。譬如卷一《花生日祝花》套數中《前腔（猫兒墜）》（祝花纔了，更私語媢花神）中「生辰今日遇晴明」，原刻與翻刻作「晴明」，抄本作「清明」，花生日即農曆二月時花朝節，非清明時節，應以「晴明」爲是。卷三《惜別和彦容作》套數序，「嚼蠣」抄本誤爲「嚼臈」，又「江珧」之「珧」寫作「瑶」。卷五《念奴嬌・壽項少瓶先生》「拜揚休美」句之「揚」，抄本誤爲「楊」。特別是「揚/楊」這一組形近字，抄本更有同於原刻、翻刻的錯訛處。如卷二《贈石城董夜來》套數中《尾文》「揚州花夢痴難覺」句之「揚」，原刻與翻刻均誤爲「楊」，抄本細辨則可見修改痕跡，應是先誤寫作「木」字旁後又進行了描改；同卷《懷舊》套數中《滴滴金》「揚州夢有回來日」亦如此，原刻與翻刻均誤爲「楊」，抄本細辨雖更近「揚」，但提手旁寫法較爲古怪，極似初欲寫作「木」，而發覺錯誤後未再添加末筆一捺筆畫之形態。

更爲奇異者，抄本有兩處描改文字，給人的印象仿佛是根據了翻刻的錯訛之字來抄錄，而在發覺後又描改訂正的。卷三《清明感桃》套數中《南商調二郎神》「好分付崔郎」一句之「付」字，翻刻誤作「什」。抄本此字頗爲奇特，雖亦作「付」，但筆畫之上却有改寫意味，其右側「寸」字之豎提筆畫，似乎原本僅寫爲向右略有傾斜之一豎，如此則整字即作「什」，但後又對此一豎進行了重摹，故這一豎筆明顯較其餘筆畫略粗，且「寸」字下端向左之提勾極不自然，豎提筆畫整體呈現小幅度「S」形，與慣常的流暢書寫有異，另外「寸」字左側之一點筆畫較細小，也顯出後加之徵象。因而此字極有可能是初抄作「什」而改寫爲「付」的。又卷四樂府小令《南中呂駐雲飛・和梁少白唾窓絨十首》，題目的「和」字，翻刻乃作形態稍怪異的「枯」字，抄本則作近似「秙」字形，亦可辨查出有修改痕跡，即最初開始時誤抄，發覺後又在已落筆的筆畫上改寫爲「和」，故其左側「禾」部完整，右側的「古」實際是誤抄部首「艹」之右半與下方後抄的「口」疊加後呈現的形態，整體反而與翻刻的「枯」相似。以上兩處描改，均會給人以抄本乃是照着翻刻抄錄的觀感，也易導致同此邏輯的一種推測。但實際上，無論是抄本同翻刻之誤，還是抄本獨誤，乃至抄本猶如依據翻刻而誤，仍然完全都可以理解爲是抄本對其所據之底本進行抄錄的過程中偶致訛誤，即抄本之誤與原刻、翻刻是並行不悖的兩條邏輯鏈，原刻誤而抄本同誤的情形，不過是二者皆相對各自底本而言產生訛誤，二者同誤的情況互相之間沒有聯繫，或者說，抄本與原刻是同出一源而又分岔開的。

那麼是否能對馮艷一文所認爲的抄本性質與時間作進一步考索，或者換個說法，是否能找出其他的可以增加這一觀點可能性的證據呢？縱使不能決然證明這一抄本即施紹莘在刻印之前交付沈士麟作序的本子，但有沒有至少可佐證抄本或在明末且又早於原刻的某種特徵？不妨根據抄本中最令人匪夷所思的一首套數標題來進行推論。抄本雖於書中套數標題、套數中曲調調名，偶與刻本不全同，但都是疏漏文字或抄訛爲形近字，譬如將「南南呂梁州序」抄爲「南南呂梁序」，將「南南呂嬾画眉」的「嬾」誤抄爲「嫩」，另如卷二《錢塘懷古》之標題漏抄、《月下感懷》之作「月夜感懷」、《妾初度偶言》之省作「妾初度」，都容易理解。唯獨卷三《贈薛小濤》套數，抄本離奇地將篇名抄爲了「曲歌成而三生案定矣」。這看似難解，但將之與原刻進行對照後，却可以說是令人疑惑頓解，且對考證抄本之確切時間有所幫助。

原刻上《贈薛小濤》套數標題下有一篇小序，末句即爲：「長曲歌成，而三生案定矣。」這句的第一字「長」乃是刻在卷三葉四十八的最末，餘下的「曲歌成而三生案定矣」這九字則是刻於下一筒葉即葉四十九的第一行，結合抄本恰好就正是誤將此九字作爲套數篇名抄錄的這一情形，完全有理由相信，抄本的錯誤正是源自將原刻板的葉四十九第一行這九字誤認作了套數篇名。也就是說，從這個角度看，抄本似乎應該是對著刻本而抄寫下來的。但是，正如上面所分析的，將抄本與原刻理解爲各自獨立，或者說係出同源而後分岔出來的二本，才當是合乎邏輯且亦合理的，那麼又該如何看待抄本此處的誤抄呢？其實，結合馮艷一文的觀點，將抄本在原刻之前設爲一個條件，可推出抄本又有此誤的一個最大可能，即抄本對照抄錄的對象，並非是原刻的刷印本，而實際是一個用於雕版原刻的謄清本，正因爲謄清本將用於雕版，所以其行款、格式、文字與原刻板相一致，且其時尚未有沈士麟序及施紹莘自序。這樣，就同時可以解釋所有上述的抄本各特徵了。即先有一個將用於雕版的格式同於原刻的謄清本，但此時僅有陳繼儒、顧乃大、顧胤光三序，未有沈士麟序，施紹莘自序亦未撰成，再據此本抄錄出一個僅保留有三序及施紹莘曲作、詞作内容，而不錄原有之大量散曲序跋、題識、附錄的抄本，其目的或即如馮艷一文所言，乃用於交付沈士麟閱後作序，或是其他，因而此抄本才體現出無沈序、自序、《雜紀》、目錄、眉批、夾批，且除抄訛一些文字，所錄序跋極少並相比原刻文字有所出入，還標署「節錄」、「故跋」之語外，最關鍵的是還竟誤認《贈薛小濤》套數標題名稱的現今面貌。至於上面所特別提出的，抄本有仿佛是依據翻刻本抄錄而致誤的兩處，不過是抄本之抄錄與翻刻依照原刻本雕版這兩個過程中偶然產生了驚人的「錯誤的暗合」。如此推論雖不能說完全精確，但至少與版本之證據鏈皆合，或與真實情況相距不遠。

這一明末抄本，雖基本内容僅包含施紹莘的曲作、詞作之作品本身，但仍具備一定價值。首先抄本文字基本對應原刻，差異較少，是原刻校對精當的佐證。甚至，卷四開篇《冬閨》套數中《南南吕十一聲》，乃集合十一種曲調之句而成，其中「劉潑帽」調，「潑」字原刻與翻刻均誤爲「撥」，而抄本則不誤。還有一處文字，抄本似較原刻更佳，卷一《花生日祝花》套數中《尾文》「酬風酹雨愁花損」句，抄本文字細辨乃作「酬風酧雨愁花損」，「酧」同「酬」，字音亦同，如此則此句第一、第三、第五字音節相同，朗朗上口，似更勝「酹」字，且合於此書連續重複之字改刻古同字、異體字或區别字形的特點。其次，抄本有不見於原刻的眉批。卷五《昭君怨·即景》下片：「淡淡夕陽春樹。鶯囀送春名句。」抄本對二句加圈，並於天頭加有眉批（抄本此葉胶卷影像四周模糊，難以辨清，然有眉批字跡，第一字不可見，第二字似「彩」字）。又《點絳唇・江上晚歸得「影」字和闇生作》之起句「虹掛船梢，一勾新月魚吞影」，上方天頭有較爲清晰的眉批：「虹在東掛梢，則船向西，正合第□〔後〕『影』字。」對詞作的字句進行剖析，可謂極有價值。只是不知抄本上此類手批之作者，是否即沈士麟。

七　《散曲叢刊》本細節之述議

下面再來討論任中敏先生編著《散曲叢刊》本中所收録之《花影集》。此本雖然晚出，係二十世紀排印本，但因編著者爲曲學大家，故仍有參酌之可取性。而根據此本卷三《和彥容重會西湖佟姬留別之作》套數亦缺失原刻中《解三醒》、《節節高》、《三學士》、《大迓鼓》四首作品以及《撲燈蛾》一首之調名，同於翻刻，故而可斷定，校刊此本所依據之底本即爲翻刻本。且此本在缺文之前最末一首完整的《大聖樂》後，即接調名《越恁好》，但曲文却實際又是下之葉十九開始的失去了調名「撲燈蛾」的一首曲文，顯然乃是進一步誤將錯刻在葉十八最末一行上的《越恁好》調名（即原書卷三葉三十四《七夕後二日祝如姬初度》套數中第四調的調名），並後面葉十九開始的内容，拼合接續上《大聖樂》。推測其原因，應該是任中敏先生在編著此本時，已經注意到此一套數在《大聖樂》後並未結束，不可能在下一葉的葉十八即換爲《七夕後二日祝如姬初度》套數，而葉十九上的第一首曲文雖缺失了調名，但其所押之韻部則恰好是原套數《和彥容重會西湖佟姬留別之作》所押之韻部，故而，判斷必是葉十八有刻訛，但是雖發現了這一情況，却又未能詳查葉十九上第一首曲文的實際調名應是《撲燈蛾》，反而是更加訛誤地將刻錯的葉十八上最後一行的《越恁好》調名，按到了葉十九第一首曲文的頭上，作爲其調名，於是導致了如此張冠李戴、「漏上加錯」的情形。

儘管《散曲叢刊》本因所據底本爲翻刻本而不免訛誤，但仍於一些文字具有參考價值。譬如，有抄本、原刻、翻刻皆誤者，此本不誤。卷二《舟居旅懷》套數中《鬬寶蟾》「腮珠湿綉衣」句，「湿」字，抄本與原刻、翻刻均作提手旁，事實上並不存在此字，顯誤，此本作「濕」，應是正解，即抄本與刻本此字均訛，實應爲「濕」之異體字「湿」。卷三《和彦容重會西湖佟姬留别之作》套數中《三换頭》「向衾窩款款把温香軟情偷送」，第一字「向」，原刻與翻刻均無第一筆的撇畫，若「同」字，又似「冋」字末筆筆畫有缺損，抄本膠卷影像此字黯淡不可辨識，此本作「向」，而按此句文意，則確應以「向」字爲勝解。

但此本中最令人不解處，在卷三《送張沖如遊靖州》套數中《沽美酒》之「况斜陽」，前文已述及，翻刻誤「况」爲「光」，抄本與原刻同，不過即便「况」字似仍不盡恰切，因此三字宜與後「隱暮霞」三字爲對仗，「况」與「隱」也不成對，此本則獨作「晃斜陽」，確對仗而似更勝。但究竟所據爲何，實不可知。附帶可提及的是，在近年新出之《散曲叢刊》點校整理本中，有一處文字較此又更爲奇異。即卷三《感亡妓和闇生作》套數之序，有句云：「今朝之愛種情苗，白日見鬼；後日之妖狐硬鹿，青塚良朋。」「硬」字，原刻與翻刻均同，但實際並無此典故成詞，「硬鹿」意思絶不通。《散曲叢刊》原本亦作「硬鹿」，點校整理本却改作「駭鹿」，並注：「今校：『駭鹿』，原作『硬鹿』，不詞，據明末刊本改。」然原刻、翻刻均非如此，抄本則因無此序而不可校，則其謂「明末刊本」者實不知所云。雖然就語詞本身而言，「硬鹿」確實「不詞」，「駭鹿」無疑爲優，但如此改動與注解，視上述「晃」字則又更莫名其妙矣。

八　京都大學藏《秋水庵花影集選》之價值

事實上，《秋水庵花影集》現今除上述刻本與明抄本、《散曲叢刊》本外，另還存在一些較爲晚出之版本。譬如清末宣統元年至三年（一九〇九—一九一一）上海國學扶輪社分三次排印出版署名作者爲「清蟲天子」（即烏程張延華）所編纂之《香艷叢書》，其中第四集收有《瑶臺片玉甲種》（上中下），第十七集收《瑶臺片玉甲種補錄》，實際即《秋水庵花影集》的選錄本，不過改換名稱而已；又如一九二八年上海泰東圖書局出版之署名蔣明祺山青所編《花影集選》，亦爲原書之選本，此類均屬從翻刻本中抄掇部分篇目而成書，價值並不大。不過，二〇一六年由日本京都大學網站公布的其法學研究科所藏、題名《秋水庵花影集選》的舊抄本（以下簡稱「選抄本」），由於年代可考定爲清乾隆時期，内中保存有幾條抄錄者的題識、評語，特别是此本後半部分另還抄有清代傳奇佚篇《昇平策》，故而值得再作略述。

日本京都大學所藏此一選抄本（编號 RB00019849，登錄番號 762181），著錄收藏單位爲京都大學法學研究科（Graduate School of Law, Kyoto University），高二十四點七厘米，寬十三點八厘米。

封面右上題「秋水菴花影集選」名稱，「菴花」二字上加鈐「性剛才拙與物多牾」朱文方印；中下方題有「癸酉季冬璞山手錄」，「季」字右側鈐有「字震西」朱文方印，「璞山」二字右側鈐「璞山」朱文方印。封背裱紙之上粘貼有一薄紙，上鈐「京都帝國大學圖書之印」朱文方印、「京都帝國大學法學部圖書印」墨文方印，另有圖書編號章。

選抄本從封背裱紙即開始選抄《秋水庵花影集》中内容，選抄頁面數總計爲一一三面，散曲套數、小令及詩餘均有包括。特點是基本以抄錄散曲本身内容爲主，而較少抄錄原書中所富含的序跋、題識、評語、附錄等内容。且可明顯看出，爲充分利用紙張，在一些抄錄後還剩有空白之頁面，又再次補充抄錄了一些篇幅恰好可以補白頁面者，故其中所錄篇目順序略顯錯雜。選抄本對原文之抄錄，最特別者在前文曾提及的一處文字，即卷一《花生日祝花》套數中《尾文》「酬風酹雨愁花損」句，明抄本作「酬風酹雨愁花損」，而選抄本抄錄竟也作「酹風酬雨愁花損」，這意味着選抄本的抄錄者，似同樣味出此句在韻律感上以第一、三、五字同音更爲朗朗上口。另經核對，從選抄中發現總計有五條抄錄者所作題識、評語。其中，抄錄原書卷一《佞花》篇後有題識兩條。一曰：「余性亦愛花，然無其地、無其興，故不復佞花，惟讀其詞，爲之神往而已。乾隆乙未三月，芝橋老人筆。」另一條則曰：「乾隆丁酉偶得《瑶華集》詞選，浪仙實有其人，詞采高華，風神雋逸，可以伯仲朱、陳，雖居明末，而入國朝諸名家，亦不愧也。詞餘特其餘事耳。丁酉夏五日，芝橋再識，年七十有四。」又，抄錄原書卷一《花生日祝花》末附施紹莘「自跋」後有題識曰：「浪仙酒興頗豪，余則不能，今以老病，蕉葉雖勝矣，而春仲曾有探梅一詞，結語云：『花開也拚，咀華嚼蕊，痛飲千卮。』蓋有其心而無其事也。乾隆乙未三月，七十二老人記。」選抄本中這幾條題識，提供了明確的紀年，再結合封面署名「璞山手錄」及鈐印信息，可判斷抄錄者字震西，號璞山，又晚歲亦號芝橋，乾隆乙未（一七七五）虛歲七十二歲、丁酉（一七七七）虛歲七十四歲，則生年在康熙四十三年（一七〇四）。

選抄本實際並非如其題名那樣，僅有「秋水菴花影集選」的內容，而是自其第一一四面開始直至結束，後半册共計九十面的內容，爲一套完整清代傳奇作品《昇平策》。此傳奇作品已爲戲曲研究者所關注到，《戲曲藝術》二〇二二年第四期刊發林傑祥《京都大學藏〈昇平策樂府〉考論》一文，考論此傳奇作品可稱詳盡，且還考出選抄本的抄錄者爲陳璽。下援其説：「該書與陳璽選錄、抄寫的《秋水庵花影集選》合訂收藏，二者筆跡相同，皆爲陳璽抄錄。陳璽，字震西，號璞山子，吳縣（今江蘇蘇州）人。秦瀛《州通判震西陳君墓表》記其卒年爲乾隆四十九年（一七八四）。《昇平策樂府》爲陳璽所抄，則抄寫時間當在乾隆二十年至四十九年（一七五五—一七八四）間。綜上，《昇平策樂府》當是乾隆間長洲人顧顗遇所作，卷首之序當爲其自序。此後，吳縣人陳璽因愛好詞曲，於乾隆年間抄錄該書，並與《秋水庵花影集選》合訂收藏。此二書於一八八四年入藏京都大學，得以保存至今。該書東傳日本，或與《秋水庵花影集》相關。江户時代日本文人對《秋水庵花影集》青睞有加，國立國會圖書館、內閣文庫、東京大學文學部、京都大學人文科學研究所等地藏有《秋水庵花影集》明刻本，東北大學圖書館、大阪府立中之島圖書館等地藏有該書清刻本。在日本所藏中國散曲文獻中，此書收藏數量頗多，較引人注目。此二書之東渡，或因陳璽選錄的《秋水庵花影集選》與《秋水庵花影集》有關聯，故受到日本人關注。而因《昇平策樂府》劇中有洞主作亂，官員征討鎮壓，平定後進京審理判決等情節，故被法學部收藏，並收入『刑部案件』資料群中。」

故結合林文及上所述及選抄本中批語，可將這一選抄本的情況約略概括如下：「《秋水庵花影集選》，陳璽選錄，乾隆十八年陳氏自鈔本，爲海外孤本，是今存《秋水庵花影集》最早的選集。」（上述林傑祥一文中注釋語）陳璽，字震西，號璞山子，晚又號芝橋，生於清康熙四十三年（一七〇四），卒於乾隆四十九年（一七八四）。此一選抄本，乃陳璽於乾隆二十年（一七五五）後某一時間所手錄，復在乾隆乙未（一七七五）三月作有題識二條，又兩年後即乾隆丁酉（一七七七），因偶得《瑶華集》，其中選錄有施紹莘詞作（卷五選錄有《玉樓春·春閨》，卷十二選錄有《念奴嬌·早春送友人游武林》），因而獲知《秋水庵花影集》作者峯泖浪仙即施紹莘，故於「夏五日」又作題識一條以記。至於此一選抄本後半之《昇平策》，則係長洲顧顗遇所著而未刊之清代傳奇佚篇。（此傳奇分上下卷，均題名「昇平策樂府」，署「長洲第四指道人填」，第四指即無名指，故「第四指道人」即「無名道人」之意。有《昇平策序》一篇落款「乾隆二十年仲秋月，長洲顧顗遇題，時作客於古有莘國之官署并記」，觀此序中內容和語氣，可判定所謂「無名」之「長洲第四指道人」實即顧顗遇本人托名，此亦文人慣用手段，無足爲怪。）京都大學藏此册文獻，可謂兼具《秋水庵花影集》選抄本與清人傳奇抄本孤本的雙重身份，有其獨特之價值。

九 總結

施紹莘爲晚明時期重要散曲作家與詞人，後世學者對其散曲成就基本都給予高度評價。《秋水庵花影集》係施氏詞曲作品集，亦是現今可知其唯一著作。全集五卷，前四卷主要爲散曲，第五卷爲詞，其中套曲數量居明人之冠。此書現存明清間版本除明抄本以外，有兩種刻本，即明末原刻本與清乾隆十七年（一七五二）博古堂翻刻本。後世每於整理、輯錄施氏著作時，僅根據需要，保留此集散曲主體部分，對詞作及集中大量序、記、跋、眉批、夾批等内容皆行删除。而此集中幾乎每篇套數之後都有跋文，除施氏自跋、自記外，尚有陳繼儒等七十餘人所作跋、記和評語，總計達二百餘篇（段），另外全書眉批、夾批達數百條之多，此前均未經系統整理，屬於明代文論領域之「遺珠」。造成此一情況之關鍵即在於，長期以來有關此書之版本問題未得很好之正確認知與細致研究。

以上通過版本細節考察，可厘清《秋水庵花影集》明末原刻與清代翻刻間之關係與差異，並詳爲區分與梳理現今易見之原刻刷印二本及翻刻刷印五本間之異同與刷印次序，此外兼對明抄本特點與抄錄時間做綜合研究與推理分析，旁及《散曲叢刊》本、京都大學藏清選抄本相關問題與各本上所存手寫批語情況等，是書版本問題即得全面而充分、深入之「辨異」矣。

（本文原刊於《印刷文化（中英文）》二〇二三年第四期、二〇二四年第一期）